⊓ = Herunterstrich – *Down bow*

V = Heraufstrich – *Up bow*

() = Ergänzungen des Herausgebers / *Additions by the editor*

[] = Der besseren Spielbarkeit wegen fortzulassen / *To be omitted in order to render it more playable*

SUIT

Violonce

PRAELUDIUM. (♩= 84.) (Moderato)

四重奏

しじゅうそう

逸木裕
Yu Itsuki

光文社

四重奏

装幀　鈴木久美
装画　Q-TA

プロローグ

チェロの演奏中に、客席を見るのが好きだった。

客席は、水墨画のようなグラデーションに染まっている。観客の熱意によって塗り分けられた濃淡だ。つまらなそうに聴いている人間もいれば、食い入るように身を乗り出している人間もいる。眠っている人間、目を輝かせている人間、何を考えているのか判らない人間。熱意によって描かれる白と黒の濃淡が、チェロを弾くたびにさざなみのように移ろっていく。気持ちがいい。それを見渡しながら演奏していると、女王になったような気がする。

そんな自分が、顔を上げることすらできない。

栗山《くりやま》しのぶは楽譜を見つめたまま、コダーイの無伴奏チェロ・ソナタを弾き進めていた。

しのぶがいるのはホールではなく、小さな音楽室だった。正面には、ひとりの男が座っている。

五歳でチェロをはじめてから様々なステージに立ってきたが、こんな男は初めてだった。大ホールで千人の観客を前にしていても、彼が客席にいたらすぐに気づくだろう。巨大な白黒の絵の中に、ぽつんと一滴、赤が垂れているように。

突然、銃声が鳴った。

しのぶはびくりと全身を震わせ、動けなくなった。

「何がやりたい？」

男が一発手を叩いたのだと、少し遅れて気がついた。

恐る恐る顔を上げると、黒服に身を包んだ男がそこにいる。

身体は細身の筋肉質。グレーの髪をオールバックにしていて、鼻下から顎のラインまでが豊かな髭に覆われている。鋭い目つきは、狩猟犬のようだ。

男はこちらを見据えたままだ。何がやりたい？——質問が抽象的すぎて、答えが判らない。

「自分が何をやりたいのかも答えられないのか？　そんなものを、私は聴かされているのか」

男の問いかけは、灼熱の炎のようだった。心の奥底に容赦なく差し込み、生えている草花までをも焼き尽くす、劫火。

〈火神《アグニ》〉、鵜崎《うざき》顕《あきら》。

バッハから現代音楽まで幅広いレパートリーを持ち、卓越したテクニックと表現力を誇るチェリスト。だが、近年ではほとんど表に出てくることがない。熱狂的な信者がいる一方で〈邪道〉〈演奏家ではなく宗教家だ〉と唾棄する人間も多い。精悍な風貌と、炎を思わせる芸風から〈火神《アグニ》〉という二つ名がついている。

「コダーイは……」

一言呟《つぶや》いた瞬間、しのぶは口の中が砂地のようになっていることに気づいた。水分を失った口内に、声がこすれる。

「……民族音楽の要素を取り入れることで有名な作曲家です。この無伴奏チェロ・ソナタにおいても、ツィンバロンやターロガトーなど、ハンガリーの民族楽器を思わせる響きがちりばめられています。私は——」

鵜崎はぴくりとも表情を変えない。岩に向かって話しているようだった。

「この曲を弾くために、ハンガリーの音楽を研究しました。バルトーク、レハール、ロマの音楽……。ハンガリー音楽の根底には、遊牧民としての力強さと悲哀が存在し、聴くものの郷愁をかき立てます。コダーイの演奏を通じて、人間の持つエネルギーと哀しみを表現したい——それが、私のやりたいことです」

鵜崎は何の反応も見せない。優位を保つために、わざと無表情を貫いている感じではなかった。自分が反応する価値もない言葉を吐いているのかと、不安になってくる。

沈黙が流れる。気がつくとしのぶは、楽譜に目を落としていた。鵜崎のことを見ているだけで、心がどうにかなってしまいそうだった。

「かせ」

——枷？

と連想したのは、あまりにもいたたまれない時間を送っていたせいだろうか。その意味に気づくまで、時間が要った。

貸せ。チェロを貸せ。

しのぶは立ち上がり、チェロと弓を渡した。

鵜崎は渡されたチェロを無造作に構えた。チューニングやエンドピンの調整すらもしない。殴りつけるように、乱暴に楽器を弾きはじめる。

しのぶは、戦慄した。

第一楽章は、難所が冒頭にあることで有名だ。激烈な重音からはじまる技巧的なパッセージを、一気にギアを上げて最高のテンションで弾かなければいけない。炎と氷が両方求められる、修羅の箇所。

鵜崎のテクニックは、完璧だった。初めて弾く楽器にもかかわらず充分な音量が鳴り、左手は精緻《せいち》に正しい音程を捉え続ける。

そんなことよりも。

鵜崎の演奏——それは、しのぶの演奏と寸分の違いもないものだった。

音色も、音の長さも、細かい部分の表現も、もうひとりの自分が弾いているようだった。コダーイは〈山王《さんのう》国際コンクール〉で演奏するために、一年かけて師とともに作り上げた。それを鵜崎は完璧にコピーしている。

自分を支えてきた土台が、崩れていくのを感じた。

「私は、ハンガリーの音楽など、研究したことがない」

鵜崎は一分ほど弾き進め、演奏をやめた。

「クラシックの演奏家は皆、大きな勘違いをしている。我々の仕事がなんなのか、ほとんどの奏者が理解できていない。結果的に無駄な努力を費やし、貴重な時間をドブに捨てている」

鵜崎は、しのぶを見据えた。

「クラシック音楽の特性とは何か」

唐突な話題の転換に、頭がついていかない。

「ロック、ヒップホップ、ジャズ、EDM……数多《あまた》ある音楽の中で、クラシック音楽とは何か。どんな特徴を持つか」

「過去に書かれた無数の名曲を演奏する……ということでしょうか」

「違う」

「器楽だけで演奏をすることが多い……ということでしょうか」

「違う」

鵜崎は呆《あき》れたように、ため息をついた。

「答えは〈オープンソースであること〉〈オリジナリティが必要ないこと〉だ」

「え？」

「特に弦楽器は、オープンソースだ。すべてのソースコードが公開されている」

「どういうことですか？　ソースコード？」

オープンソースとは、確かプログラミングか何かの用語ではなかったか。少なくとも、チェロの演奏に使う言葉ではない。

「我々は姿を晒《さら》して演奏をしている。料理人はレシピを客に隠すことができるが、チェリストは姿を見せなければ商品を提供できない。音楽とは、空気の振動――純然たる物理現象だ。ロストロポーヴィチと同じ楽器を使い、同じ圧力、同じ速度で弓を動かせば、同じ演奏が生まれる」

先ほどの、鵜崎のように――。

「オリジナリティが必要ないとは、どういうことですか？　一流の奏者には皆、オリジナリティがあると思いますが……」

「では聞こう。ビートルズとニルヴァーナを十曲ずつ子供に与え、歌っているのがジョン・レノンかカート・コバーンかを仕分けさせたらどうなるか。子供は、正確にそれをやり遂げるだろう。だがカザルスとフルニエでやったら？　子供たちはどの曲をどちらの奏者が弾いているか、完璧に仕分けられるだろうか？」

「それは……できないと思います」

「つまりクラシックのオリジナリティとは、歴史に残るレベルの奏者であっても、誰が弾いているか判らない程度のものなのだ。クラシック音楽に個性はいらない。〈上手なチェロ〉という抽象概念があれば、それでいい」

「そんな……いくらなんでも、極論ではありませんか」

「ベートーヴェンの交響曲第五番を知っているか？」

鵜崎の話は唐突に切り替わる。聞くものの思考を切り刻むかのように、暴力的に。

「ベートーヴェンの五番は『運命交響曲』と呼ばれる。ベートーヴェンが冒頭の旋律について、〈このように運命は扉を叩く〉と言ったとされるからだ。だが、実際にはそんな記録はなく、それどころかあの冒頭は、野鳥の声をもとにしているという説すらある。にもかかわらず、あの曲は〈過酷な運命に抗い、戦い、勝利を収める英雄譚〉という出来の悪いハリウッド映画のような文脈で流通している。それは、なぜか」

「判りません。たまたま、ですか」

「そうしないと、観客が理解できないからだ」

困惑と反発が渦巻く。これを、現役の音楽家が言うのだろうか。

「人間は、何も判らないのだ」

鵜崎は、落ち着いた声で言った。

「クラシック音楽に限らず、人間は難しいことなど何ひとつ理解できない。複雑な政治力学を理解せず、目についた情報だけで政治家を叩く。身近な他人のことすら理解できず、おかしなことを言って怒らせる。映画、小説、絵画、芸術……人間は、複雑な抽象を、抽象のまま理解することができない。抽象から理解できる具象のみを取り出し、手前勝手に解釈をしているだけだ」

「そんなの……暴論です」

「人間は巨大な交響曲を丸ごと受容することはできない。だが、〈運命と戦う人間の英雄譚〉という単純なストーリーなら理解できる。我々の演奏も同じだ。奏者が曲をどう解釈し、どのように弾いたとしても関係ない。観客は目についたものを取り出し、勝手な解釈をするだけだ」

「暴論です！　奏者がイメージをしていないものが、観客に伝わるはずがありません」

「まだ判らないのか」

鵜崎は再び、コダーイを弾きはじめた。最難関と言われる、第三楽章だった。

弓が発火するのではないかと思うほどに、速いテンポだった。恐ろしい速度にもかかわらず、鵜崎は音程もアタックも正確に弾き続ける。人間業とは思えない。

鵜崎の表情は、怖いほどに真剣だった。コダーイの祖国ハンガリーは古くから戦争が絶えず、二十世紀の後半にはソ連の支配下に置かれた。それでもたくましく生き抜いてきたマジャール人の慟哭《どうこく》が、鵜崎のチェロから迸《ほとばし》っているように思えた。

「次」

鵜崎はもう一度、冒頭から第三楽章を弾きはじめる。今度は打って変わって、ゆったりとしたテンポだ。

同じ曲だが、全く違う音楽だった。鵜崎の表情は、聖職者のように慎み深いものになっている。泥臭いコダーイを何度も濾《こ》して透明な甘露のみを抽出したような、崇高な響きが漂っている。バッハを聴いているかのようだ。

鵜崎は冒頭のひとくさりを弾くと、弓を下げた。

「君はいま、何らかの解釈をした」

鵜崎の言葉に頷《うなず》きかけ、慌てて動きを止める。

「否定することはない。音楽は巨大で、複雑で、理解が難しい。脳は謎めいたものを前にすると、解釈をしたがる。我々の仕事とは、その〈解釈〉を与えることだ。私は最初の演奏ではパッションを、二回目の演奏では慈愛を与えようと演奏した。曲をどう捉えるかなど、必要ないのだ」

「では、何が必要なのですか」

「テクニックと、演技力」

当たり前のように言う。

「客に〈解釈〉を与えるには、まず、高いテクニックがいる。観客は抽象は判らないが、ミスは判る。それに、圧倒的な技巧を身につければ、ひとつの曲をあらゆる速度、あらゆる音量で弾けるようになる。〈解釈〉を与える際には、大きな武器となる」

「演技力というのは……？」

「人間は音楽を聴くとき、視覚情報も含めて解釈をしている。狂ったように演奏すれば狂気を感じるし、穏やかな表情で弾けば慈愛を感じる。演技力を真面目に鍛えているクラシック音楽家などほとんど存在しないが、正気の沙汰ではない。テクニックと演技を組み合わせれば、客の心理を自在に操れるのだから」

「でも……以前、プロのかたに言われたことがあります。〈哀しさを感じながら演奏している人と、哀しいふりをして演奏している人の演奏は、全然違う〉と」

「それは演技のレベルが低いだけだ。そもそも、人間の内面など判らない。そのプロにしても、〈この人は哀しいふりをして演奏している〉と手前勝手な解釈をしているだけだ。演技が上手《うま》ければ、そのような事態は発生しない」

「でも……肝心の演奏は、どうすればいいのですか。機械的なテクニックをいかに磨いても、音楽家としての素養がなければ、曲をどう弾くか決められないでしょう」

「模倣しろ」

理論の芯に突きあたったように、鵜崎は言う。

「曲をどう弾くかは、盗めばいい。観客は誰かを模倣していたとしても、気づくことなどできない。曲の研究、勉強、オリジナリティの追求……そんなことをやっているから、皆、悩んで行き詰まるのだ。どんな演奏でも瞬時に模倣できるように訓練をしろ。観客の心理を誘導するために、あちこちから模倣したものを最適な順番で、演技とともに観客の前に並べればいいのだ」

鵜崎がチェロを返してくる。手に馴染んだ楽器が、見知らぬ子供を抱いたような違和感を纏《まと》っていた。

「自分の殻を破りたいそうだな」

鵜崎が、こちらを見据えてくる。

しのぶは〈山王国際コンクール〉でセミファイナルにも残ることができず、自らの演奏に限界を感じていた。このままではプロになることなどできない。師の反対を押しのけてまで鵜崎のもとを訪ねたのは、根本的に自分を変えたかったからだ。

「卵は、自力で殻を割ることはできない。外部から温めるか、割る必要がある」

暴論だ。

技術を磨くことは、あくまで音楽活動の一部でしかない。演技については論外だ。音楽を聴き込み、曲を解釈し、自分の中で醸成したものを技術を使って表出する。それこそが演奏家なのだ。そういうものを信じてやってきた。

判っている。鵜崎に従えば、自分は大きなものを失うことになる。

判っている――。

「……私にも、できますか」

喉の奥から出ることを声自体が怖がっているような、か細い声が出た。

「私は、できない人間には言わない。やめろと言うだけだ」

「ではまた、指導していただいてもいいですか」

「私は弟子は取らない。ただし、ビジネスパートナーなら別だ」

「ビジネスパートナー……？」

そのとき、しのぶの後方のドアが開いた。

振り返ると、小柄な女性がいた。艶のある黒髪を、ショートカットにまとめている。美しい人だった。

「鵜崎先生。ヨハネスホールの担当者から、電話がありました」

「三十分後に折り返すと伝えろ」

「判りました」

女性は出て行く。「彼女も、ビジネスパートナーだ」と鵜崎は言った。

「私には多くのビジネスパートナーがいる。指導する代わりに私と契約し、私のために働いてもらう。私についてこれなくなったら、契約は終わりだ。君も一員になるかね」

鵜崎は初めて、笑みを浮かべた。唐突に現れた翳《かげ》りのない微笑に、しのぶは心を摑《つか》まれた。

これも、演技なのだろう。

自分は鵜崎に操られている。大勢の観客の心理を操れる人間なのだ、自分をコントロールすることなど容易《たやす》いはずだ。判っている。判っているのに、拒絶できない。炎に引き寄せられる、虫のように。

「……あの人は、誰なんですか」

なぜか、そんなことを口にした。あの人——いま、入ってきた女性。

「黛《まゆずみ》由佳《ゆか》」

「まゆずみ、さん」

聞いたことのない名前だった。綺麗な名前だと、しのぶは思った。

第一章

1

返却された漫画を書架に収めているところで、坂下英紀《さかしたひでき》は、本が盗まれていることに気づいた。

二十巻ある漫画のうち、第七巻だけが抜けていた。英紀がアルバイトをしている漫画喫茶〈キング〉は設備が古く、盗難防止用の防犯タグが導入されていない。盛り場にあるため酔客も多く、本はよく盗まれる。

英紀はしばらくの間、その空白を見つめていた。

差しあたって問題があるわけではない。膨大な蔵書を抱える漫画喫茶から一冊の漫画が消えようとも、店の営業に支障はない。漫画本は山のようにあるのだ。この店にとって、一冊の本などその程度の価値しかない。

それでも、空白から目が離せない。見つめていると、鈍い痛みが胸の奥に広がる。

――この穴は、自分だ。

自分など存在しなくても、この世界全体には何も影響はない。世界は変わらず、営業を続けるだけだ。新たな漫画本を補充して――。

――何を考えている。

深夜は、どうしても気持ちが暗い方向に傾いてしまう。束の間浮かんだ想念に歯止めをかけ、英紀は返却された漫画をもとの位置に差し込みはじめた。

バックオフィスに戻ると、プリンターがA４の用紙を吐き出していた。書架整理に出る前に印刷したものだった。抜き取り、カウンターに戻る。

〈鵜崎四重奏団　新規団員の募集要項

1、募集楽器　チェロ（担当パートは応相談）

2、日程

第一次オーディション　3月16日

第二次オーディション　3月27日

第三次オーディション　4月22日

最終オーディション　5月23日

3、会場

第一次オーディションは相良《さがら》ホール。第二次以降は合格者にのみ通知。

4、参加資格

音楽大学卒、およびそれに準ずる演奏技術を有していること。

十六歳以上。日本語での就労に支障がないこと。

オーディションの参加費はすべて自己負担。〉

音大を出てから五年、数え切れないほどこういうものを読んだ。

オーディションの募集要項の文面は、どの団体も判で押したように同じだ。募集楽器、日程、課題曲、交通費が出ない旨の注意書き。つまらない読み落としで落選させられたらたまらないので隅々まで読むが、そのたびに同じものを読まされた徒労感がわずかに残る。

だが今回は、明らかにいままでのものとは違う。

まず、オーディションの回数が異常に多い。通常のオーケストラのオーディションは、最初に書面による選考があり、実技試験がその後二度ほど行われる。一次試験は首席奏者や常任指揮者の前でオーケストラスタディを弾き、二次試験は全団員を前に協奏曲などを弾いて、過半数の賛成を得て合格という流れが多い。そのあとには一年の試用期間があり、問題なければ正式に入団となる。

だが今回のオーディションは、四次試験まである。書面選考もなく、希望者は全員一次オーディションに集まるようだ。東京近辺に何人のチェリストがいるか判らないが、鵜崎四重奏団の正団員ともなればかなりの倍率になるだろう。相良ホールなどという大バコを用意しているのは、溢《あふ》れる希望者に対応するためなのだろうか。

しかも——。

「坂下くん」

いつの間にか、店長の増島《ますじま》が近くに立っていた。険しい表情をしている。

「ペアシートの客……やってくれたよ。最初から嫌な予感がしてたんだよな」

「ペアシートですか？　どうしましたか」

「中で、ヤッてる」

「えっ」

増島の、四十代にしては老けている艶のない眉間に、皺《しわ》が寄っていた。時刻は午前二時を過ぎている。終電もなくなり、店内には始発まで時間を潰す六時間パックの客しかいない。

「ペアシートBだ。声を殺してるけど、間違いない。あの猿どもは、日本語読めないのかね。猥褻《わいせつ》な行為をするなって禁止事項に書いてあるだろう……」

増島は基本的に不機嫌だが、客が面倒を起こすと手に負えないほど荒れる。もともとはこのスペースで親の代から受け継いだ古本屋をやっていたのだが、儲からなくなり、十五年前に漫画喫茶にリニューアルしたのだ。文学青年で小説家志望だった彼は、漫画喫茶という仕事を忌み嫌いながら経営している。その淀みが、表情に浮かんでいる。

増島の目が、英紀を捉えた。英紀は立ち上がった。自分が雇われている理由のひとつは、面倒な仕事を処理するためだ。

〈キング〉は北池袋《きたいけぶくろ》駅から歩いて十五分の、繁華街の端で開業している小さな店だ。雑居ビルの二階と三階に入居していて、天井も低いため洞窟の中にいるような圧迫感がある。禁煙になってから数年経《た》つのに壁から煙草の臭いが染み出してくるので、レビューサイトでの評価もさんざんだ。

三階の奥にあるペアシートBに向かいながら、足取りが重くなってくるのを感じた。漫画喫茶をラブホテル代わりに使う客は、もっとも厄介なタイプだ。性行為を中断されたら怒り狂うのは犬や猫も同じで、その上彼らは大抵酔っている。殴られて警察を呼んだこともある。

かつて、ウィーン・フィルハーモニー管弦楽団に、ゲルハルト・ヘッツェルというコンサートマスターがいた。指揮者からも観客からも愛された名コンマスで、七〇年代から八〇年代のウィーン・フィルの映像を見ると、眼鏡の奥の鋭い眼光でオケを統制する名人芸を拝むことができる。

ヘッツェルは五十二歳のとき、趣味の登山中に滑落して亡くなった。ヴァイオリニストにとって生命線である手を庇《かば》った結果、全身打撲を負って死んだという逸話が残っている。英紀に登山の趣味はないが、弦楽器奏者としての心理は理解できた。手だけは守るという意識は、日常生活を送っていても頭の片隅に常にある。それはともすれば、殴りかかられても防御ができないことにもつながりかねない。

危険な雰囲気を感じたら、即座に逃げる——腹を決め、英紀はフロアの奥へ向かった。

ペアシートB。

外から見るその席は、何の異変もなかった。男と女がまぐわう軋《きし》むような異音も、乾いた体液のツンとした異臭も、何も漂っていない。

念のためほかのペアシートにも目をやったが、どこも静まり返っていた。この短時間で行為が終わったのだろうか。それとも、増島の勘違いなのか。確認のために、英紀はペアシートBに近づいた。

「お兄さん」

背後から、声をかけられた。

ひとり用の個室から、体格のいい坊主頭の男が上半身を出していた。

「そこのバカども、シメといたよ」

男は人懐っこい笑顔を見せた。どうも客同士で、話がついていたらしい。

「本当に迷惑だよな、こんな場所で興奮しちゃってさ、動物じゃないんだから。それとも、こういう場所のほうが盛り上がるのかね？　まあそれはちょっと判るよな」

「あの……ありがとうございます。すみません、私が対応すべきところを」

「いやあ、気にすることないよ。みんなうるさくて困ってただろうし。俺もゆっくり寝たいから」

「いえ、お手数をおかけしました。本当に助かりました」

「五千円でいいよ」

左手を差し出してくる。その腕に、大きな鎖のタトゥーが彫られていた。

「ん、どうしたの？　五千円。店の治安を守ってあげた作業料。安いもんだろ」

「作業料？　あの、それは……」

「兄ちゃんはこの店で、ただで働いてるの？」

男の笑顔が、貼りついたようになった。足が震え出すのを、英紀は必死で抑えた。

「いえ、給料はいただいてますが……」

「そうだよね。働いたら金を払う、当たり前のことだろ？　お前は俺をただで使おうって言うのか？」

声色が一変していた。相手を威圧し、恫喝《どうかつ》することが染みついている声だった。こんなにも恐ろしい音は、楽器では出すことができない。

男が睨《にら》みつけてくる。巨大な力で搾られたように、英紀は息ができなくなった。

「冗談だって」男は突然、破顔した。

「作業料なら、あいつらからもらったから。びびらせちゃってごめんね」

そう言って、一万円札をひらひらと振る。ペアシートBの客から奪い取ったようだった。何を言えばいいのか考えているうちに、男はドアを閉めて個室に引っ込んでしまう。

――なんだよ。

天を仰ぐ。低い天井が、上からのしかかってくる。

フロアは暗い。ここで働いていると、深い穴の底に落ち込んだ気分になってくる。自分はなぜこんなところにいるのか。いつまで、洞窟の奥から抜け出せないのか。押さえつけてくるような暗い天井は、閉塞した自分の人生の象徴のようだった。

——音楽だ。

思索はやがて、一番考えたくないことに流れ着く。

——俺がこんな風になったのは、音楽のせいだ。


カウンターに戻る。増島は出かけたのか、姿が見えなくなっていた。椅子に座り、先ほどまで読んでいた書類を手に取った。

〈猥褻な行為をするなって禁止事項に書いてあるだろう……〉

増島の声が甦《よみがえ》る。書類に、全く同じ四文字熟語を見掛けたからだ。

〈禁止事項
オーディションに関するすべての内容を口外することを禁じる。口外した場合は契約違反と見なし、違約金を請求する。本書返送時点で、同意したものと見なす〉

書かれている文面のうち、もっとも異質なのがこの一文だった。確かにオーディションの内容を公にされるのは、主催者として面白くないだろう。だが違約金で縛るなど、聞いたことがない。

——このオーディションには、参加しないほうがいい。

本能はそう言っている。その声を無視して、英紀は、最下部にある署名欄に〈坂下英紀〉と書き込んだ。

〈今回の募集経緯〉

署名欄の上に書かれた一文が、英紀の目に入る。無意識の泉に焼けた石を投げ込まれたように、胸の奥がカッと熱くなった。

〈今回の募集経緯　団員・黛由佳の逝去に伴う欠員の補充〉

＊　七年前　秋

チェロを弾いていると、いつの間にか危険な場所に引きずり込まれている。

崖の先、細い土地の突端にいつの間にか立っていて、身動きができなくなっている。

子供のころから、そんな感覚に陥ることがあった。

突端からは海がよく見える。線を引いたような水平線も、その上を飛ぶ鷗《かもめ》や鳶《とび》も、海面に陽光が反射するきらきらとした光の明滅も。突端から見る海は美しい。ただし、少しでも余計な動きをしたら、崖から転がり落ち、海面に叩きつけられて死ぬ。危険と引き換えにしか見ることができない、境界上の美。チェロを弾くとは、そこに立つということだ。

その感覚は、英紀が徹底的に準備をする演奏家であることと関わりが深い。

弾く音楽がどういう成り立ちで書かれたのか、その曲の前後に作曲家は何を作ったのか、和声の進行、転調、曲が作られたときの社会、歴史――。調べ、考え、弾いてはいけないものを徹底的に排除して、音楽を濾していく。そうしているうちに、いつの間にか突端に立っている。そういうスタイルを磨き続けてきた。

だが最近は、思ってもいなかった悩みが生まれはじめている。

これは、音楽なのだろうか。

研究を積み重ね、曲をどう弾くかを完璧に固め、舞台上ではそれを再現することに徹する。だが解釈は完璧でも、弾くのは人間なのだ。ひとつの曲を完璧に弾くことなどできるわけもなく、舞台上で演奏すればするほど、徹底的に固めたはずのフォルムが崩れていく。〈音〉を〈楽〉しむどころではない。本番が、崖の突端でひたすらじっと耐えるだけの時間になっている。

演奏という行為が不要だとすら、思えるようになってきた。頭の中には完璧な音楽があるのに、それを表出してしまうと傷がつく。そもそも表出する必要があるのだろうか。頭の中で愛でていたほうが、いいのではないか――。

「大丈夫？」

声が響いた。

志田《しだ》音楽大学の小ホール。客席の最前列には三人の教授が座っていて、背後にはちらほらと見学している学生の姿が見える。教授たちは、困惑しているようだった。いつの間にか英紀は曲を弾ききっていた。

「気が抜けちゃった？　疲れたのは判るけど、次の人が待ってるからね」

「あっ……はい、申し訳ありません」

「結果は後日、掲示板に貼り出します。じゃあ次、十五番の人。入って」

ひとつ年上の先輩が、チェロを持って入場してきた。早くどけよと言うように、睨みつけてくる。

――九箇所、ミスをしてしまった。

睨まれることなど、どうでもよかった。音楽につけてしまった傷痕の数だけが、頭の中を巡っていた。

「なあ、坂下。根本的なことを言っていいか？」

練習室で、英紀は師である小松研吾《こまつけんご》教授と向き合っていた。

〈組長〉というあだ名がついているチェリストだ。志田音大の教授職を務めつつ、プロオーケストラの団員もやっている。

小松は恰幅《かっぷく》がよく、オールバックの髪形にブラウンのサングラスをかけている。ダークスーツの裏地は、紫を基調にした派手な柄物だ。どう見てもその筋の人間にしか見えず、実際に実家がやくざという噂も囁《ささや》かれているが、正しくは建設会社の御曹司《おんぞうし》らしい。

「はい。お願いします」

「そんな気軽に決めてもらっちゃ困る。〈根本的なこと〉を言うのは、生半可じゃねえんだ」

「どういうことですか」

「虫歯だって、根っこを治療するのは大手術になるし、上手《うま》くいかない危険もあるだろ？　リスクを取って治したいのか、だましだましやっていくのか——正解はねえ。ただ虫歯と違うのはな、〈根本的なこと〉は、言われるだけで傷つく。病状を告知して治療方針を選択させるとか、そんな気楽な話じゃねえんだ」

英紀は、ハッと息を呑《の》んだ。小松の指先が、わずかに震えていた。

「お前——俺がいま、どんだけ怯《おび》えてるか判るか？」

小松の強面と、怯えという言葉が英紀の中で上手く交わらない。

「音楽家は皆、繊細な感覚を持っている。〈根本的なこと〉を言うってのは、その感覚を直接いじるってことだ。教える側にとって一番怖いのは、生徒を壊すことなんだよ」

——それだけ、真剣に聞かなければいけない話、ということか。

英紀は姿勢を正した。脳裏に浮かんでいるのは、昨日のことだ。

志田音大には、年に二度、春と秋に〈選抜演奏会〉がある。学内でオーディションを行い、合格した人間のみが出演できるコンサートだ。式典や外部からのゲストの招致など、特別なときにしか使われない志田記念ホールで演奏できることもあり、出演することは在校生にとっての誉れと言われる。

〈今年のチェロ部門は、お前に出てもらうからな〉

と、小松には言われていた。教授側からしても、教え子が〈選抜演奏会〉に出るか出ないかは大きい。小松は何年も弟子が選ばれておらず、指導力に疑問の声が上がっていると聞いた。三回生として脂が乗りはじめた英紀に、白羽の矢が立ったのだ。

そして昨日、チェロ部門のオーディションが開催された。

オーディションは全部門をまたいで二日に分けて行われ、今日もピアノ、打楽器、声楽の選考が行われている。結果は今日の夕方に決まるのでまだ判らないが、舞台後方で見ていた小松にとって、英紀の出来は納得のいくものではなかったようだ。

「言っとくが、お前のことは買ってるからな。技術レベルも高いし、音楽への愛も深い。オーディションの結果がどうであろうとも、それだけは忘れないでくれ」

手術の前に麻酔をするような、丁寧な前置きだった。

「お前の演奏はな、伝わってこないんだよ」

小松は言った。

「正確に弾けてはいる。音程もいいし、きちんと考えているのも判る。ただ、心に伝わってくるものがない。ミスしないように——それだけを考えて演奏してるんじゃないのか？」

根本的な指摘だった。チェロをはじめてからの十七年を、丸ごと問われているようだった。

英紀がチェロをはじめたのは、四歳のときのことだ。街の音楽教室で、習いごととしてはじめた。アマチュアオーケストラで知り合って結婚した両親は、ひとり息子である英紀にヴァイオリンをやらせようとした。だが最初に訪れた教室で、英紀はチェロを摑《つか》んで離さなかったそうだ。そのときのことは覚えていないが、持っていたチェロを引き離すと癇癪《かんしゃく》を起こしたように泣き出したらしい。聞き分けがよく、大人しい子供だった英紀がそんな反応を示したのは、初めてだったそうだ。

チェロを弾くと、どこかにたどり着ける気がした。

上手く説明できないが、この世界にはチェロを弾くことでしかたどり着けない秘密の場所があって、弾くと、遠くにあるその存在を肌で感じられる気がした。学校で喧嘩《けんか》をしても、テストの点が悪くても、家に帰ってチェロを弾くだけで心は凪《な》いだ。ここではない秘密の場所の存在を、チェロが感じさせてくれるからだ。

一生かけてもその存在を追い求めようと思ったのは、高校一年生のときだった。

英紀は当時、自分の将来を決めかねていた。チェロを弾くことは好きだったが、仕事にするとなると好きだけではやっていけないことは判っていた。銀行員と主婦の両親は、英紀の音大進学に反対した。音楽家の知り合いも多かったふたりは、それがいかに大変な仕事なのか知っていたのだろう。

そのころ、高校で所属していた弦楽部の演奏会があった。英紀はソロを弾くことになり、ブラームスのチェロ・ソナタ第二番を選んだ。

そのときにふと、思いついたのだ。次の本番はやれることをすべてやり、行けるところまで行ってみようと。いまから考えると、チェロを仕事にするか否か、無意識の奥で常に葛藤があったのかもしれない。

英紀はまず、ブラームスの生涯を調べることにした。それまで練習は真面目にやっていたが、作曲家や曲の背景を突き詰めることはしていなかった。

調べてみると、驚くほど色々なことが判った。チェロ・ソナタ第二番は、ブラームスの後期に書かれた楽曲だ。第一番は初期に書かれており、尊敬していたベートーヴェンからの影響が強い。

ふたつのソナタの間にブラームスは膨大な曲を書き、交響曲を四つも作った。英紀はスコアを片手に、それらの曲をできるだけ多く聴いてみた。それはブラームスの魂を追いかける旅だった。ベートーヴェンのフォロワーだった青年が、ヨハネス・ブラームスという偉大な作曲家へと変貌を遂げる長い道を、英紀は楽譜を読み込むことで踏破した。

本番。

最初の四度の上昇音形を弾いた瞬間、英紀は全身に震えを感じた。

音楽の狭間《はざま》から、ブラームスが見ていた景色を覗けた気がした。ブラームスは悩み深く、交響曲第一番を完成させるまで二十一年の年月をかけた。だがそんな彼は、この曲を楽しんで書いていたのではないか。縦横無尽に楽譜を駆け巡る旋律からは、神経質な作曲家だからこそ抱けた真の解放感が、溢れている気がした。

それまで存在を感じていた〈どこか〉に、初めてたどり着けたと思った。

音楽の森を抜けた先に、突端があった。勉強、研究、追求――演奏以外のものを集積することで見ることができた、境界の上の光景。崖の突端で、英紀は弓を振るった。美しい場所に少しでも長くいられるように、チェロを弾き続けた。

英紀は、音大に通うことにした。自分にとっての音楽は、ひとつでも多くの突端を見つけ、そこに立つことだ。自分のやりかたを発見した以上、もう大丈夫だと思った。

だがいまは、そのやりかたが、通用しなくなっている。

「どうすればいいんですか」

「簡単に聞くな」

恐る恐る話をはじめたはずの小松の口調に、苛立ちが混ざっていた。

小松に習いはじめたのは、ブラームスの本番を終えた直後だった。それまで通っていた教室は趣味の教室で、音大の入試に受かるには、受験専用の教師につかなければならない。紹介を受けた小松もまた研究タイプの奏者で、いい師につくことができたと常日頃から感じていた。

「お前、女はいるのか」

「は?」

「だから、付き合っている女はいるのか。うちの学生は八割は女だ。いいなと思うやつくらいいるだろう」

「いいえ、いませんが……」

「過去に女と付き合っていたことは?」

「高校のころふたりだけいましたが、三ヶ月くらいで別れました。チェロを弾く時間がもっと欲しくて」

「それだ」小松は、パチンと指を鳴らした。

「お前のチェロにはなあ、遊びがないんだよ」

「遊び、ですか」

「車のハンドルにも遊びがある。ハンドルを回すたびにタイヤの角度が変わったら、すぐに事故っちまう。お前の演奏はそれだよ。一回、何も研究しないで舞台に立ってみたらどうだ？」

「すみません……それは、少し前に、やってみました」

学内で小さな発表会があり、あえてほとんど練習せずに本番に出てみたのだ。結果は惨憺《さんたん》たるもので、単にとっちらかった音楽を撒《ま》き散らしただけだった。

「それに……事前に充分研究しろというのは、小松先生に教わったことです。いままでやってきたことを忘れろというのは……」

「忘れろなんて言ってないだろ。バランスを是正しろと言っている」

小松は、苛立ったように身を乗り出す。

「お前に必要なのは、捨てることだ」

「捨てる――」

「研究するのはいいが、舞台上でそれを捨てることも必要だ。二律背反の中から、生きた音楽は現れる。片方だけじゃ駄目なんだ」

小松の言いたいことは判る。英紀が自力でたどり着いた結論も、同じだった。研究はするが、それにはこだわらない。頭では判っている。

だが、いざチェロを持って舞台に立つと、どう実践すればいいのかが判らないのだ。気がつくと研究をなぞっていて、それを守ることに汲々としてしまう。長年かけて英紀に染み込んだチェロが、捨てることを許さない。この感覚をどう修正すればいいのかが、どうしても摑めない。

「俺のせいかもしれんな」

小松は哀しそうな表情になった。

「お前の生真面目なところを、俺が研ぎすぎちまったのかもしれねえ。だったら、悪いことをした」

小松からは〈もっと考えろ〉〈もっと勉強をしろ〉と言われ続けてきた。その結果、自分はバランスを欠いた、極端な演奏家になってしまったのだろうか。

判らなかった。小松にそんなことを言わせてしまうことが、申し訳なかった。

「まあ、ぼちぼちやっていこうや。俺ももう少し考えてみる」


選抜演奏会に落選したという報が入ったのは、その日の夕方のことだった。

2

「皆さん、今日もよろしく」

指揮台に、神山多喜司《かみやまたきじ》が上った。御年九十歳を迎えるシンフォニア東京の桂冠《けいかん》名誉指揮者は、昨年食道癌の手術をしたせいで声が細い。

渋谷にある松濤《しようとう》アートヒルズの舞台上では夜公演《ソワレ》のステージリハーサルが行われており、客席を見ると関係者がぽつぽつ座っている。今日の公演は録音もするので、エンジニアがステージのあちこちにマイクを立てていた。

神山が指揮棒を構えると、オケのメンバーも一斉に演奏姿勢を取る。神山はもともと、このオケの音楽監督だった。一糸乱れぬ以心伝心に、五十年にわたる深い関係性が窺《うかが》えた。

チェロセクションの最後方で、英紀も弓を構えた。

ブラームス作曲、交響曲第一番。

今日のメインプログラムだ。神山はいつも、プログラムの逆順にリハーサルを進めていく。

指揮棒が振り下ろされると、パイプオルガンの総奏のように分厚い和音がオーケストラから鳴った。巨大な何かの律動のように、ティンパニとコントラバスがドの打撃音を鳴らし続ける。ブラ一を弾くのは何度目か判らないが、この冒頭からは毎回、宇宙の創生をイメージする。この壮大な音楽絵巻の中には、ひとつの生命体すらも入る余地がない。どこまでも冷徹で巨大な音楽が、啓示のように響き渡る。

神山のタクトは動きが小さく、打点も曖昧だ。かつては縦横無尽に指揮棒を振っていた技巧派だったが、卒寿を迎えたいまはほとんど動きがない。最初にこのオケに乗ったときには面食らったが、いまは何の支障もない。長年かけて指揮者とオケとの間で育まれた阿吽《あうん》の呼吸が、オケを半ば自動的に動かしていく。その流れに乗っていけばいい。

オーケストラでは、自分の音楽をする必要はない。音楽の流れは、指揮者と首席奏者が作る。オーケストラのトゥッティ奏者に求められるのは、その流れを把握し、水量を増やしていくことだ。

〈坂下氏は、癖がなくていい〉

以前、首席チェリストの李英洙《リヨンス》に言われたことがある。

〈上手いチェリストは大勢いるが、周囲に合わせられない人も多い。坂下氏は、それができる。君のように自分を殺して奉仕してくれるマインドのプレイヤーがいると、とても助かる〉

皮肉なものだ。

反射的に、そう思った。自分は別に、やりたいことを殺しているのではない。

そうではなく——。

いつの間にか、オケの演奏が止まっていた。英紀は慌てて演奏を止めたが、余計な音が残ってしまった。若くして第一コンサートマスターを務める鳴瀬《なるせ》響《ひびき》が、冷たい視線を飛ばしてくる。合奏が瞬時に鳴り止まないことを、彼はこの上なく嫌う。

「サードとフォースホルン、冒頭のオブリガートをもう少し大きく。弦楽器のバランスが悪い。チェロとヴィオラ、もっと弾いて。セカンドオーボエ、音程が低い。ティンパニ、もっと小さく。もう一度頭から」

神山は機械的な指摘をするだけで、音楽の内容に踏み込んでくることはない。それでも彼が振ると、次第に音楽はまとまり、生き生きと躍動しはじめる。

神山が冒頭を振り直す。先ほどまでぼやけていたオーケストラの輪郭が、一気にはっきりとした。魔法のようだと、英紀は思った。

とはいえ、自分のやることは変わらない。

英紀は弓を振るい、巨大な響きの中に、自分の音を溶け込ませていく。


演奏会が終わったのは、二十一時だった。

神山の振る公演は人気で、会場は満員だった。終演後は拍手が鳴り止まず、オケが退場したあとに指揮者だけがカーテンコールに応じる、いわゆる〈一般参賀〉までが起きた。

「お疲れさん」

楽屋で礼服から普段着に着替えていると、小松研吾がやってきた。

神山の公演は、特別に過酷だ。今日のリハーサルは異例の六時間に及び、本番がはじまる前に多くの団員がぐったりとしていた。さすがの小松も、疲れが隠せない。

「今回は、呼んでいただいてありがとうございます」

頭を下げると、小松は面倒くさそうに手を振った。

「俺が呼んだわけじゃない。エキストラ《トラ》の選定は、事務局主導だよ」

「でも、最初に呼んでいただいたのは、小松先生です。オケで弾けてありがたいと、舞台上でつくづく感じました」

シンフォニア東京にエキストラとして参加するようになって、三年ほどが経つ。

当時オーケストラで弾く機会を逸していた英紀を事務局に推薦してくれたのは、小松だったと聞いた。古株の彼が推薦してくれたのだから、かなりの影響力があったはずだ。

オケの仕事は、大切だった。消耗はしたが、自分はまだ音楽家でいられているという自尊心を回復させてくれる。

「トラで満足するな」小松は釘を刺すように言う。

「お前、もう二十八だろ。いい加減オーディションに受かれ。チャンスは何度もくるもんじゃねえぞ」

「それは……判ってます」

「レッスンもこいよ。プロになったあとでも、他人に見てもらうのは大切だ」

「判ってます。近いうちに、伺わせてください」

「坂下」

小松の声色が、変わった気がした。束の間、視線が交錯する。

「……なんでもない。よく寝ろよ」

「ありがとうございます」

小松は何かを言いかけていたが、聞いても教えてもらえないと感じた。英紀は礼を言い、楽屋をあとにした。

——自分はいつまで、オーケストラに乗れるのか。

ホールの外に出ると、舞台上で回復した安心感が、いつの間にか不安に反転していた。いまのところシンフォニア東京からエキストラの依頼はきているものの、いつ途切れてもおかしくはない。

現在のチェリストとしての活動は、シンフォニア東京のエキストラと、結婚式などのイベントでの演奏だけだった。以前は単発でスタジオ収録の仕事もあったが、いまは呼ばれていない。呼ばれなくなった理由は、判らない。

プロのオーケストラには、常に大量のエキストラが参加している。

東京には、御三家と言われる〈首都交響楽団〉〈ニューフィルハーモニー〉〈JP交響楽団〉のほかにも無数のプロオーケストラが存在する。どこも財政は苦しく、多くの正団員を抱える余裕などはない。エキストラは、雇用の調整弁として必要となる。

英紀の出演料は、一回につき三万五千円。これは二度のリハーサルと二度の本番を含んだ合計で、一日で割ると八千円強にしかならない。とはいえ、リハーサルに参加するためには事前に楽譜をさらう時間が必要で、そこまでを含めると時給は漫画喫茶のアルバイトと変わらないレベルまで落ち込む。結婚式の出演料は五千円から七千円、これが月に二から三回。確定申告のために計算していると、職業欄にチェリストと書き込むのがためらわれるほどの薄給だ。

周囲を見ると、演奏会の観客と思《おぼ》しき人々が、歩道のそこここを歩いている。クラシックのコンサートにくる客層は高所得者が多く、身なりが洒落《しゃれ》ている。量販店の着古しを着ている自分とは大違いだった。

薄給にあえいでいる人間の演奏を、豊かな人々が高い金を払って聴きにくる。漫画喫茶とは逆だなと、皮肉な思いに駆られた。〈キング〉では、高給取りの漫画家が描く作品を、庶民が安価に読みにくる。

一時間ほどかけて自宅に帰り着く。池袋に借りている1Kのマンションだ。

志田音大は東武東上《とうぶとうじょう》線の沿線にあって、英紀は学生のころから何度か住み替えをしつつ、ずっと池袋に住んでいる。防音施工されたマンションの家賃など払えないので普通の物件を借り、寝室に二畳の組み立て式防音室を無理やり入れて練習場所にしている。

この国で、チェリストとしてやっていくのは難しい。

過酷な競争を勝ち抜いて音大に入ったところで、その大半が音楽家としての夢を諦め、就職したり家庭に入ったりしていく。プロになれたとしても、人並みの収入を稼ぐには大きなコンクールを取ってソリストになるか、オーケストラに入るか、タレントなどに活路を見出すか……どれも、すさまじく狭き門だ。

どの門にも入ることができず、かといって安定する方向にも進めず、中途半端なままずるずると音楽家を続けてしまい、年だけを取り続ける。加齢とともに人生の選択肢は、どんどん失われていく。

もっとも痛手を被るのは、自分のような人間だ。

いつまでも夢を介錯《かいしゃく》できずに、岩壁にしがみついている人間だ。

「やめろ」

声に出し、英紀はなんとか思考を止めた。最近、ネガティブなことばかり考えてしまう。悩んでも、自分を傷つけるだけで何の意味もない。この数年、悩んで悩んで悩み抜いたから知っている。

スマートフォンが振動する。見ると、一通のメールがきていた。

〈鵜崎四重奏団　第一次オーディションのご案内
日時：3月16日　13時～
場所：相良ホール　第一リハーサル室
当日楽器の準備は必要ありません。交通費は参加者の自己負担。以上〉

先日応募したオーディションの返答がきていた。

そっけない文面に、英紀は首をひねった。

――楽器の準備は、必要ありません？

どういうことなのだろう。わざわざオーディションに呼び出しておいて演奏しないことなど、あるのだろうか。楽器を弾く必要がないのなら、書類選考をすればいいだけだ。

〈鵜崎〉

メールに書かれているその二文字が、どうしても目に入る。

やはり、異端のチェリストは一筋縄ではいかない。すでにオーディションは、はじまっているのかもしれない。

いや――。

英紀は寝室に戻り、充電ケーブルからタブレットを引き抜いた。

自分のオーディションは、とうの昔にはじまっている。身を切られるような一報を目にした、あの日から――。

タブレットを起動させ、撮影した新聞記事のスクラップを表示する。特に理由もなく、気がつくと習慣的に読み返している。

〈調布の火災、一名死亡。チェリストの黛由佳さんか〉

「――由佳」

英紀の脳裏に、天真爛漫《らんまん》だった由佳の笑顔が浮かんだ。

＊　七年前　秋

「まあまあ、ヒデさん。春の選抜演奏会に向けて、切り替えろよ」

志田音大の学食に、英紀はいた。対面に座る森内諒一《もりうちりょういち》が、肩を叩いてくる。

「よく頑張ったよ。結果は結果だ、過程を大切にしよう」

諒一はピアノ専攻の二回生で、室内楽の授業で一緒になったときに仲よくなった。選抜演奏会のオーディションでも、伴奏を弾いてくれたのは彼だった。短い金髪と真っ黒な服がトレードマークで、ピアニストというよりロックミュージシャンのようだ。

「ヒデさんには、あと二回チャンスがある。半年後に巻き返せばいい。それに今回の選ばれたメンバーは、八割以上が四回生だ。年長者に負けるのは仕方ないだろ」

「でも、一回生で受かってるやつもいた」

「若手の枠があるんだよ。フレッシュなメンツは必要だろ」

「そんなこと言いはじめたら、なんでも正当化できるじゃないか」

「正当化しろよ。悩んで落ち込んで何もできなくなるくらいなら、無理やりでも正当化しろ」

諒一は客観的で冷静だ。その性格は演奏にも反映されていて、彼と共演していると、自分のやりたいことをやっているというより、行われていることを把握しながら必要な音を必要な場所に置いている感じがする。

諒一が励ましてくれることはありがたい。可愛い後輩だと思う。だが同時に、彼の物言いに一抹の寂しさも感じるのだ。

〈ヒデさんには、あと二回チャンスがある〉

諒一は、自分の力で選抜演奏会に出ようとは、はじめから思っていない。

選抜演奏会にはピアノ独奏部門もあり、志田記念ホールが誇るベーゼンドルファーのモデル290インペリアルを弾く機会が与えられる。だが諒一は、最初からその枠を狙っていない。今回も英紀のほかにふたりの伴奏をしただけで、ピアニストとして評価の俎上《そじょう》に載ろうとしない。

〈俺はピアニストにはならない。最初からそんな目的で音大にきたわけじゃないからな〉

親しくなり、最初にふたりで飲みに行ったとき、諒一はそう言っていた。

〈俺なりに青春をピアノに注ぎ込んできたが、高校生くらいで自分の限界がよく判った。この世界は化け物ばかりだ。俺がこれからどれほど練習しても、町の教室で教える程度の仕事にしかありつけないよ。でも、いまさらその辺の会社に就職するのもつまらないだろ？　だから――〉

人脈を作りに音大にきたと、諒一は言った。これから一流の奏者となっていく人々とコネクションを作り、将来的に好きな音楽の世界で何かのビジネスをするのだと。そんな動機で音大に入ってくる人間がいることに、英紀は驚かされた。

「森内さん」

突然、脇から声をかけられた。

チェロ専攻の一回生、松田純《まつだじゅん》だった。小太りの後輩で、英紀とはあまり交流がないが、諒一とは仲がいいらしくたまに話している。

松田純は、北関東に巨大な総合病院を持っている医者の息子だった。幼少のころからコンクール入選歴も多く、くだんの選抜演奏会にも一回生にして選ばれていた。

ふたりは、松田が最近叔父からもらったという高級時計の話をはじめている。諒一もまた地主の家に生まれた次男で、時計や服が好きなのだ。こういう話題になると、黙って水を飲んでいるしかなくなってしまう。

音大に入ってみて思い知らされたのは、実家の財力の大切さだった。というよりも、豊富な資金力がなければ、クラシック業界でのし上がっていくことなど不可能だという事実だ。

裕福な家庭に育った人間は、子供のころから高価な楽器や優秀な教師が与えられる。神経が発達していない子供時代にいかに弾き込むかは、音楽家にとっての生命線だ。街の教室でチェロを続け、高校一年生でプロを目指しはじめた自分とは、その時点で大きな差が開いてしまっている。

音大に入学してからもその問題は続く。富豪の子供は、英紀がアルバイトをしている時間を、すべて音楽に注ぎ込むことができる。幼少期につけられた差が、音大に入ってからさらに開いていく。それでもなんとか選抜演奏会に出られるか否かの境界線上に留まれているのは、自分が遊ぶ時間をすべて削って練習に回しているからだ。〈女はいるのか〉という小松の問いかけは、金銭的に余裕がある人間の戯言《ざれごと》としか思えなかった。

自分も、こんな金持ちの家に生まれていたら——。

高級時計の話を続けるふたりを見ていると、暗い想念に囚われてしまう。惨めなことを考えたくはない。何よりも、音大に通わせてくれた両親への感謝を失ってしまうのが怖い。

英紀は思考を打ち切り、ふたりの会話を意識の外へ追い出した。

残念会をしようと諒一が言い出し、その晩、居酒屋で飲むことにした。悪い酒になるかもしれないと危惧したが、諒一は終始明るく、最近付き合い出した彼女の話などをして盛り上げてくれた。諒一には一緒にいる人をリラックスさせる、不思議な力がある。話しているうちに、英紀の気分も上向いていった。

「ヒデさん、もう一軒付き合ってよ。最近通っている店があるんだ」

〈モレンド〉というピアノバーは、偶然にも英紀が下宿をしている池袋の一角にあった。地下にある店で、入り口には小さな看板が出ているだけだ。

暗い階段を下り中に入ると、バーという名前から想像するよりはるかに広い空間があった。テーブルセットが十個ほど並んでおり、中央にはグランドピアノが置かれた小さなステージがある。店内は暗めの間接照明に彩られていて、シックな雰囲気だ。クラシックよりもジャズが演奏されそうな、夜の色気が漂っていた。

「お、今日はライブがある」

席を確保し、諒一がテーブルにあった出演表をつまんだ。今日これから、ステージで生演奏が行われるようだ。

黛由佳。

出演表に、奏者の名前と経歴が書いてある。何気なくそれを読んでいるうちに、英紀は酔いが覚めていくのを感じた。

「おい。この人……チェリストだぞ」

「え、マジか」

「ああ。文華《ぶんか》音大に通ってると書いてある」

諒一が気遣うような目になった。気軽に飲もうと思っていたところに、同業者の演奏を聴かされるとなってはたまらないと、判っているのだ。

プロフィールには、黛由佳が現役の音大生であることと、コンクールの受賞歴が書かれていた。最近は特に目立った実績はないものの、中学生のときに〈日本提琴《ていきん》コンクール〉の中学生部門で奨励賞を取っている。〈日琴〉は日本を代表する弦楽器コンクールのひとつだ。チェリストとしての実力が窺える。

「マユズミ楽器のお嬢さんだよ、その人」

店のマスターが、水を注ぎがてら諒一に囁いた。マユズミ楽器は日本の三大ピアノメーカーの一角で、ヤマハ、カワイに次ぐ規模の会社だ。

「面白い演奏をするよ。ちょっと天然ボケだけどね」

――この人も、金持ちの娘か。

松田が嵌《は》めていた腕時計の、上品な金色を思い出した。自分の手には一生巻かれることがないであろう、透き通るような金だった。

「出るか？」

マスターが去ったあと、諒一が心配そうに言ってくれた。同業者、しかも他音大の学生の演奏など、落ち着いて聴いていられる状況ではない。

「行こう」

英紀は頷《うなず》き、席を立った。

その瞬間、会場を拍手が満たした。

舞台の反対側、英紀たちの背の方向にカウンターがあり、脇のドアからチェロを携えた女性が現れていた。タイミング悪く、お通しのミックスナッツが運ばれてくる。女性は客席の間を縫い、ステージに上がっていく。とても離席できる雰囲気ではなくなってしまった。

小柄な女性だった。

飾り気のない黒のワンピースを着ていて、黒髪をボブヘアに切り揃えている。チェロを演奏するにはある程度の体格が必要なので、プロの女性チェリストはやや大柄な傾向があるが、黛由佳は百五十センチもなさそうだった。真っ黒な出で立ちと合わせて、どことなく黒猫のような印象を受けた。真剣な表情をしている。美人だが、人を寄せつけない空気を纏《まと》っている。

黛由佳は椅子に腰を下ろし、チェロのエンドピンを床のストッパーに刺した。出演表には演奏プログラムが書かれていないが、奥にあるグランドピアノの前には伴奏者はいない。無伴奏をやるのだ。

「バッハの一番を」

透き通ったソプラノだった。そっけない挨拶をして、黛由佳は弓を構えた。

「あ……！」

黛由佳はうっかりしたというように、声を上げる。

「ごめんなさい。バッハはこの次でした。最初は、イヘソンの無伴奏です。すみません」

黛由佳は恥ずかしそうに頭をかいた。真剣な表情は、崩れてしまっている。

「イヘソンってなんだ？」

諒一が小声で聞いてくる。英紀は首をかしげた。無伴奏チェロのための曲は多くあるが、そんな作曲家は聞いたことがない。

英紀の困惑をよそに、黛由佳は再び真剣な表情になっている。仕切り直すように、弓を構えた。だが弦を押さえるはずの左手は、だらんとぶら下がったままだ。何をするつもりだ？　訝《いぶか》しむ英紀を前に、黛由佳はチェロを弾きはじめた。

チェロから鳴り響いたのは、異音だった。

黛由佳は弓を動かし、弦をこすっている。だが弾いている箇所がおかしかった。黛由佳の弓は、通常弾かれる駒の手前側ではなく、奥の部分にあたっている。

そんなところは当然、弾かれることを想定して作られていない。チェロからは低弦楽器ならではの豊かなバリトンではなく、小動物の悲鳴のような貧相な音が鳴っている。

黛由佳は突然、空いた左手でチェロの胴体を叩いた。手のひら全体で太鼓を鳴らすようにバチンと叩いたかと思うと、指先の爪でトトトンと細かく側板を鳴らしたりもする。チェロが打楽器になってしまったのではないかと思うほどの、多彩な打音だった。

――現代音楽か。

こういう特殊な奏法を並べた曲なのだ。その後も、弦を激しくはじくバルトーク・ピチカートに、弓の反対側の木で弦を叩き、かすれた音を出すコル・レーニョ奏法が続く。駒の上を直接弾いてざらついた音を出したかと思うと、突然パンプスで床を踏み鳴らしたりもする。いわゆるチェロらしい音は、ひとつも聴こえてこない。

現代音楽には、ほとんど関心がない。

クラシックは二十世紀後半に入り、難解なものになっていった。クラシック音楽の歴史とは、伝統や慣習を否定してきた、破壊の歴史でもある。ベートーヴェンは交響曲第九番において初めて合唱を取り入れ、ワーグナーは長大な〈楽劇〉というジャンルを作ることでクラシックの世界を拡張した。〈古風《クラシック》〉という言葉ですべて括られてしまうが、どの曲も作曲された時点においては斬新なものだったのだ。

だが、破壊には際限がある。過去の否定と拡張を繰り返してきたクラシックは、やがてより難解で、ほとんどの人間が判らない世界に突入していく。愛好家に聞けば違った答えが返ってくるのかもしれないが、理解するのに膨大な前提知識が必要となる現代音楽は、英紀にとってはクラシックの迷いにしか思えなかった。

だが――。

眼前で演奏される黛由佳の曲に、英紀は目を見開かされる思いだった。

決して判りやすい曲ではない。耳に優しい和音も美しい旋律も、曲の中からは聴こえてこない。単にわけの判らない音が乱雑に鳴っているだけのようにも取れる。

だが、そうではない。

よく聴いてみると、一聴して未整理な音の連なりが、響き合っていることに気づく。チェロからは超高音、打撃音、怪音、雑音などが鳴り続けているが、その集積を塊として俯瞰《ふかん》してみると、西洋音楽的な文脈とは異なる、別種の調和を成しているように思えた。

英紀の脳裏には、志田音大の練習場となっているホールの姿が浮かんでいた。

ホールには、様々な音が溢れている。人々の足音、話し声、楽器の音……音程も意味も文脈も関係ない無数の音が不思議と響き合い、ひとつの音響を作り出す。それは譜面に書かれた音楽としては表現できない、ホールならではの調和だ。

この曲は、その音響に似ている気がした。本来は艶やかに歌うだけのチェロからありとあらゆる音を引き出し、雑然とした音楽空間を作っている。英紀は驚いていた。現代音楽に興味のない自分が、ここまで楽しめるとは――。

英紀は、ハッと我に返った。

すべての音が止んでいた。水を打ったような静寂の中心で、黛由佳もまた沈黙していた。

黛由佳が、ゆったりとしたモーションでチェロを弾き出す。音が鳴った瞬間、英紀の全身に鳥肌が立った。

先ほどまでの特殊奏法は鳴りを潜め、黛由佳は突如、正攻法でチェロを弾きはじめていた。紡がれるのはどことなく東洋的で、訴えかけてくるような旋律だ。難解な現代音楽に浸かった身体に、その切々とした旋律が染み込んでくる。

――そうか。

先ほどの雑踏のような音響は、このためにあったのだ。音楽とはいえない塊で耳を満たしたあとに、極めて音楽的な旋律を投入してくる。特殊奏法のオンパレードは、その対比のためのものだった。

だがこの演奏は、そんなに浅いものではない。前振りとしての雑音の部分を、黛由佳は極めて独特の美を持つ、歪《いびつ》な塊として鳴らしていた。曲がそう作られているのか、黛由佳の独自解釈なのかは判らないが、見事な芸だと思った。

小柄な黛由佳は猫背になり、抱え込むような独特のフォームでチェロを弾いている。生み出される音は力強く、たっぷりと倍音が含まれた美音だ。もはや同年代の音大生がどうとか、富豪だからどうとかは、頭の片隅にもなかった。黛由佳の演奏に、完全に引きずり込まれていた。

黛由佳は美麗な旋律を歌い上げ、音楽は消えるように終わりを迎えた。盛大な拍手が鳴った。熱狂の中心で、黛由佳は恥ずかしそうに頭を下げていた。

「……ありがとうございます。少し、合間にトークしろってマスターには言われていて……話すのは苦手なんですけど、少しだけいいですか……」

黛由佳はキョロキョロと目を動かしながら話し出す。口調は、たどたどしい。

「……このあと、バッハの一番をやります。さっきは間違えてしまってすみません。あの……よくきてくださる人は、また一番かよって思われるかもしれないですけど、また一番です。でも、全然違う演奏になるはずなので、新鮮な気持ちでお楽しみいただけると、嬉しいです」

バッハの一番とは、無伴奏チェロ組曲第一番のことだろう。以前もこの曲をやったらしいが〈全然違う演奏になる〉というのは、意味がよく判らない。

「お昼に、ステーキを食べたんです。美味しいヒレ肉でした。それを食べながら私は……これって、音楽だな、って思いました」

突然、黛由佳は話題を変えた。

「つまり……私たちは牛一頭を食べることはできないですよね。牛を食べるなら、切ってステーキにする必要があります。でも牛には色々な部位があって、全部食べることはできません。ステーキを食べるとおなか一杯になりますからね……。でも本当は、ホルモンもあるし、タンもある……これってすごく音楽に似ていると思いませんか？」

客席が戸惑ったように静まり返る。天然ボケだとマスターが言っていた通り、要領を得ない話だった。醒めた反応を前に、黛由佳は顔を真っ赤に染めた。

「だから話すのは嫌なんです……まあいいや。聴いてください」

黛由佳は座るなりチェロを構え、弾きはじめた。無伴奏チェロ組曲第一番の「前奏曲」。曲がはじまるや否や、英紀は思わず立ち上がりそうになった。

――なんだ、これは。

数え切れないくらい聴き、自分でも弾き込んでいる曲だった。だが、耳がついていかない。何を聴かされているのかすら判らない。

バッハの中に、木が軋むような音が聴こえた。自分の中の何かが壊れていく音だった。

3

〈モレンド〉への階段を下りながら、ここにくるのは学生のころ以来だなと思った。フリーランスのチェリストとして活動をはじめて五年、あちこちのホールや店で演奏をしてきたが、当然ながら弾いたことがない場所のほうが多い。

店内に入る。中は何も変わっておらず、数年前にタイムスリップしたような気になった。クラシック奏者は日々昔の曲を弾き、過去の再現を繰り返している。同じ店内を保存し、変わらず営業を繰り返している〈モレンド〉の佇《たたず》まいは、クラシック音楽そのものの具現化のように思えた。

今日はライブがないのか、店内は閑散としている。空っぽの舞台を見ていると、初めて由佳の演奏を聴いたときのことを思い出す。

〈まあいいや。聴いてください〉

あの日、由佳が弾いたバッハの「前奏曲」は、いまでも耳にこびりついている。

アルペジオという奏法がある。

一度に鳴らすことで生まれる和音を、ひとつひとつの音に分けて弾くもので、無伴奏チェロ組曲第一番の「前奏曲」はコードが進行するにつれ、変則的なアルペジオがどんどん切り替わっていく構造を持つ。シンプルな音形にもかかわらず、高いオリジナリティと高貴さを表現できるあたりがバッハの凄さだ。

由佳の演奏は、既存のバッハの枠に収まらない自由なものだった。譜面の指定を無視してテンポは激しく揺れ、バッハの持つ高貴な曲想は微塵《みじん》も残っていなかった。小さな身体をフルに使いチェロをかき鳴らす姿は、無邪気に羽ばたく鳥のようだった。

クラシックは、様式の音楽だ。個性を出すにしても一定のルールやマナーを守る必要があり、それを逸脱することは容易《たやす》いが、そうなるとわざわざクラシック音楽をやる意味がなくなる。そういう点でスポーツに似ていると、英紀は常々思っていた。ルールを無視したラフプレイを行うのは簡単だが、そうなるとそのスポーツをやる意味が失われる。残るのは、観客からの軽蔑の眼差しだけだ。

だが由佳の演奏には、単に軽蔑して終わりと切り捨てられない、何かがあるような気がした。これは、なんだ——食い入るように由佳の演奏を見つめたあの日のことを、いまでも鮮明に思い出せる。

「よっ、久しぶり」

声をかけられ、我に返った。

近くのテーブルに、スーツ姿の諒一がいた。

「ああ。元気にしてたか」

諒一に会うのも、学生のころ以来だ。筋トレをしているのか体格が一回り以上大きくなり、着ているもののグレードも素人目にも上がっている。それでも、纏っている朗らかな空気は、昔と同じだった。

「活躍は聞いてるよ。儲かってるみたいだな」

「まあな。ヒデさんは、景気が悪そうなツラしてるな」

「チェリストに好景気なんかないよ。音楽が金にならないことくらい、知ってるだろ？」

「世の中、金だけじゃないことも知ってるよ」

諒一と話していると、自然と心の奥がほぐれてくる。こんな風に無邪気に笑えたのはいつ以来だろう。

〈株式会社エヴリ　代表取締役　森内諒一〉

渡された名刺には、そう書かれていた。

諒一は卒業後すぐに〈エヴリ〉という会社を立ち上げた。社名と同じ〈エヴリ〉という名のスマートフォンアプリが主力商品で、これは音楽家と演奏機会とのマッチングアプリだ。

結婚式に生演奏をお願いしたい。レコーディングにクラリネットが欲しい。アマチュアオーケストラにエキストラを呼びたい。演奏家が必要な機会は色々とあるものだが、いままでは個人的なコネクションや、斡旋会社を通じてでないとなかなか呼ぶことができなかった。〈エヴリ〉は登録している演奏家と、演奏依頼とを直接マッチングさせるサービスで、音大生や若いプレイヤーが大勢登録して賑わっている。諒一の会社はアプリからの収益を軸に、演奏家のマネージメントや演奏会の企画、音楽をテーマにした婚活サービスなど、順調に事業を拡大しているそうだ。

嫉妬の感情が湧いてこないことに、英紀は安堵した。旧友の成功をやっかむところまで堕ちていたら、決定的に自分のことが嫌いになっていただろう。

酒を頼み、乾杯する。諒一もまた、英紀がチェリストを続けていることが嬉しいようだった。経営者として成功してなお、彼の根底には音楽家への敬意があるのだ。

「それで……」しばらく近況を報告し合ったところで、諒一が言った。

「今日話したいのは、由佳ちゃんのことだろ?」

覚悟を決めたような口調だった。

ちょうど一ヶ月前のことだった。漫画喫茶での夜勤を終え、泥のような睡魔を抱えて帰宅したところ、朝のニュースで、調布《ちょうふ》市で火災が起きたことが報じられていた。ぼんやりとテレビを見ていた英紀は、被害者の名前が出たところで一気に覚醒した。


〈東京都調布市で本日未明に火災があり、住宅一棟が全焼した。焼け跡からは一名の遺体が発見、この家に住むチェリストの黛由佳さん(27)と見られ、調布警察署は身元の特定を進めている。付近に火の気がないことから、放火と見られている。

黛さんは東京生まれ、《鴉崎四重奏団》のメンバーとして活動していた。調布警察署は事件と事故の両方から捜査を進める方針〉

由佳の死を報じた夕刊の記事を、英紀は一言一句違えずに記憶していた。バッハの無伴奏を、すべて覚えているように。

「懐かしいな。最初に由佳ちゃんの演奏を見たのが、ついこの間みたいだ」

「ああ」

「もうあの子の演奏が聴けないなんてな……」

ステージを見つめる諒一の声が、湿り気を帯びた。確かにもう、由佳の演奏を聴くことはできない。だが、不思議と喪失感は湧いてこなかった。由佳が死んだことはショックだったが、彼女の演奏が二度と聴けないことについては、自分でも驚くほど動揺していない。

もうとっくに、自分は由佳の音楽を失っていたからだろう。そのことに対する喪は、大昔に明けていたのだ。

「諒一」英紀は、腹を決めて言った。

「怒らないで聞いてほしいんだが、いいか?」

「なんだよ。怒らせるようなことがあるのか?」

「いま、鵜崎四重奏団のオーディションを、受けている」

酒を傾けていた諒一の動きが、ぴたりと止まった。

諒一がグラスをゆっくりと下ろす。眼光が、刺すように鋭くなっていた。

「何考えてんだ、あんた?」

「怒らずに聞いてくれ」

「別に怒ってねえよ。質問してるだけだ」

「怒ってるだろ。落ち着いて聞いてほしい」

英紀は鞄からノートパソコンを取り出した。長年スマホしか持っていなかったが、資料をまとめる必要があったので中古ショップで安いものを買ったのだ。

「実は——由佳の死にかたが、気になってる」

「死にかた?」

「ああ。これはまだ、仮説なんだが」

周囲に客はいない。それでも英紀は、誰にも聞こえないように声を落とした。

「由佳は、鵜崎のせいで死んだんじゃないのか」

＊　七年前　冬

黛由佳、二十歳。

文華音大の器楽科チェロ専攻に通っていて、現在は二回生。チェロをはじめたのは三歳のときで、高校は文華音大の付属高等学院を出ている。

「師は文華音大教授の芝玲司《しばれいじ》。多くのプロ奏者を輩出している名伯楽。使っている楽器は現代イタリアの名工……」

「もういい。ストーカーかお前は」

「せっかくヒデさんのために調べてきてやったんだぜ。少しは感謝しろよ」

というような会話を諒一としたのは、二ヶ月前のことだった。調べてほしいなどとは一言も言っていないのに、諒一は次々と情報を運んできてくれる。

黛由佳の演奏に魅了されてから三ヶ月、英紀は暇を見ては〈モレンド〉に通うようになっていた。由佳は概《おおむ》ね二週間からひと月に一回ほどライブをしていて、すでに四回の演奏を聴いていた。

〈全然違う演奏になるはずなので、新鮮な気持ちでお楽しみいただけると、嬉しいです〉

由佳の演奏を追いかけてみて、その意味が理解できた。由佳の演奏は、聴くまで何が出てくるか判らない。

淡いロマンティシズムを描いていたシューマンの「アダージョとアレグロ」をロックのように激しく弾いてみせたかと思うと、サン＝サーンスの「白鳥」を極めて正統的に弾いたりしてみせる。同じ曲を全く違う解釈で弾き分けるのも、由佳の特徴だった。彼女の弾くバッハの一番を三回聴いたが、一筆書きのように一気に最後まで弾く回もあれば、象の歩みのように重厚に弾く回もあった。〈高貴で優美な、チェリストの聖典〉。そんなイメージでまとめられがちなこの曲から、由佳は様々な響きを引き出してみせた。自由闊達《かったつ》に変化するアルペジオは、彼女という音楽家の象徴のようだった。

ほかにこんなことをしている奏者はいない。クラシック音楽家は同じ曲を繰り返し舞台にかけることで、刀を研ぐように解釈を磨いていくものだ。由佳は、思いついたアイデアを、舞台上でアドリブ的に弾いているのだろう。そこに毎回不思議な説得力があるのが、彼女のすごいところだった。一方で話すのは相変わらず苦手らしく、幕間のトークが毎回腰砕けになり、会場の失笑を買うのも定番となっている。

——影響されてはいけない。

由佳の演奏を聴くたびに、英紀は強く己を戒めた。由佳のスタイルは、自分が作り上げてきたものとは真逆だ。いかに彼女の演奏に興味を覚えたからといって、自分の内面に影響を侵入させてはいけない。

そう思っていたのだが。

〈お前、女ができたのか〉

昨日、小松に指摘され、英紀は驚いた。

〈音楽が柔らかくなってる。いままでのような《こう弾かなきゃいけない》というクソ真面目さが取れてきている。それだよ。お前に足りなかったものは〉

確かに最近チェロを弾いていて、事前に固めたプランを少し外れることができはじめている。由佳のような大胆なものではなく、突端からほんの一、二歩横に動いた程度の、些細な逸脱にすぎない。それでも、以前はできなかったことだ。

〈春の選抜は、いいところまでいけるかもしれないな。楽しみだ〉

自分は否応なしに、変化している。

この流れに乗っていくことが、いまの自分には必要だと思えた。


英紀はひとり、〈モレンド〉に向かっていた。学校帰りで、ダウンジャケットを着込み、背中にはチェロの入ったカーボンケースを背負っている。あたりはもう冬の気候だ。

地下への階段を下り、店内に向かう。今日は十九時から由佳のライブの予定だが、もう二十時を過ぎていた。後半だけでも聴ければいいと思い、店のドアを開けた。

その瞬間、重たい沈黙が、ドアの狭間から溢れかえった。

ただの沈黙ではない。ギスギスと軋むような緊張感を含んだ、痛みを伴う沈黙だった。

「坂下くん」

顔見知りになったマスターが入り口までやってきて、難しい顔で囁く。

「ちょっと、トラブってる。今日は、帰ってもらったほうがいいかもしれない」

「トラブってるって、どうしたんですか」

「斎藤昌斗《さいとうまさと》先生って知ってる？　音楽評論家の」

知っているも何も、業界で知らない人はいない重鎮だ。音楽評論の大著を何冊も記しており、大物の外国人指揮者たちとの交流でも有名だった。旺盛な活動は音楽評論に留まらず、小説を書いて芥《あくた》川《がわ》賞か何かを取っていた気もする。店内を覗くと、一番奥のテーブルに、背筋がピンと伸びた大柄な老人が座っていた。

「斎藤先生が、黛さんの演奏を聴いて怒っちゃってね」

「怒った？　何をしたんですか」

「あの子の演奏はいつも通りだよ。前半が終わったところで、斎藤先生がものすごい剣幕で怒り出して……黛さん、真っ青になってた。後半、もうできないかもしれない」

「とりあえず、座ってもいいですか」

「いいけど、たぶん中止だよ……」

店内を見渡すと、斎藤昌斗の隣のテーブルで、背中をこちらに向けている諒一の姿が見えた。英紀が近くに向かうと、驚いたように目を見開く。

「バッハを冒瀆《ぼうとく》している」

斎藤昌斗は、若い女性を連れていた。赤ワインを傾けながら、苛立ちが収まらないように呟《つぶや》いている。

「音楽の父をあんな風に扱うなど、最近の音大は何を教えている？　クラシック音楽には、守るべきマナーは絶対的に存在する。Tシャツとジーパンで能ができるか？　五七五を守らない俳句が存在するか？　音大生がこの程度のことも判らないのか」

「まあまあ」

若い女性は気のない様子でなだめ、憤る斎藤を前にワインを飲んでいる。怒りを適度にいなしている雰囲気からは、恋人の匂いが漂っていた。

「後半、出てこれそうなのか？」

英紀は、諒一の正面に座った。

「判らない。由佳ちゃん、斎藤先生に怒鳴られて手が震えてた。チェロを持っているのも精一杯って感じだった」

「それはひどい……」

「正攻法ができない人間が、奇をてらう」

隣のテーブルから、斎藤の声が聞こえる。

「クラシック音楽の世界で目立つのは簡単だ。人がやらない変わったことをやればいい。譜面を無視した解釈、おかしなパフォーマンス……小手先芸をやれば、耳目を集めることはできる。だがそれはモナリザを焼いて耳目を集めるようなものだ。敬意を欠いた表現に先はない」

「まあまあ」

「この店の客もどうなっている。あの奏者が何度もここに出演しているらしいが、彼らは怒らないのか、こんなものを聴かされて……」

「まあまあ」

斎藤の声は、英紀たちのテーブルになんとか聞こえてくるくらいの音量だ。斎藤の声が響いているわけではないが、空気が伝わっているのか、店内は張り詰めている。

「ヒデさんは、どう思う?」

ピリピリした雰囲気の中、諒一が小声で言った。

「どうって……判らないよ。いまきたばかりだ。どっちが正しいかなんて」

「その話じゃない。気に食わない演奏だって、そりゃあるだろう。だからといって、店内で楽しんでいる俺たちにまでクソをぶっかけられる筋合いはない。そう思わないか?」

「何言ってんだ、お前?」

「頭の固い老害は、ほとほと困りもんだなって言ってんだよ」

諒一は、突然声のボリュームを上げた。止める暇もなかった。

「てめえが新しいものを受け容れられないだけなのに、古臭い価値観で若者を叩く。理解できないなら理解できないでいい。だからといって、それで他人を攻撃しはじめたら別だ」

「おい諒一、やめろ」

「ここが店の中でよかったよな。ネットであんなこと言ってたら、炎上して死ぬほど叩かれてるぜ。ああ、動画を撮っとけばよかったかもな。ＳＮＳに上げて燃やしちまおうか」

英紀と諒一が座っているのは、四人席だった。四辺に椅子が置かれていて、英紀の左右は空席になっている。

その右の席に、斎藤昌斗が座った。

「私のことかな？」

落ち着いた声だった。怒りの炎を完全に消し、平静を保った声になっている。

「そうですよ」諒一もまた、感情を抑えた声で応じる。

「俺たちは皆、この夜を楽しみにきているんです。演奏が気に食わなかったのなら、大人しく帰ればいいでしょ。声を荒らげる必要なんかどこにもない」

「出鱈目《でたらめ》なスタイルの演奏が蔓延《まんえん》することに、以前から危機感を持っているのだ。文化を守るのも評論家の役目なのでね。大体私は声を荒らげてなどいない。冷静に疑問を投げかけただけだ」

「出鱈目なスタイルねえ……」

諒一は挑むように微笑んだ。

「それなら言わせてもらいますけどね、バッハにしても、革新的な演奏は過去にいくらでもあったでしょう？　グレン・グールドの『ゴールドベルク変奏曲』なんて、最初は評論家から酷評されてましたけど、いまでは名盤として残ってますよね」

「グールドと一介の音大生を一緒にするとは、呆《あき》れ果てるな。音楽史に残る天才が緻密《ちみつ》な戦略をもとに行ったことと、音大生の思いつき。そんなものを同列に論じられるわけがない」

「権威主義的だなあ。グールドを評論家が酷評していた件は、無視ですか？　クラシックの世界も、どんどん変化してるんですよ。オーケストラのピッチは、華やかさを求めてどんどん高くなっています。作曲当時はもっと速く演奏されていた曲も、重厚さを求めて遅くなっていってるでしょう。能にしても、世阿弥《ぜあみ》の時代には……」

「伝統を踏まえて変化することと、伝統を無視して出鱈目をやることは違う。前者の変化は緩やかで、後者は破壊的だ。どちらがどちらに含まれるのかは、慎重に見極めなければならない。君の論理は粗雑すぎるよ」

　何をぶつけられても、斎藤は揺るがない。

「最近はモーツァルトの協奏曲のカデンツァでジャズをやったり、作曲家の指定にない楽器を交響曲で使ったりと、幼稚な破壊行為が蔓延している。これは老害とかそういう問題ではない。クラシックとは、文脈の文化なのだ。文脈を無視してやりたいことをやりたいのなら、自分で曲を作るなり、フュージョンやフリージャズなど別のジャンルでやればいい。クラシックの文化にただ乗りしているくせに、それを破壊して名を上げようとしてる。過去に敬意を持たない態度は、許すわけにはいかない」

「頑固ですねえ。マーラーが交響曲第六番でハンマーを使ったとき、あなたのような人が批判したんでしょうね」

「いや、私は批判しなかっただろうね」

「はは、あとでならなんとでも言える」

「私が先月上梓《じょうし》した『現代のクラシック一〇一』を読みなさい。アンディ・アキホの『リコシェ』を絶賛している章がある。これはステージの上に卓球台を置いて実際に卓球をやる曲だよ」

諒一は押し黙ってしまった。さすがは一流の音楽評論家だった。中途半端に論陣を張ったところで、繰り出される論理と知識に押しつぶされてしまう。諒一でさえこうなのだ。由佳がこの調子でまくし立てられたら、反論ひとつ言えなかっただろう。

一方で、斎藤の言い分には一理あると、英紀は感じていた。というよりも、文脈を研究し、それを研ぎ澄ませることで独自性を獲得しようとするのは、英紀のスタイルそのものだった。森をかき分け、突端に立つことに面白さを感じているから、英紀はクラシックを選んだのだ。

だが――。

「申し訳ありません」マスターが、舞台上に出てきていた。

「本日の公演は終了とさせていただきます。お客様には飲食代以外は返金いたしますので、ご容赦ください」

目の前が暗くなった。由佳の負った傷の深さを思うと、胸がえぐられるようだった。

斎藤が勝ち誇ったように笑い、自分の席に戻っていく。諒一が憎々しげに見つめているが、たとえ斎藤を論破できたところで、何も意味はない。由佳が傷つき、弾けなくなってしまったことに変わりはない。

何か、できることはないだろうか。

こんな局面で、自分にできることは――。

「マスター」英紀は、手を挙げた。

「私が弾いても、いいですか」

マスターと諒一が、驚いたように英紀のほうを見た。

「黛さんの代役になるかは判りませんが、ある程度レパートリーはあります。穴埋めくらいは、できると思います」

「いや、でもそれは……」

「一曲弾いてみて、駄目なら降ります。遠慮なく判断していただいて構いません」

英紀は返事を待つ間もなく、チェロケースに手をかける。店内から、ささやかな拍手が鳴った。斎藤と諒一の口論は、いつの間にか店全体に聞こえていたようだった。鳴り響く拍手からは、判官贔屓《ほうがんびいき》の温かみが感じられる。

「判った。じゃあ、一曲ね」

「ありがとうございます」

英紀はケースからチェロを取り出し、無人の舞台へと向かった。勝算があるわけではない。ほとんど勢いに任せた行動だった。

ストッパーを床に置き、エンドピンを刺す。弓のスクリューを回し、弓毛を張る。少しビールを飲んだせいで、指先がむくんでいた。一滴でも酒を入れた状態で人前で弾くなど、初めてのことだ。

「バッハの六番をやります」

脳裏に浮かんだ曲の名前を、そのまま出した。客席の角で、斎藤が嘲笑うような笑みをこぼしていた。

口に出してみてから、緊張してきた。バッハの無伴奏チェロ組曲は、全曲全楽章、寝ながら弾けるほどにさらいこんでいる。とはいえ、チェロ奏者の聖典と言われ、どれほど練習しても完成することのない難曲だ。こんなコンディションで弾くなど、自殺行為にも等しい。

顔を上げる。カウンターの脇、楽屋へ向かうドアは固く閉じられている。漂う沈黙が、由佳の負った傷の深さを表している気がした。

――黛さん。

チェロを構える。ゆっくりと息を吸う。

――聴いていてくれ。

英紀は、チェロを弾きはじめた。

組曲第六番の劈頭《へきとう》「前奏曲」は八分の十二拍子で、三連符による流れるようなメロディーが延々と紡がれる。フォルテとピアノによる対比が交互に現れ、音量が目まぐるしく切り替わる。音の跳躍も頻出する技巧的な曲で、音符を並べるだけでも難しい。

いつでも弾けるほど身体に染みついている曲を、英紀は細心の注意を払って演奏した。三連符系の飛びはねるような音形を、最初はフォルテで、次の小節はピアノで弾く。同じメロディーを異なる音量で弾かせるのは、バッハの遊びだ。子供が跳ね回るような稚気を現出させるように、丁寧に、慎重に、音楽を織っていく。

この曲の本質はユーモアだというのが、英紀の持論だった。

バッハは巨匠のイメージが強いが、実はエンターテインメント精神を持つ作曲家だ。どの曲にも観客を飽きさせない工夫があり、それは曲の並びにも表れている。二曲目の「アルマンド」では、静謐《せいひつ》で神聖な舞踏音楽が展開される。静かな音楽があとに控えているからこそ、バッハは冒頭にユーモアを置き、観客の心をほぐそうとしているのだ。

ハードル走のようにやってくるフォルテとピアノを、英紀は正確に弾き続ける。だが、丁寧に弾けば弾くほど、練習曲《エチユード》のような退屈な音楽に堕してしまうのが、バッハの難しさだ。バッハは、ダンスでなければいけない。第六番を構成する「アルマンド」も「クーラント」も「サラバンド」も「ガヴォット」も「ジーグ」も、すべて踊りの形態だ。正確であると同時に、踊り出したくなるような躍動感がなければならない。己を戒めながら、英紀は突端へと向かっていく。

——いい演奏ができている。

以前の自分なら、丁寧に弾こうとするあまり音楽が死んでしまっていただろう。だが、いまは違う。精緻《せいち》かつ、ダンサブルに。二律背反のど真ん中を、突き進むように。自分はいま、程よく、自分の音楽を捨てられている。

全身に鳥肌が立った。忘れていた。かつて演奏したブラームスのソナタは、こういうものだった。突端にしがみつき、震えているような音楽ではない。突端で踊る音楽だった。

曲は半分ほどに差し掛かっていた。指慣らしをしていないせいで、指先や関節が軋みを上げはじめている。この曲には休符がほとんどなく、すべての小節に音符が芝のように敷き詰められている。足がもつれる。突端にいることが、できなくなりつつある。だが、それでよかった。

——ここだ。

英紀は、飛んだ。

崖の突端から身を投げ、虚空に向けて飛び立つ——そんなイメージだった。積み上げてきたすべてを捨て去り、英紀は自らのチェロを感性に預けた。

頭を空っぽにし、演奏家としての本能が赴くまま、英紀はバッハを弾き進めた。隅々まで知っているはずの曲が、未踏の密林のように思えた。次の小節に何が出てくるのか、一秒後に自分が何を弾いているのか、全く判らない。何をやってる、早くもとに戻れ。冷静なチェリストとしての機能が警告を発するのを、英紀は無視した。勘と初期衝動をコンパスに、藪《やぶ》を切り開くようにチェロを弾き進めた。

自分に注がれている視線が、ひとつ、またひとつと消えていくのを感じた。

失望は、水のようだ。冷たくて、重たい。観客から放たれるひとつひとつの水が、塊となって英紀にのしかかってくる。自分は由佳のような、鳥ではない。崖の突端から身を投げたところで、海面へ向かって落下していくだけだ。

弱音の上昇音形。レのフェルマータをたっぷりと弾き、英紀は弦から弓を離した。まばらな拍手がやってくる。マスターが苦い顔でこちらを見ている。諒一は哀しそうな表情をしている。斎藤は対面の女性と話していて、こちらを見ようともしない。

「普通は、こうなります」

白けた客席に向かって、英紀は言った。

「黛さんのチェロは、確かに独特です。クラシックの文脈を無視しているようにも見えます。でも、普通そんなことをやろうとしたら、このようになります。思うがままに演奏しながら、それがきちんと曲としてまとまる。あのバランス感覚は、天性です。すごいことなんです」

その天性に、自分は救われたのだ。凝り固まっていた自分のチェロは、由佳の演奏を聴くことで解きほぐされた。

「確かに、彼女のやっていることがクラシックなのかと言うと、私には判りません。ただ、この文化は深いです。ジャズを取り込んだ曲も、仏教の要素をちりばめた曲も、中東の民族楽器を使う曲もある。長い伝統を持つ一方で、広い拡張性も持つ。それもまた、クラシックの器の大きさではないでしょうか」

斎藤が立ち上がった。もはや英紀の話を聞いてもいなかった。こちらのことは一顧だにせず、若い女性と一緒に外に出て行ってしまう。

ほかの観客も同様だった。もはや、誰も自分の言葉など聞いていない。諒一だけが、真剣にこちらの言葉に耳を傾けてくれている。

「小難しい理屈はいいです。私は、黛さんに演奏してほしい」

頭が真っ白になる中、英紀は言った。

「私は彼女のチェロを聴いて、救われる思いでした。私は彼女のチェロを、また聴きたい。心からそう思っています」

客席はしんと静まり返っている。英紀の演説に対して呆れたような、強烈な疎外の空気が充満している。

ありがとう。

白けた空気の漂う店内で、囁き声が聞こえた気がした。

顔を上げる。楽屋に向かうドアが、わずかに開かれていた。

その奥から、由佳が顔を覗かせていた。

囁いた声が届く距離ではない。たぶん、空耳だろう。それでも英紀には、由佳の言葉がはっきりと届いた気がした。

目が合った。その瞬間、慌てたように、ドアが閉じられた。

4

京王線《けいおう》を調布駅で降り、英紀は十五分ほど歩き続けていた。高いマンションのない閑静な住宅街で、一戸建てが適度な間隔をもって並んでいる。

角を曲がると、空気がわずかに淀んだ。

並んでいる一戸建てのひとつが、真っ黒に焼けていた。由佳の住んでいた家だ。

二階建ての細長い家で、隣家と隣家の間に収まるように建っている。特に向かって左の家は塀を挟んで密着するほどに近く、よく延焼しなかったものだ。白いモルタル壁は真っ黒になっていて、通りから見える窓はすべて割れていた。玄関のドアも燃え落ちたのか撤去されており、黄色い規制テープが張られコーンが置かれている。

見慣れた風景だった。由佳の死を知ってから、何度か足を運んでいるのだ。

火元は、玄関の脇に積まれていた段ボールと本だった。翌日が資源ごみの日だったので、朝に出すために置いてあったようだ。

〈坂下さん、楽譜捨てちゃうんですか……?〉

由佳の声が明滅した。そうだ、由佳とそんな話をしたことがある。

〈私……楽譜を捨てること、できないんです。一度それをやって、音符に呪われたことがあって。捨てた曲が夢の中で延々と流れ続けて、気が狂いそうでした……〉

斎藤昌斗とのトラブルが起きたあの日から、英紀は由佳と少しずつ話すようになった。最初は〈モレンド〉での終演後に店内で飲んでいたくらいだったが、彼女の家から文華音大までの通学ルートに池袋が入っていることが判り、たまに夕食に行くようにもなった。

〈バッハって、湿地ですよね。基本的に濡れているところが多くて、たまに深い穴が掘ってあって……弾いてると落ちそうで怖いんですよね〉

〈シューマン、好きです。でもたぶんシューマンって、三倍くらいの人数で演奏したほうが面白いと

思うんです。ホルンが十二人くらいいて……。シューマンのソロ弾いてるとき、もうひとり自分が欲しいなって思いますもん〉

〈モレンド、いいお店ですよね。あそこで弾いてると、雲の上にいる感じがするんですよ。音が上からも下からも聴こえてきて……〉

舞台上でのたどたどしい言葉そのままに、由佳は何を言っているのかよく判らないことが多かった。独特の言語感覚を持っているのだ。

〈私、おしゃべりが苦手なんです。子供のころから、何を言ってるか判らないって、親からも、友達からもよく怒られてて……。自分では普通に話しているつもりなんですけど、使う言葉をいつも間違えちゃうんです……〉

夕食を食べているとき、由佳とそういう話になった。

〈そんなときに、音楽をはじめたんです。衝撃でした……。音楽を使えば、私でも正確に言葉を届けることができるんだって。みんなの困った顔を、見なくていいんだって。そのとき、判ったんですよ！〉

たぶん由佳がよく判らない話をして、周囲の人が困惑するようなシチュエーションが、多くあったのだろう。由佳にとって言葉とは、音楽よりも不自由なものなのかもしれない。言葉よりも自由な音楽——以前ならそんなものは想像すらできなかっただろうが、由佳の演奏を聞いたあとなら、明確にイメージすることができた。毎回違う音楽を展開しながらも説得力があるのは、由佳が言葉のようにチェロを弾いているからではないか。

〈俺は黛さんの音楽に、救われたんだ〉

一度酔った勢いで、言ったことがある。

〈君の自由自在な演奏を聴いて、自分がいかに凝り固まっていたかに気づけた。君の音楽を聴くことで、俺も少し壁を破れた気がする。そのスタイルを、大切にしてほしい〉

守りたい、と思った。

由佳のスタイルは型破りで、いつ斎藤昌斗のような批判者が出てきてもおかしくない。そのときに彼女は、自らを守る言葉を持たない。由佳を守る役割を担いたいと、英紀は思った。由佳は驚いたように目を見開いたあと〈それだったら、嬉しいです〉と言ってくれた。

由佳は道具を大切にする人で、特に楽譜を大切に保管していた。一度英紀が弾き終わったコピー譜を捨てているのを見て、あっと叫んだほどだった。あれだけ譜面を無視してやりたい放題やる奏者が楽譜を大切にしているのは不思議だったが、由佳の中では何らかの整合性が取れていたのだろう。燃えた段ボールや本の中には、楽譜はなかったに違いない。

火元となった玄関には、もう何も残っていない。

放火犯は茨城県に住む大学生で、すでに逮捕されている。就職活動の面接で東京に出てきたはいいが、面接官にネチネチと嫌味を言われた。就活自体も上手くいっておらず、調布の飲み屋で泥酔し、すべてがどうでもよくなって目についた家に火をつけた……そんな身勝手な犯行動機が語られている。犯人のことを考えると過激な処罰感情が湧いてくるので、あえて何も考えないようにしている。

〈由佳の死にかたが、気になるんだ〉

昨日の諒一との会話を、英紀は思い出していた。

火事が発生したのは、一ヶ月前の、午前三時。

由佳は、玄関先に倒れていた。消火までには一時間半かかっていて、死因は煙を吸い込んだことによる一酸化炭素中毒だと報じられていた。

自宅に火を放たれ、由佳は玄関から逃げようとした。だがそこで煙に襲われ、一酸化炭素中毒で死んだ。警察の所見は〈事故〉だった。由佳は外に逃げようとして、不慮の死を遂げたのだと。

〈違うのか?〉

諒一の疑問に、英紀は〈たぶん〉と答えていた。

今回の火事の特異な点のひとつが、動画が残っていることだった。

近隣に住む高校生が火事に気づき、スマホを使い動画サイトに生中継していたのだ。そのときのアーカイブが残っていて、一時期はテレビでも使われていた。

映像は、少し離れた路上から撮られていた。撮影がはじまった時点で出火してから何分かが経っているようで、玄関は炎に包まれていた。まだ消防隊も到着しておらず、深い夜の底、宗教的な儀式のように巨大な火が静かに燃え盛っていた。不気味な映像だった。

その映像の中に、由佳が映っているのだ。

ほんのわずかな瞬間だ。公道に面した二階の窓、カーテンの隙間に、慌てたようにバタバタと動く人影が映りこんでいた。

〈つまり由佳は火事の最中、二階にいたことになる〉

火事が起きたのは午前三時。恐らく由佳の寝室は二階にあり、出火した当初はそこで眠っていたのだろう。そして炎に気づき、パニックに陥ったように動き出した。

〈由佳が高所恐怖症だったのは、覚えてるか?〉

諒一は頷いた。由佳は極度の高所恐怖症で、図書館で一メートルほどの脚立に上ったところ、そこから下りられなくなってしまったことがあった。〈子供のころ観覧車に乗ったときに、汗をかきすぎて脱水症状になったんです……〉。思い出すだけで怖いというように、そんなことも言っていた。

由佳は二階の窓を開けることすらしていない。飛び下りて逃げる選択肢は、最初からなかった。異常を察知した由佳は、一階へ下りてきたのだ。

〈だから、玄関から逃げようとして死んだんだろ？　おかしなところは何もない〉

諒一の言葉を思い出しながら、英紀は目の前の家を見る。

一軒家が密集している区画だ。両脇と背後を塀に囲まれていて、出口は、通りに面した玄関しかない。

だが――。

〈これを見てくれ〉

英紀はパソコンを示し、現地で撮った写真を見せた。

〈由佳の家には、地下室があるんだ。そしてこの地下室には、ドライエリアがついている〉

外観を見ると判るのだが、由佳の家と、向かって右側の家の間に、一メートルほどの空白がある。塀越しに覗き込むと地下一階に向かって一帯が掘られており、地下階が狭いバルコニーのようになっている。地下室に続くガラス戸も見えた。

ドライエリア、〈空掘り〉と呼ばれる部分だ。地下室の脇にスペースを掘り、開口部を作っているのだ。脇にドライエリアを作ることで、地下室に窓や戸を設置でき、光や風を入れられる。また災害時には、避難経路としても使うこともできる。

〈つまり、由佳は地下室からドライエリアを通じ、そこにある梯子《はしご》を登るなりして逃げることができた。ドライエリアに逃げ込んで、鎮火を待ってもいい。それなのに由佳は、玄関に突っ込んできた――〉

玄関にはコーンが置かれ、規制テープが張られているせいで中には入れない。だが、ドアが焼け落ちているせいで、中を覗くことはできた。二階と地下、それぞれに向かう階段が、玄関から離れた廊下の奥に見えた。

まとめると、こうなる。

午前三時に出火。

由佳は異常を察知して目覚めた。このとき、二階のカーテンの向こうでうごめいた姿が、動画に残っている。高所恐怖症だった由佳は二階の窓から逃げることができず、一階へ向かう。

玄関は火が燃え盛っている。そのまま地下室に下り、ドライエリアを伝って外に出られないか、普通は考えるだろう。だが由佳は、なぜか燃えている玄関へ向かい、そこで命を落とした。

些細な問題かもしれない。人間はそこまで合理的に動くわけでもないだろう。だがこの齟齬《そご》が、英紀の中で小骨のように刺さっている。

ふと、遠くに警察官の姿が見えた。犯人はすぐ捕まったというのに、巡回している警察官の姿をよく見かける。英紀は通行人を装い、静かにその場から離れた。

齟齬を解消するための、仮説――。

〈由佳は、自殺したんじゃないのか〉

そう考えれば、由佳がおかしな行動を取っていることにも理屈がつく。由佳は二階から下りてきた際に、玄関先で燃え盛る炎を見た。その瞬間、由佳は発作的に自殺衝動に駆られた。そして――。

〈ちょっと待て。何の証拠もないんだろ、その話〉

諒一は手綱を引くように言ってくれた。俯瞰と客観の男は、英紀が先走っているのを敏感に察知してくれる。

確かに、何の証拠もない。だから、自分が調べるしかないのだ。

――あのとき、俺は、由佳を守れなかったのだから。

気がつくと、見慣れない場所を歩いていた。夕暮れに染まる知らない街を、英紀は歩き続けた。

＊ 六年前 春

選抜演奏会のオーディションは、志田音大の講堂で行われる。

志願者にはスケジュール表が渡され、定刻までにステージに立っていなければならない。一秒でも遅れた場合、その場で失格になるという厳しい規定がある。

英紀は音楽室にこもり、チェロを弾き続けていた。講堂には控え室がないので、音出しは各自で音楽室を確保してやる。本番前に弾きすぎると指先の感覚が狂う恐れがあるが、それでもやらざるを得ない。

今回英紀が取り上げるのは、ベートーヴェンのチェロ・ソナタ第三番だ。

楽聖が作曲家としてもっとも充実していたと言われる中期に書かれた曲で、チェリストにとって最重要レパートリーのひとつだ。この曲以前にもチェロとピアノのソナタは多く書かれているが、それらの主役はあくまでピアノであり、チェロは音楽に厚みを加えるための伴奏でしかなかった。チェロの役割を拡大し、ピアノと対等であるところまで押し上げて書かれた歴史的な曲が、チェロ・ソナタ第三番なのだ。

英紀が気になっているのは、冒頭の仕上がりだった。

冒頭から最初の小さなカデンツァまでは、わずかに十二小節。細かい動きは一切なく、シンプルで優美なイ長調の旋律が奏でられる。だが、こういうシンプルな旋律がもっとも厄介なのだ。テクニックでごまかすことができず、演奏者の素の音楽性のようなものが問われる。今日練習で弾いてみたところ、どうにもしっくりこず、先ほどから延々と練習し続けている。

もう一度、冒頭を弾き直す。子供でも弾けるような単純な旋律。ここが上手くハマれば、今回の演奏は最後まで行けると確信している。だが肝心のその部分が、今日はなぜかしっくりこない。頭の中にある解釈と、出ている音との間にわずかなずれがあるのだ。これをどう補正すればいいのか、自分でもよく判らない。

——やはり、早かったのか。

小松には、ベートーヴェンの三番を取り上げることは反対されていた。曲自体の難易度もさることながら、フルニエやデュ・プレなど名だたるチェリストが名盤を残している曲で、審査員の要求水準も自ずと高くなる。生半可な演奏を持って行ったところで、鼻であしらわれて終わりだろう。

それでも練習を重ねるうちに、自信が深まっていった。この何ヶ月かで、ベートーヴェンのことをさんざん調べ直し、この曲の背景も理解できたつもりだった。頻発するテクニカルなパッセージも難なく弾きこなせるようになり、〈これなら大丈夫だろう〉と小松も太鼓判を押してくれた。それがいまになって、冒頭の単純極まりない旋律に足を掬《すく》われている。これが、ベートーヴェンの本当の恐ろしさなのか。

アラームが鳴る。開演まで、残り十五分。移動に五分はかかるので、もう行かなければならない。こんな心境で本番を迎えたくない。落ちたときに、長く引きずることが目に見えている。

「やる前から、落ちることを考えてどうする」

声に出して自分を鼓舞する。だが、気持ちは上向いてくれない。英紀はため息をついた。チェロをケースにしまい、音楽室を出た。

死刑台に向かう囚人の気分だった。キャンパスの光景が、色落ちしたくすんだものに見えた。

〈やったほうがいいですよ〉

ベートーヴェンを取り上げるかどうかで悩んでいた英紀の背中を押してくれたのは、由佳だった。

彼女との交流は、相変わらず続いている。

〈二十一歳のベートーヴェンが、あるはずです。それは二十歳とも、二十二歳とも違います。音楽には、そのときしかありません。思い切って窓を開けるべきです！〉

独特の語彙《ごい》で説得されたことを覚えている。いましかできないベートーヴェンがある──そういうことが言いたかったのだろう。それ以来、合否はともかく、〈二十一歳のベートーヴェン〉をやるのだという思いで練習を積んできた。それなのに、どうしていつも自分はこうなのか。

〈坂下さん〉

生半可な演奏では、由佳に顔向けができない。完璧に弾かなければ──。

「坂下さん」

それが自分の内側からではなく、背後から届いた声だということに、少し遅れて気づいた。

「由佳ちゃん──」

振り返ると、チェロケースを背負った由佳が立っていた。

「えへへ、きちゃいました」

「え、どうしたの。なんでこんなところに」

「いつも、きてもらってばかりですから。坂下さんの演奏、聴いてみたいなと思ってました」

「観客席で聴くってこと？」

オーディションは公開されていて、見学にくる人間も多い。確か由佳に、そう話したこともあった。

「二十一歳のベートーヴェン、楽しみにしてます。私もいつか、ベートーヴェン弾いてみたいですから。参考にします」

「うん……」

「ファイトです。きっと上手くいきます」

くすんだようなキャンパスの中で、スプリングコートを着た由佳の姿だけが鮮やかに見えた。

――自由にやればいいのだ。

閉塞していた心の中に、一筋の風が入った気がした。

いつの間にか、自分で自分を縛っていたことに気づいた。以前、結果が出なかった時期と同じだ。どう弾くかの解釈を固めすぎて、そこから外れることを恐れていた。由佳のように弾けばいいのだ。鳥のように自由に。

「由佳ちゃん、ありがとう」

「え?」

「大事なことを思い出せた気がする。本番、楽しんでくるわ」

「うん。私も、楽しんで聴くね」

由佳が手を差し出してくれる。英紀はその手を握り返した。小さくとも指先の固い、チェリストの手だった。きっと彼女も、自分の手に同じことを思ってくれているだろう。

「行ってくる」

迷いはなくなっていた。くすんでいたキャンパスの景色は、色を取り戻していた。

三日後。夜の〈モレンド〉は、満席だった。店内に入ると、入り口すぐのテーブルに諒一がいた。

「よっ、ヒデさん」

陽気に言って、正面の空席を示してくる。気まずい思いに駆られたが、まさか断るわけにはいかない。英紀は覚悟を決めて、空いた席に座った。

「選抜演奏会、合格おめでとう。念願がかなったな」

「ありがとう。嬉しいよ」

「できれば俺も志田記念ホールの舞台に立ちたかったんだがな。まあ、俺にそんな資格はないか」

今回英紀は、伴奏を別の人間に頼んでいた。

チェロとピアノに対等な役割が求められるチェロ・ソナタ第三番において、ピアニストは単なる伴奏者ではいられない。気が合うだけではなく、英紀と対等に張り合えるプレイヤーをピアニストとして置く必要があった。

英紀は合格するために、諒一を切った。〈俺でもそうするよ〉と、諒一があっさりと引き下がったことが、たまらなかった。

「諒一、今回は悪かったよ」

「何がだ。別に主役はあんたなんだ、パートナーは自由に選べばいい」

「それでも、一緒に苦労してきただろ。悪かったよ。俺は、エゴイストだ」

「んじゃ、一杯おごれ。それで許してやるよ」

諒一はメニュー表を開き、一番安いジンを示してくる。オーディションの話になったら、さっさとこういう展開に持ち込もうと、準備をしていた気配があった。何から何まで役者が上なのだ。

届いたジンとビールで乾杯をする。今日はこのあと、由佳のライブが行われるのだ。相変わらず月に一度ほどのペースで〈モレンド〉に出演していて、固定ファンが増えているのか客席も盛況だ。

「〈日本提琴コンクール〉、由佳ちゃん、出るんだろ？」

頷いた。由佳は三ヶ月後――六月に開かれる〈日本提琴コンクール〉を視野に入れている。中学生のときに彼女が奨励賞を取ったコンクールで、今回は上位入賞を目指しているそうだ。チェロ部門は二年に一度しか開催されないため、四月に三回生になる彼女は、学生として出られるラストチャンスだ。

由佳がコンクールに興味があるとは思っていなかったのだが、思いのほか真剣なようだった。コンクールの話になると、目の色が変わる。奨励賞は、悪く言えば入選に漏れた人への救済措置でしかない。今度はきっちりと入賞したいのだろう。

とはいえ、由佳の芸風がコンクールに向いているとは思えなかった。由佳はその場で思いついた曲想をリアルタイムで投入し、まとめ上げていくという特異なスタイルの持ち主だ。コンクールで求められるのはむしろひとつの解釈を極限まで磨き上げる、自分のような芸風だろう。由佳は慣れないスタイルで臨むことになる。

「んで――由佳ちゃんとはその後、どうなんだよ」

諒一の目に、好奇心の色が浮かんでいた。

「オーディションの会場に聴きにきてたらしいな。ヒデさんも隅に置けないな」

「誘ったわけじゃない。色んな演奏が聴きたかっただけだろ。ただの勉強だよ」

「何度かデートしたんだろ？　もう付き合ってるのか」

「付き合ってなんかないよ。たまに食事とかに行ってるだけだ」

「はっきりしねえな。ヒデさんは、あの子のことが好きなのか？」

「好き……判らない。演奏家としては、尊敬してるが……」

「あのなあ」伴奏者を降ろされても怒らなかった諒一が、苛立ったように言う。

「もたもたしてるとほかの男に横取りされるぞ。あんだけ可愛いんだ、狙ってる男は多いだろ」

「まあ、そうだと思うけど」

「恋愛なんて百パーセント、タイミングでしかないんだぞ。演奏だって、おかしなところで音を出したら、一発で退場だ」

「判ってるよ」

そう言ったものの、何も判っていない自覚はあった。由佳とは確かに、何度か食事に行っている。可愛いとも思うし、音楽家としても尊敬している。言っていることがいまひとつ要領を得ないあたりも、好きだ。守ってあげたいと思う。

だが——。

「諒一」

「ん？」

「ちょっと、相談したいんだが……」

「なんだよ、改まって」

呟いたところで、店内が暗くなった。〈あとにしようか〉というように、諒一は目配せをする。

楽屋から由佳が現れ、拍手の中、舞台へと上がっていく。集中しているのか、目線は合わない。由佳は椅子に腰を下ろし、ストッパーにエンドピンを刺す。

「ええと……まずは、バッハの一番を……」

由佳は楽器を構える。だがすぐに「また、間違えました……」と天を仰いだ。

「エディソン・オリベイラの『サウダージ』という曲をやります。ブラジルの曲で、ユーチューブで見つけて、作曲者本人に連絡を取って楽譜を送ってもらいました。すごくいい曲なので、聴いてください」

〈現代の作曲家の曲をやるの、好きなんです〉

最初に彼女のステージを見たときも、由佳は李海成《イヘソン》という韓国人の曲をやっていた。

〈音楽は四次元です。昔の人にも会えるけど、世界中の人にも会えます。私は英語も韓国語も話せませんけど、ドイツ人とかチリ人とかと、音楽で会話できます。同じ時代に生きている人が何を見て、何を考えているのか……それを知りたいんです。だから、坂下さんも何かいい曲を見つけたら、教えてください〉

由佳らしくない言葉だと思った。与えられた曲をもとに、ときにもとの楽曲のフォルムを壊してでも自由な曲想を描き出すのが、黛由佳というプレイヤーだからだ。何をやっても本人役になってしまう俳優がいるように、彼女の演奏の中には黛由佳しかいない。

とはいえ、現代の作曲家の曲を弾く由佳は、いつも楽しそうだった。演奏しているときの由佳の笑顔を見るのは、好きだ。こんなことも、彼女の中では整合性が取れているのだろう。

由佳が、弓を振るう。

高音の強奏からはじまる曲だった。曲の冒頭、無伴奏でいきなり強い音を弾くのは、奏者にとっては怖いことだ。高音域となると指の幅が狭くなり、容易に音を外してしまう。

由佳は一切の恐れを感じさせない弾きぶりで、冒頭の一音を鳴らした。大人しいように見えて、強い胆力の持ち主なのだ。確信を持った弓さばきで、高音域からはじまる下降音形を力強く弾き進めていく。音階を駆け下りる細かい音たちが、散弾銃のように空中にばらまかれる。

不思議な曲だった。ブラジルというと陽気なイメージがあったが、悲痛で重苦しい曲調だ。だが、単に暗いだけではない。短調の重苦しい進行の中に突如明るい響きが差し込まれ、暗い音楽世界にあっけらかんとした身も蓋もない光が差し込む。

ブラジルは、長く植民地時代が続いた国だ。「サウダージ」とは、憧れや愛情を含んだ郷愁を意味する言葉だが、独特のニュアンスがあり、日本語には上手く訳せないと聞いたことがある。重苦しい曲調は、ブラジルの血塗られた歴史の心象風景だろうか。唐突に挟まれ、すぐに消えていく明るい響きは、ここではないどこかへのサウダージを指しているのだろうか。調べてみたいと思った。この曲の突端には、どんな風景が広がっているのだろう。

由佳は演奏に没頭していた。原曲を聴いたことがないのでどこまでが由佳のアドリブなのかは判らないが、わくわくした表情で曲を弾き進める姿はいつも通りだった。店内が、由佳の色に染められていく。

——やはり。

店内の客が引き込まれているのが、肌で伝わってくる。由佳の演奏には、見ている側を魅了する何かがある。

だが英紀は、別のことを考えていた。

——やはり、由佳の技術は、停滞している。


「こんばんは」

池袋の自宅でテレビを見ていると、演奏を終えた由佳がやってきた。英紀は寝転がっていたソファから、上半身を起こす。

「お疲れ様。ご飯は？」

「あ、食べてきました。マスターのナポリタン、美味しかった」

「ビール飲む?」

「いらないです。あとで、ちょっと練習したいから」

「本番明けだし、無理しないほうがいいと思うけど」

〈諒一。ちょっと、相談したいんだが……〉

由佳の演奏が終わったあと、諒一に改めて相談したのだ。

最近、由佳が家にやってくるようになった。

最初にやってきたのは一ヶ月前、文華音大で小火《ぼや》が出るという事件があったころだった。煙草の消し忘れで学長室から火の手が上がり、棟の一部が焼けてしまったのだ。その棟は練習室が多く入っていたらしく、文華音大の学生は音楽室難民になっていると聞いた。

〈俺の部屋に、防音室があるよ〉

誘ったつもりはないのだが、話の流れで英紀が言うと、由佳は〈貸してください〉と食いついてきた。それ以来ちょくちょくやってきては、防音室にこもっている。

〈それって、あんたに気があるってことだろ〉

諒一が呆れたように言っていた。

〈由佳ちゃんの家にも、練習室くらいあるだろう。それなのにわざわざ男の家にきてるんだぞ? 付き合ってもいいってサインだろ?〉

由佳とは、月に一、二度食事に行く程度だ。話している内容も音楽のことばかりで、その程度の関係性にしては、家までやってくるのは確かに距離が近すぎる。諒一の言う通り、由佳はサインを出しているのだろうか。

床に腰を下ろし、座卓の前に隣り合って座る。

「選抜演奏会、合格おめでとう」

由佳が、紙袋をテーブルの上に置いてくれる。中を見ると、クッキーの缶が入っていた。胸が温かくなった。由佳が自分のために選んでくれたのだと思うと、顔がほころびそうになる。

「ありがとう。由佳ちゃんのおかげで、気が楽になったからだよ。きてくれてなかったら、やばかった」

「こちらこそです。いいものを聴かせてくれて。坂下さん、本当に上手かった」

「感想、〈上手かった〉だけ？」

「あっ、そんなことないです。なんか……ベートーヴェンがステージの上にいた気がしました。ピアノとチェロの間くらいから、こっちを見てる感じがして。私もたまに作曲家に会えるときがあるんですけど、客席から会うのはすごく久しぶりでした」

嬉しかった。自分としても、オーディションでのベートーヴェンは会心の演奏だったからだ。冒頭のひとくさりが上手くいってからは、あとは最後まで集中して弾くことができた。

由佳の首筋から、汗の匂いが漂った。スポットライトを浴びながら演奏をすると、緊張感も相俟《あいま》ってかなりの量の汗をかく。音楽の匂いだ。ステージを降りた彼女から漂うこの匂いが、英紀は好きだった。

ミルクティーを淹《い》れ、クッキーの缶を開けた。話題はとりとめのない雑談に移った。最近聴いた面白い曲の話。今度行くコンサートの話。選抜オーディションがどんなものだったのかの話。由佳と話すのは楽しかった。意図を摑めないこともよく言うが、そのおかげか、英紀も遠慮なく色々なことを口に出せる。

唯一話さないのが、お互いの家庭の話題だった。由佳は親と折り合いが悪いのか、〈何を言ってるか判らないって、よく怒られ〉るという流れでしか、親の話が出てこない。英紀も、実家の話をするつもりはなかった。自分の中の醜いコンプレックスを、由佳という大切な人と接続したくなかった。

「あ、『教養王』やってる」

小さな音でつけていたテレビから、ヴァイオリンの音が流れてきた。

芸能人たちがワインを飲んだり絵画を見たりして、高級なものと安価なものを見分けるクイズ番組だった。ちょうど音楽の問題が出題されるところで、〈ストラディヴァリウスと練習用ヴァイオリンを聴き分けろ〉とテロップが出ている。

ヴァイオリニストが現れ、一本目の楽器を弾きはじめる。ベートーヴェンのヴァイオリン・ソナタ第五番「春」だった。初期の名曲で、麗《うら》らかな春を表現した明るい曲だ。ヴァイオリン自体もコンパクトにまとまった音で、六畳の狭い部屋に若き楽聖の爽やかな風が吹いた。

「うーん……」

いつの間にか由佳が、真剣な表情でテレビに向き合っていた。ヴァイオリニストが楽器を替え、二台目を弾きはじめる。先ほどのものと比べ、音が荒っぽい感じがした。安いテレビのスピーカーで聴いていても、耳障りなほどだ。

――こっちだ。

二番目の楽器がストラディヴァリウスだと、英紀は感じた。最初の楽器は鳴りが浅く、音が綺麗ではあるものの響いていない。二番目のものは胴体が震えるほどに鳴っていて、確かに荒ぶってはいるものの、ヴァイオリンとしての容量が大きい気がした。

「最初のほうがストラド、かなあ……？」

由佳は正反対の見解のようだった。

「そうかな。俺はあとのがストラディヴァリウスだと思ったけど」

「え、そうですか？　二番目の楽器は響きがキンキンして、なんか子供が三人くらいで絶叫してる感じがしましたけど」

「楽器がよく鳴ってるから、耳障りな音になるんだと思う。大きなホールで聴くとまろやかに聴こえるはず。最初の楽器は一聴して綺麗な音がするけど、単に鳴りが浅くて、こもってるだけだと思うよ」

「そうかなあ……違うと思うけど」

「正解は……」

回答が出そろったのか、司会者の芸人がたっぷりと間をためた。

「二番目の楽器です！　間違えたあなたは、ノー教養ー！」

うわーと声を上げ、誤答したひな壇の芸能人たちがくずおれる。

「はいあなたたち、耳、腐ってます！　十万円と四億円の楽器も聴き分けられないなんて、どうなってるの？　すぐ耳鼻科に行って検査してきてくださいっ！」

司会者が大声を張り上げるとともに、観客の爆笑が起きる。「なんなんすかこれ、外歩けないっすよもう！」。芸人の大げさなリアクションが、六畳一間に虚しく響いた。

英紀は、恐る恐る隣を見た。由佳はテレビを見つめたまま、黙ってしまっていた。

「いや、生音じゃないし」

テレビから流れる狂騒の中、英紀は言った。

「こんなテレビのスピーカーで聴いても、楽器の違いなんか判らないよ。それに俺だってこのクイズ、間違えることのほうが多い。この前のファゴットの問題も判らなかった」

「……うん」

「というか、演奏者もよくないよ。ストラドの音を全然引き出せてないから、あんな荒い演奏になる。半年以上は弾き込まないと、オールドヴィンテージは鳴らないって言うし」

我ながら粗雑な慰めだったが、由佳も「うん」「そうですね」などと生返事をするだけだ。たかだかクイズを当てられなかっただけなのに、落ち込みかたが極端だった。

何か、あったのだろうか──。

「……もっと、上手くなりたいな」

由佳は、唐突に言った。

「私、下手《へた》くそですよね。今日の演奏も、すごく下手だなあって、舞台上で絶望してて」

「どうしたの、突然?」

「最近、よく思うんです。坂下さんの演奏を聴いて、余計に思った。こんなんじゃ駄目だって。チェロに悪いいし、音楽にも悪い」

「それと音を聴き分けられるかどうかは、関係ないと思うけど」

「まあ、そうなんですけど……」

由佳の声は次第に小さくなり、やがて黙ってしまった。相変わらず、意図が摑みにくい。

もっと上手くなりたい──その言葉には、思いあたる節があった。

半年前に出会ってから、由佳はあまり上達していないからだ。

彼女の芸風は特別だ。毎回出たとこ勝負の音楽を繰り広げ、それを破綻なくまとめてしまうセンスは、誰にも真似できない。

だが、演奏を支える基礎的な能力が、ほとんど向上していない気がしていた。もともと由佳は音程がやや甘く、テンポも正確ではない。自由に弾きすぎるがゆえに、そのあたりの弱点がごまかされてしまっている感もある。

かといって、練習不足というわけではないのだ。今日も本番が終わったというのに、このあと防音室で弾いて帰ろうとしている。それでも基礎が向上していないのだとしたら――。

「練習方法を、変えてみるのがいいかもしれないよ」

たぶん、基礎練習に割く時間が少ないのだ。

「小松先生に教わったけど、基礎練7、それ以外は3くらいでちょうどいいんだって。ちょっと練習のバランスが崩れてるんじゃない？」

「練習のバランス……それは、考えもしませんでした」

「コンクールを前に曲の練習をしたくなるのは判るよ。それで基礎がおろそかになるのは、俺も経験したことがある。芝先生に習ってるんだっけ？　基礎練のメニューを見直してみるのもいいんじゃない？」

「でも芝先生、細かい指導はしないんです。『それで大丈夫』って言うだけで」

「小松先生、紹介しようか？　単発ならレッスンしてくれるかもしれない」

「うーん……」

「見た目は怖いけど、丁寧に教えてくれるよ。由佳ちゃんのいい部分を守ったまま、それ以外を伸ばしてくれる」

「うーん……」

なら、お願いしようかなあ……と、由佳は呟いた。先ほどまでよりも、少し軽い口調になっている。

由佳も恐らく、基礎がおろそかになっているという自覚があったのかもしれない。彼女の問題を、プライドを逆撫ですることなく自覚してもらえたのなら、何よりだった。

「応援しているよ、由佳ちゃん」

あとは、最後の後押しをするだけだ。

「コンクール、入賞できるといいね。きっと上手くいく」

「ありがとう。坂下さんみたいになるといいな。運気、分けてくださいね」

由佳は笑顔になり、立ち上がった。チェロケースを肩に引っ掛けて、帰ろうとする。

「練習、しなくていいの？」

「終電がきちゃいそうです。テレビが面白すぎて」

落ち込んでいた表情は、完璧になくなっている。いつもの柔らかい雰囲気の由佳が、そこにいた。

由佳は口下手だ。悩みを聞く際は、彼女が何に悩んでいるのかをこちら側で掘り出してあげる必要がある。それでこそ彼女を守ることができる。

由佳の力になれたことが、英紀には嬉しかった。

5

相良ホールは、東京都杉並区にあるコンサートホールだ。大小ふたつのホールがあり、地下には様々な大きさの練習室が付設されている。

第一リハーサル室に向かう階段を下りると、地下のロビーは異様な空気に包まれていた。チェロケースを背負った人間が、ざっと見ただけでも三十人は集まっている。〈楽器の準備は必要ありません〉と書かれていたが、英紀と同じく、全員念のため持ってきているようだ。みな人を寄せつけないピリピリとした空気を放っている。

〈鵜崎四重奏団　新規団員オーディション会場〉

リハーサル室の前に、そう書かれたホワイトボードがあった。扉は閉ざされている。中からは何も聞こえてこず、オーディションがはじまっている気配はない。

「……いつまで待たせんねん」

隣の女性が、苛立ったように呟いた。背が高く、百七十センチくらいはありそうだ。目が合うと、同調を求めるように眉を上げる。

「いくらなんでもひどない？　もう一時間くらい待ってんで」

「え、そうなんですか」

「ひどい話やで、モタモタしやがって。ほんま段取り悪いなあ」

指定された時刻は、十三時だった。今日は何グループかに分かれて時間差で選考していくらしく、英紀の前の組が待たされているようだ。

——鵜崎。

ホワイトボードに書かれた二文字が、浮かび上がっているように見える。あの男が、中にいる。そう考えただけで、自動的に気分が引き締まる。

孤高のチェリスト、鵜崎顕。

由佳の、師だった男。

彼の歩みは、一般的なチェリストとは一線を画している。

クラシックのチェリストのよくあるキャリアは、例えばこういうものだ。音大に通いながら各地のコンクールを受け、受賞歴を積み重ねる。卒業してからは大学院に通ったり留学したりして箔をつけ、引き続きコンクールに出ながら仕事もして実績を積み上げていく。

鵜崎は二度、〈日本提琴コンクール〉に出演し、二度目の挑戦で二位になっている。だが彼の名を一躍広めたのは、三十数年前、大学四年生のときに出た最初のコンクールのほうだった。鵜崎は当時優秀な若手として一部では知られていたようで、セミファイナルまで順調に駒を進めていた。

そのセミファイナルで、事件は起きた。

鵜崎が参加していたチェロ部門では、セミファイナルに四つの無伴奏曲を演奏することになっていた。バッハの無伴奏チェロ組曲第四番、ヒンデミットの無伴奏チェロ・ソナタ、ペンデレツキの無伴奏チェロ組曲、そして当時、巨匠として君臨していた貞本《さだもと》ナオキの新曲『橅《ぶな》のカリカチュア』。バロックから近代まで、異なる引き出しが求められる難易度の高いプログラムだ。鵜崎は最初の三曲を着実に演奏し、審査員からの高評を得ていたという。

最後の新曲がはじまってすぐに、会場は騒然となった。

鵜崎が弾きはじめたのは『橅のカリカチュア』ではなく、全く違う曲だった。

誰も聴いたことがない曲だったという。出場者にだけビデオが配られたらしいが、コンクール自体も三十年以上も前のことだ。曲を聴いた人間はほとんどおらず、このときの演奏については〈綺麗な曲だった〉という曖昧な印象だけが語り継がれている。

〈失格で構わないと思いました〉

鵜崎は事後、そんなコメントを残している。

〈愚にもつかない曲を、私のチェロに弾かせるわけにはいかないので〉

鵜崎はコンクールに失格したが、二年後に再出場し、二位に輝いた。悪童も改心し、クラシックの本流を歩むのか――そう思われたのも束の間、その後の鵜崎は独特の道を歩みはじめる。

〈既存のクラシック団体は、古い音楽を再現するだけの活動に終始し、クラシック人口は激減した。いまや自治体からの補助金がなければ、ほとんどのオーケストラは運営できない。我々は変わらなければならない。伝統とは灰を崇《あが》めることではなく、火を灯《とも》し続けることだ〉

鵜崎は、一冊だけ出している著書にそのようなことを書いている。

二度のコンクール後の鵜崎は、フリーランスとして活動をしていた。当時はまだ跳ね返りの若者を呼んで弾かせようという団体があったようで、それなりの数の本番をこなしていたらしい。鵜崎はそういった仕事と並行し、ソロリサイタルを活発に開き、地位を固めていった。

鵜崎が決定的に普通の奏者ではなくなったのは、三十代の前半で〈顕気会《けんきかい》〉を作ったときだ。ファンを集めた会員制サロンで、鵜崎はここから一般向けのコンサートに出なくなり、会員向けにのみ演奏するようになった。表舞台から消えた鵜崎の演奏を聴くには〈顕気会〉に入るしかない。すでに鵜崎は、彼の思想に共鳴するファンを多く抱えており、入会者は殺到した。その後も順調に勢力を拡大し、現在の会員数は二千人、鵜崎の年収は億を超えると言われる。そんなスタイルの演奏家は、ほかにはいない。

ロビーには、大勢のチェリストがいる。

若い人が多かったが、どう見ても五十代にしか見えない年配の男性も混ざっている。

鵜崎四重奏団は、チェロ四本によるカルテットだ。

〈顕気会〉に入らなければ鵜崎の演奏を聴くことはできないが、それでも彼が新たな会員を取り込めた秘訣は、この四重奏団にある。鵜崎は個人として表舞台に立たない一方で、カルテットの活動はオープンにやっているのだ。鵜崎四重奏団は異端の〈火神《アグニ》〉の演奏が聴けるということで、人気の団体だった。

チェリストが演奏活動の定期収入を得るには、オーディションを勝ち抜いてどこかの団体に入るしかない。こんなにもファンを抱えている団体がメンバーを公募することなど、もうないかもしれないのだ。なんとしても勝ち抜いてやる――殺気にも似たギラギラした雰囲気がロビーに充満しているのは、そのためだ。

リハーサル室の扉が、開いた。ロビーにいたチェリストが、一斉にそちらを向いた。

「お待たせしました」

顔を覗かせたのは、右田《みぎた》高彦《たかひこ》だった。鵜崎四重奏団のチェリストで、セカンドパートの担当だった。肥満体で、髪の毛は撫でつけたようにぺっとりとしている。音楽家というより、うだつの上がらない公務員のようだ。

「大変お待たせいたしました。ではいまから審査をはじめます。整理番号1のかたからひとりずつ、中に入ってください。予定が押してますから、なるべく急ぎでお願いします」

「なんで遅れたんですか？」

声を飛ばしたのは、先ほど隣にいた背の高い女性だった。

「こっちは一時間くらい待ってたんですよ？　何か言うことがあるんじゃないんですか」

「ええと、あなたは？」

「梅木美穂《うめきみほ》です。みんな一時間くらい待たされてるんです。遅れたことの説明と、一言謝罪くらいあってもいいんじゃないですかね」

女性——梅木に同調するような空気が、ロビーに漂う。そこはかとない集団の敵意が、右田に向いた。

「梅木さん」右田は、面白そうに微笑んだ。

「あなたは失格です」

「はあ？」

「梅木さん。あなたは失格です。おかえりください」

「ちょっと待ってくださいよ。なんやねん、いきなり」

右田の目が、爬虫類《はちゆうるい》を思わせるような冷たいものになっていた。ロビーに漂っていた同調の空気は、一瞬で霧散している。

「ですから、失格です。おかえりを」

「その理由を説明しろって言ってんねん」

「僕が失格だと思ったので失格です。おかえりを」

「こっちは仕事休んできてんねんぞ。そんなクソみたいな理由で失格って、納得できるわけないやろ」

「納得は求めてません。企業の面接でも、落選の理由が開示されることはないと思いますよ。みんな特に決め手もなく、なんとなく落としたり通したりしている。それと何が違いますか」

「屁理屈言うなや。大体まだ、面接もしてないやん」

「判りました」

右田は、名案を思いついたように言った。

「ではオーディションを受けてください。その後厳正に、公平に、正当に選考させていただきます。大変失礼しました。あなたのお話を聞いて、私が間違っていると心から感じました。きちんと、厳正に、公平に、正当に、選考させていただきます。それでいいですよね？」

梅木は唖然《あぜん》としたように右田を見つめている。右田の言い分は、最初から審査するつもりなどないと通告しているに等しい。それでも、誰からも文句が出てこない。場を掌握しているのは、丁寧な物腰を貫いている右田だった。

「何やねん。あほらし……」

呆れたように言ったが、右田は張りついたような表情を崩さない。

「一生やっとれ。どアホ」

梅木は吐き捨てるように言い、チェロケースを担いで立ち去っていく。ロビーに集められた全員が、去っていく彼女の背中を、黙って見守ることしかできなかった。

「では、整理番号1のかたから、順番に中に入ってください」

右田は何事もなかったように、言った。


英紀の整理番号は、24だった。

リハーサル室の外で、一時間半ほど待たされた。防音がしっかりしているのか、中で何が行われているかは聞こえてこなかったが、ものの一分で怒ったように出てくる人間もいれば、長時間こもってなかなか出てこない場合もあった。

23番の若者が外に出てくる。自分の番だ。覚悟を決めて、英紀は扉に手をかけた。

中に入る。正面にいるのは、鵜崎顕――。

そんな状況をイメージしていたが、予想は外れた。

正面には長机があり、その奥にふたりの人間が座っていた。ひとりは右田高彦。もうひとりは、曳《ひき》地舞《ちまい》だ。鵜崎四重奏団の団員で、ファーストパートを担当している。レスラーのように体格がよく、肩幅が広い。女性に使うべきではないかもしれないが、骨太という言葉が脳裏に浮かんだ。

ふたりと向かい合うように、ピアノ椅子が置かれている。促されるまでもなく、英紀はそこに座った。

「24番、坂下英紀さん。志田音大の卒業生、と」

右田が汗をハンカチで拭きながら、書類に目を落としている。こちらを見ようともしない。

「いまはフリーランスのチェリストで、シンフォニア東京にエキストラで参加しているほか、結婚式場などで演奏をしている……なるほど。一応仕事はあるけど、食えてはいないって感じですかね。教える系の仕事はしてないのかな？　人とのコミュニケーション、苦手ですか？」

遠慮なく言葉を吐く右田に、英紀は唖然とした。

「キャリアが跳ねてない、跳ねるきっかけすらやってこない、典型的な〈そこそこ君〉……それを打開するために、応募してきたってところか……。うーん、一番商品価値のないタイプだなあ」

書類に目を落としたままの右田の横で、曳地は観察するように見つめてくる。感情のない、カメラのような目だった。心の中を見透かされそうな気がして、英紀は視線を落とした。

「今日は、ありがとうございました」

右田が突然言った。「えっ？」と、思わず顔を上げた。

「なぜですか。まだ何も話してもないですよ」

「いえ、もう大丈夫です。外に出て、25番の人と代わってください」

「ちょっと待ってください。受かっていても落ちていても、こんなこと納得できないですよ」

右田が呆れた表情になる。〈ロビーでの大立ち回りを見ていなかったのか〉と言いたいようだった。

だが、反抗的な態度だった彼女と違い、英紀は発言すらしていない。履歴書を読まれただけで落とすのなら、書類審査をすればいいじゃないか——。

「坂下さんはどうして、この四重奏団に応募を？」

そのとき、曳地が口を開いた。

友好的な口調だが、目が笑っていなかった。助け船を出してくれたのかもしれないが、こちらの味方だとは素直に思えない。英紀は静かに深呼吸をし、気持ちを整えた。

「応募した理由は……いま私は、どの団体にも所属していません。腰を据えてひとつの何かに取り組み、自分の音楽を深めたいと考えていたところ、貴団の募集を知りました。それで、応募を」

「鵜崎四重奏団の演奏を聴いたことは？」

「もちろんあります。実演はありませんが、録音は入手できるものは、すべて」

「どういう印象を持ちました？」

「それは——」

鵜崎四重奏団はアルバムを三作リリースしており、サブスクリプションで聴くことができる。ポップスの編曲ものなどはなく、すべてがクラシックの曲だった。

「素晴らしく均整が取れている、と感じました」

ずいぶん抑えた表現だと、自分でも笑ってしまいそうになる。初めて聴いた鵜崎四重奏団の演奏に、英紀は異様な印象を持ったからだ。

音が、異常なレベルで均一だったのだ。

普通はチェロカルテットを聴いていると、数分聴けば各人の音色の違いが判るようになる。だが、鵜崎四重奏団の演奏は、どうしてもそれが判らなかった。同じ奏者が多重録音しているのではないかと思えるほど、音色も、音形も、隅々の細かい表現に至るまですべてが同じで、そこから生まれる響きは取っ掛かりのない球体のように調和していた。〈統一された美意識にもとづく、完璧なアンサンブル〉――そんな評もあるようだったが、英紀には、あらゆる整形手術が施された顔のような、不気味なものにしか感じられなかった。

その調和の中に、由佳もいたのだ。あれほど聴いてきた由佳の音がどれかも、判別がつかない。英紀は数分聴いただけで気持ち悪くなり、それ以上聴くことができなかった。

「ここまで整理され、隅々まで息のあった室内楽は、聴いたことがありません。素晴らしいアンサンブルだと思いました」

「当団は、鵜崎先生の四重奏団です」

曳地は、温和な口調で言う。

「これは鵜崎先生がリーダーとか、そういう話ではありません。文字通り、〈鵜崎先生の四重奏団〉なのです。私たちもリハーサルの段階で意見は出しますが、最終的な方向性を決めるのは鵜崎先生です。私たちは鵜崎先生の道具となり、鵜崎先生の音楽を奏でます」

同僚を〈先生〉と呼称する。その歪さに、疑問すら抱いていない様子だ。

「つまり、坂下さんの言う〈自分の音楽を深めたい〉は、この団体に入団してもかなうことはないでしょう。それについては、大丈夫ですか」

「はい。もちろん、指導には従うつもりです」

「さらに言うと、鵜崎先生は現在のクラシック業界とは一線を引いていらっしゃいます。団員たちは勝手にほかの団体のコンサートに出ることはできず、参加したい場合は鵜崎先生に許可を取っていただく必要があります。シンフォニア東京への出演もできなくなりますが、それでも構いませんか。将来的には入団も目指しているのでは？」

そんなところまでコントロールしているのかと、英紀は驚いた。普通、室内楽団は、団員たちが積極的に外で活動をし、得たものを団内に還元することで実っていく。極端な統制をしていたら、タコが自分の足を食べるような自家中毒になりかねない。

「シンフォニア東京には、入れるとは思っていません」

曳地が意図を確認するように、目を見開いた。思わず本音を漏らしてしまったことに、英紀は慌てた。

音大を卒業してから五年、プロオーケストラの募集があるたびに応募をしてきたが、そのすべてに落ちてきた。オーケストラの正団員は、それほどまでに狭き門だ。企業のような新卒採用があるわけではなく、国内にある三十三のプロオーケストラに所属している誰かがやめないと、求人すら出ない。たまさか枠が空くとそこに百人前後の人間が応募し、厳しいオーディションが行われる。そこまで苦労して正団員になったところで、月給はその辺の会社の新入社員程度であることも多い。

「というよりも、オーケストラの団員自体、あまり興味がないんです。次から次へやってくる演奏会をこなし続けるだけで、表現活動というより肉体労働に近いです。エキストラでたまに出るくらいが、ちょうどいいと思っています」

本音だった。エキストラ活動を行う中で、オーケストラに入団したいという気持ちはもはやなくなった。オーケストラのトゥッティ奏者は、首席奏者の音楽を増幅する仕事が主だ。弾いていて、これが音楽なのかどうか判らない局面も多くなっている。

いや、それ以前に――。

自分には、オーケストラに入れない事情があるのだ。

「判りました。貴重なお話、ありがとうございます。ご退室いただいて構いません」

「今日は本当に、チェロを弾かなくていいんですね？」

「はい、次にお会いすることがあれば、ぜひお聴かせください」

微笑む曳地の横で、右田は憮然《ぶぜん》とした表情で黙り込んでいる。この団体では、右田よりも曳地のほうが発言権があるのだろう。

とはいえ、手応えは全くなかった。この面接が何のために行われているのかもよく判らない。右田と曳地の足並みは揃っていないし、肝心の鵜崎もいない。こんな団体があの異常に整った演奏を奏でていることが、不気味だった。

「失礼します」

不信感が表に出ないうちに、英紀は会場を去った。

＊　六年前　初夏

「〈日本提琴コンクール〉、お疲れ様」

英紀は、ワインバーの個室にいた。間接照明に彩られた由佳の顔には、疲労が影のようにこびりついていた。

「本当にお疲れ様。頑張ったよ。少し休んでもいいと思う」

「ありがとうございます」

由佳は微笑み、白ワインを傾ける。このところの由佳は、ずっと禁酒をしていた。大好きなワインをやっと解禁できたというのに、その表情は浮かない。

コンクールは、惨敗だった。

二次予選落選。ファイナルのステージに立つどころか、セミファイナルに進出することもできなかった。結果が出た直後はショックだったのか、電話をかけても由佳は出ようとしなかった。丸二日経った今日、ようやく連絡が取れたのだ。

「小松先生から、〈お疲れ様〉と伝えてくれって。〈コンクールは時の運だから、気にしないように〉とも」

三ヶ月前、英紀は由佳に小松を紹介した。彼女がついている芝教授は放任主義で、基礎を大切にする小松のアドバイスが必要だと思ったからだ。実際に二度ほど、由佳は小松のレッスンを受けたらしい。

だが、英紀が聴く限り、由佳の技術はそれから特に向上したりはしなかった。ここ二ヶ月は〈モレンド〉に出ずにコンクールに集中していたようだったが、防音室から漏れ聴こえてくる由佳の演奏は音程もリズムも改善されておらず、コンクールで勝てる雰囲気がなかった。自由な気風の持ち主がコンクールを目指していること自体が、間違っていたのだ。

夕食は続いた。コンクールや音楽と関係のない、芸能ゴシップの話や最近見た映画の話、どこに旅行に行きたいかの話などが続いた。由佳は徐々にリラックスしはじめたのか、少しずつ笑うようになった。それでもふと、思いつめた表情で遠くを見ている瞬間がある。必死に取り組んできたことが報われなかったというのは、毒のように心を蝕む。

食事を終え外に出ると、初夏とは思えないほど、空気が冷たかった。

空気も澄んでいるのか、星が近くに見える。不思議な夜だった。東京の空ではないと思えるほどに、星たちがちりばめられていた。

「さそり座」

由佳が空を指差す。赤く光るアンタレスが、指先にぼんやりと浮かび上がっていた。

「由佳、星座に詳しかったんだっけ？」

「ううん……でも、たまにプラネタリウムに行くのは好きかな。星を見てると、音楽を感じる」

「由佳は何からでも音楽を感じるんだね。ステーキからも音楽を感じると言っていた。よく判んないけど、面白いよ」

「でも星空って、オーケストラみたいじゃないですか。あちこちに星があって、音を放っていて、星空っていう曲を奏でていて。ほら、音が聴こえてきませんか」

空を見上げた。音は、聴こえてこなかった。

「オリオンは、さそりから逃げている」

由佳が、唐突に言った。

「オリオンはとても力持ちの神様で、性格も傲慢《ごうまん》でした。周囲の人に迷惑をかけて、困らせて……それを見かねた女神ヘラが、オリオンを懲らしめるために巨大なさそりを放ったんです」

「ギリシャ神話？」

「そうです。オリオンは、さそりに刺されて死にました。それ以来、オリオンはさそりを怖がるようになった。星座として生まれ変わったいまも、ずっと逃げ続けています。ずっと、ずっと、ずっと……」

夏の空には、オリオン座の雄姿はない。さそり座から逃げるように、地平線の向こうを駆けているのだろう。

「私は、さそりです」

ワインをほとんど飲まなかったというのに、由佳の声は酔ったようだった。甘ったるく、少し自傷めいていた。

「オリオンを捕まえて殺したいのに、永遠にできない。音楽を捕まえたくても捕まえられない、私みたい。すごく空しいんです。オリオンも音楽も、足を止めてくれればいいのに」

「由佳の演奏は、完璧だと思う」

「どういうことですか」

「そのままの意味だよ。由佳のスタイルは、もう完成されている。あとはそれを続けて、磨いていくだけでいい。コンクールなんかに、出る必要はない」

コンクールが終わったら言おうと思っていたことだった。由佳は由佳の道を行けばいい。自分のようなどこにでもいるチェリストの道を、歩む必要はない。

由佳は、曖昧に笑った。英紀の言うことに同意していないのは、明らかだった。

「鵜崎顕先生、知ってますか」

空を見つめながら、由佳はポツリと言った。

名前は聞いたことがある。〈火神《アグニ》〉というあだ名がついているチェリストで、会員制サロンの中でしか演奏をしない奇人ではなかったか。

「鵜崎先生の、門下生になろうかと思っています」

「は？　音大はどうするの」

「やめます」

「何言ってんの？」

思わず声が跳ね上がった。由佳の取ってきた奇妙な言動の中でも、特別に意味が判らない。

「ちょっと待ってよ。鵜崎顕って……確か、評判悪かったよね。彼のレッスンを受けて潰れる人間も多いって聞いた。型に嵌めすぎるとか……とにかく、由佳の音楽と相性がいいとは思えない。なんでそんなやつの門下生に？」

「もっと、上手くなりたいからです」

「上手くなりたいのに音大をやめる？」

「はい。上手くならないと限界があります」

めちゃくちゃだが、腹を決めているようだった。由佳の柔らかい雰囲気の奥に、決然とした硬いものが見えた。

「あのときの坂下さんの演奏が、耳から離れないんです」

以前きてくれた、選抜演奏会のオーディションだ。

「すごく上手くて、何をやりたいかが明確で、見晴らしがよくて……ベートーヴェンが舞台の上に立ってる気がしました。もっと上手くならないと意味ないなって、改めて思ったんです。だから……」

「目指すべきものを、間違えてるよ」

自分の演奏と由佳の演奏は、真反対だ。コンクールに落ちて、自分を見失っている。

「君の自由な個性は、誰にも真似できない。君はいまのままでいいんだよ」

「よくないです。結果は出たでしょう」

「だから、コンクールなんかどうでもいいだろ。自分を信じてくれよ。俺の演奏なんか、参考にするなよ」

「何も判ってない」

立ち止まっていた由佳が、突然歩き出した。

小さな背中が、巨大な壁のように見えた。英紀は慌てて、由佳を追いかけた。放っておいたら、もう二度と会えない気がした。

「由佳。どうして話を聞いてくれないの」

「話を聞いてくれないのは、坂下さんです」

「聞いてるよ。その上で、やめたほうがいいって言ってる」

「聞いてないです。私は真剣に考えて、鵜崎先生に習おうと思ってるのに」

「だから、その判断が普通じゃないって言ってるんだよ。一回、冷静になってくれよ」

「落ち着いてます。私は普通です。興奮してるのは、坂下さんのほうです」

「なら、きちんと説明してくれよ」

声が大きくなった。由佳が、怯えたように振り返った。

「判ってほしいんなら、判りやすく言ってくれよ。いつも、何言ってんのか判らないんだよ」

由佳の表情が、硬直した。

小さな木から葉が一枚、一枚とこぼれ落ちていくように、その顔から表情が失われていった。止めようにも止めることができない、自然の摂理のようだった。何の感情もない、顔の形をした物体だけがそこに残った。

取り返しのつかないことをしてしまったのだと思った。由佳が、一番言われたくないことを言ってしまったのだ。

「練習するしか、ないだろ」

言葉が、口からこぼれ落ちてくる。

「上手くなりたいなら、もっと練習するしかない。師を替えて解決なんて、そんなもんじゃないだろ。オリオンに追いつけないのなら、もっと速く走れよ」

やめろと理性が告げている。自分ではない何かが話しているようだった。

「由佳は二十四時間、音楽に打ち込める立場なんだ。贅沢言うなよ」

いつの間にか、ひと気のない路地にやってきていた。

先ほどまで明るかった星空が、光を失っているように見えた。

暗がりの中、彼女の表情は読めなかった。人体が丸ごと影になってしまったように、由佳は虚《うつ》ろに見えた。

英紀の脳裏には、後輩の松田純の姿があった。

二ヶ月前に開かれた選抜コンサートで、英紀は志田記念ホールの舞台を踏んだ。チェロ専攻からは、英紀のほかに後輩の松田が選ばれていた。

ベートーヴェンのチェロ・ソナタ第三番は、会心の出来だった。それまで研究して積み重ねてきたものを、程よく逸脱しながら演奏することができた。会場からの拍手の温度も高く、血のにじむような猛練習の苦労が、舞台上で溶けて消えていくような感じがした。

だが、その直後に出てきた松田の演奏は、レベルが違った。

イザイの無伴奏チェロ・ソナタを演奏していた。イザイというと無伴奏ヴァイオリン・ソナタのほうが有名だが、超絶技巧で聴かせるヴァイオリン・ソナタに比べ、チェロ・ソナタはやや素朴で、奏者の基本性能が問われるような難しさがある。

松田はこの曲を弾くにあたり、イザイの故郷であるベルギーに行き、現地のチェリストに指導を受けてきたらしい。憂いを含んだ艶やかな音色が会場に響き渡った瞬間、舞台袖で見ていた英紀は背筋が冷たくなった。

この半年、自分にできることはすべてやったつもりだ。選抜演奏会に出場するという目標も達成した。だが、松田との差はさらに広がっていた。総合病院の子息であり、すべての時間と巨額の資金を音楽に注ぎ込める彼と、アルバイトをしながら練習せざるを得ない自分とは、前提条件が違いすぎる。そして貴重な音大の三年間を中途半端に消化してしまったいま、もう一生松田を超えることはできない。自分の努力が無駄だったのだと、突きつけられた感じがした。

その鬱屈《うっくつ》をぶつけるべき相手は、由佳ではない。判っているのに、醜い感情と、大切な人とが、どうしようもなく混ざり合ってしまう。

「坂下さんは、判ってないです」

由佳の声は、この夜に存在している何よりも暗かった。

「私と坂下さんは、同じなのに」

意味が判らなかった。チェロのことを言っているのだろうか。由佳のあの自由な演奏と、英紀のスタイルの、何が同じなのか。別の何かを指しているのだろうか。この期に及んで曖昧な言葉を吐く由佳に、英紀の気持ちは暗くなった。

「同じ？　意味が判らない」

由佳は返事をしなかった。踵《きびす》を返し、夜の中に消えていった。

6

〈拝啓　貴殿は当団の一次オーディションに合格しました。つきましては、二次オーディションを下記の通り開催しますので、ご確認の上、参加意思がある場合はその旨のご連絡をよろしくお願いします〉

鵜崎四重奏団名義のメールが届いたのは、オーディションの翌日だった。

当然落選していると思っていたので、最初に文面を読んだときには驚いた。二次オーディションが開催されるのは十日後、場所は再び相良ホールのリハーサル室だ。

英紀は、漫画喫茶〈キング〉のカウンターにいた。金曜日の夜にもかかわらず、客はほとんどいない。店長の増島も不在で、座っていると眠ってしまいそうだ。最近は日中の活動も多く、体内時計が出鱈目な時刻を指している。

〈キング〉で働き出したのは、三年前だった。

志田音大の四年間での授業料は、ざっと八百万円。両親はこのうち四百万円を負担してくれたので、英紀が借りた奨学金は四百万円強だった。運がよかったのは、三回生と四回生のときに一級特待生に選ばれ、学費を半額にしてもらえたことだった。これにより四百万円の奨学金を、二百万にまで圧縮することができた。

当初はフリーランスのチェリストをしながらこれを返済し、どこかのオーケストラに採用されることを目指していた。卒業してからしばらくはチェロ教室で非常勤講師の仕事をやっていたので、いまよりも安定収入があった。オーケストラのエキストラ、イベントでの演奏に加え、知人に紹介してもらった不動産会社で週二の事務仕事もしていた。もともと金を使わないこともあり、奨学金は二年半で返済することができた。

だが、オーケストラに入団することは叶わなかった。チェロ教室の仕事も、不動産会社での仕事も、いまはやっていない。借金を返すことに追われていたが、あのころのほうが日々が充実していた気もする。

カウンターにあるアラームが鳴った。〈キング〉では一時間に一度、トイレの清掃をすることになっている。英紀は立ち上がり、凝った身体をぐっと伸ばした。

漫画喫茶で働き出した理由のひとつは、昼間の時間を空けておきたかったからだ。

オーケストラの仕事がいつくるかは、読めない。日中にシフトがあるような仕事をしていると、降ってきたチャンスを逃す危険性がある。

日中をなるべく空ける必要がある以上、仕事は夜にやらざるを得ない。最初はバーテンダーや夜間警備などをやっていたが、立ち仕事を深夜にやってしまうと、日中に疲れが残って楽器の演奏に支障が出る。〈キング〉は身体への負担も少なく、シフトも柔軟に組んでもらえる。時給こそ安いが、チェリストと兼業するにはもってこいだった。

清掃のためにトイレに入る。

思わず鼻をつまむ。大便器から、異臭が漂っていた。汚物は残されていないが、饐《す》えたような臭いが便器の全面から立ち上がっている。誰かがここで吐いたのだ。

英紀は重曹入りの洗剤を便器に撒いた。白い粉が便器表面に残った水分に溶け、白濁していく。

——俺は、失敗したんだな。

志田音大の後輩だった松田純は、卒業後にミュンヘンに留学し、現地のコンクールを制していまはベルギーのオケで首席チェリストをやっている。こんなところで重曹剤が便器の臭いを取るのを待っている自分とは、比較するのもおこがましい。

——どうしてチェロに、惹《ひ》かれてしまったんだろう。

演奏家は、若い時間を失ってしまうと取り返しがつかない。画家や小説家なら六十歳からはじめても一流になれるかもしれないが、三十歳からピアノをはじめてプロになったクラシック音楽家など、ひとりもいない。それなのに自分は、二十代までの伸びる期間をドブに捨ててしまった。

捨てざるを得なかったのだ。ただの中流家庭に生まれ、チェリストを目指してしまったからだ。高校一年生のころ、夢のようだったブラームスのチェロ・ソナタを弾いたステージは、実は死刑宣告の場だった。

こんなことは考えたくなかった。惨めないまの境遇が、美しかった過去をすべて汚泥まみれにしていく。英紀は思考を止め、便器にブラシを突っ込んだ。嫌なことを考えない技術だけは、この数年でかなり上達した。

トイレの清掃を終えて、カウンターに戻った。午前三時。もう朝まで、新しい客はこないだろう。

〈由佳は、鵜崎のせいで死んだんじゃないのか〉

諒一に言った言葉を、英紀は思い出していた。

卒業後、一度だけ由佳に会ったことがある。〈キング〉で働き出した当初、三年前のことだ。

あの日、英紀は漫画喫茶の仕事に向かっていた。ちょうど新型コロナウイルス禍がはじまり、音楽の仕事が軒並みキャンセルになっていた時期だった。重い気分を抱えて歩道橋に差し掛かったところで、向こうからチェロケースを背負った女性が歩いてくるのが見えた。

〈由佳……?〉

それが由佳であることに、英紀は歩道橋の中央あたりで気づいた。向こうも、驚いて足を止めた。

久々に会った由佳は、雰囲気が変わっていた。以前纏っていた天真爛漫な空気は消え去り、どこかギラギラとした刺々《とげとげ》しさを放っていた。

話をしたが、何を話したのかはよく覚えていない。いまは一般向けのコンサートには出ておらず、鵜崎四重奏団のコンサートにばかり出演していると言っていた気がする。自分の身の上を話さなかったことは、覚えていた。チェリストとして燻《くすぶ》っていたことは、由佳には知られたくなかった。

〈それで——〉

最後に、由佳に向かって言った言葉も覚えている。

〈いま、楽しくやっているのか?〉

由佳は、驚いたように目を見開いた。高級そうなイヤリングが、由佳の動きに合わせて耳の下で揺れた。

〈何言ってんの、坂下さん〉

由佳は、笑った。あの、すべてを覆い隠すような微笑で。

〈まあ、苦しいことのほうが多いかな〉

じゃあねと由佳は言い、去っていった。

そして三年後に、由佳は炎に包まれて死んだのだ。

由佳は、鵜崎のもとで苦しんでいたのではないか。鵜崎は多くの門下生を潰している。彼のもとに六年いたことで、苦しみが極限に達していたのではないか。

あのとき、去っていく由佳に、声をかけていたら。

苦しいとはどういうことなのか教えてほしいと、聞けていたら。心配しているよと伝えられていたら。また連絡してほしいと、一言付け加えることができていたら。

こんな結末には、ならなかったんじゃないだろうか。

低い天井が、圧迫するようにのしかかってきている。自分の人生の象徴のような、重い天井。

この数年間で自分はチェリストとして失敗し、由佳は死んだ。

いまから何をしたところで、由佳は帰ってこない。ただ、何をどうすればこういう結末にならなかったのかは、知りたかった。由佳が何に苦しみ、なぜ死んでしまったのかも。

スマホを手に取る。英紀は四重奏団のメールに、返信をはじめた。

第二章

1

シンフォニア東京のリハーサル会場は、渋谷の南西エリアにある高層ビルの一角にある。このオケは渋谷区とパートナーシップを結んでいて、ここ数年の渋谷駅周辺の再開発に伴って新しい練習会場も作られたのだ。

〈まあ、苦しいことのほうが多いかな〉

混雑する駅前を歩きながら、英紀はあの日のことを思い出していた。

歩道橋で由佳と会った三年前のあの日。英紀は帰宅してすぐに、ネットで由佳の演奏を検索した。

由佳は表舞台にはほとんど出ていなかったようで、鵜崎四重奏団としての演奏はあったものの、彼女がひとりで弾いている音源は見つからなかった。

ひとつだけ見つかった情報としては、由佳があのあと〈日本提琴《ていきん》コンクール〉に一度出て、ファイナルまで進出していたというものだった。もう自分は、コンクールの情報すら見なくなっている。

〈日本提琴コンクール〉の映像は公開されてはいないが、ファイナルに出場した人には録画が配布される。知人に入賞者がいたので、頼み込んでブルーレイを貸してもらった。

ステージに現れた由佳は、学生時代によく着ていた黒のワンピースではなく、赤薔薇《あかばら》を思わせる深紅のドレスを着ていた。雰囲気がぐっと大人っぽくなっており、由佳自身の成熟もあるのだろうが、彼女が〈黛由佳〉という商品をどう見せればいいのか、検討した跡が窺《うかが》えた。

ファイナルではピアニストとの二重奏か、無伴奏を選べる。由佳が選んだのは、黛《まゆずみ》敏郎《としろう》の『BUNRAKU』だった。戦後日本のクラシック作曲家の大家であり、黛姓だがマユズミピアノとは関係がない。

由佳が、チェロを構えた。その姿に、英紀は虚を衝かれた。

かつての、チェロを抱え込むような独特のフォームではなかった。背筋がピンと伸び、大きな楽器をきちんとコントロールするのだという自信に溢《あふ》れているように見えた。由佳はそのまま、演奏をはじめた。

『BUNRAKU』はその名の通り、日本の伝統芸能である文楽を表現した曲だ。

冒頭から、太棹《ふとざお》三味線をバチではじくような力強いピチカートが、チェロによって模される。空中に現れては消えていく、音の明滅。それによって描かれる旋律は西洋音楽にはない種類のもので、観客を人形浄瑠璃の世界へと導いていく。

義太夫節を思わせる、唸《うな》りの効いた旋律。由佳は左手をゆっくりとスライドさせ、声帯による微妙なグリッサンドを表現していく。太棹三味線と、義太夫節。西洋音楽では聴くことができない二重奏により、文楽の持つ幽玄な風景が少しずつ展開されていく。

由佳のテクニックが完璧なことに、英紀は驚いた。

学生時代の彼女にあった緩みが、完全になくなっていた。細かな部分にも神経が行き届き、黛敏郎の音楽世界が精緻に描かれていく。

その反面、学生時代の由佳の、あの空を飛ぶような自由さも消えていた。チェロを隅々まで制御し、一切の不純物を混入させないのだという偏執に溢れている気がした。あの何通りにも弾き分けられた自由なアルペジオは、どこにもない。

『BUNRAKU』は冒頭の導入が終わると、人形を使った劇の様子が描き出される。具体的な劇が何かは指定されておらず、文楽の深い悲哀、この世界の不条理さ、そういった抽象概念が、泣くようなチェロの旋律で紡がれていく。テクニカルな箇所に差し掛かっても、由佳の演奏には一切の乱れは入らない。完璧な音程で、古典芸能の世界を紡いでいく——。

吐き気が込み上げてきた。映像を止め、トイレに駆け込み、かがみ込むなり嘔吐《おうと》した。胃の中のものがなくなり、胃液が喉を焼く。それでも、吐くことをやめられなかった。

——由佳は、何をしたかったのだろう。

わけが判らなかった。由佳はこういう演奏を目指していたのだろうか。自分が魅せられ憧れたあの自由なチェロは、なんだったのか。自分の顔を濡らすものが涙なのか、反吐《へど》なのか、もはや判らなくなっていた。

英紀がチェロの調子を崩したのは、それからだった。

リハーサル会場のエレベーターを降りると、弦楽器やトランペットの音が聞こえてくる。英紀はそこで、喫煙所にいる小松を見つけた。

「よう坂下。寝不足か？　顔色が悪い」

「すみません。今日は夜勤明けでして」

「まだ兼業してるのか。いい加減、腰を据えて音楽に取り組めよ。中途半端な姿勢からは、中途半端な結果しか生まれないぞ」

「ありがとうございます」

小松のこの手の言葉に以前は反感を覚えていたものの、いまはなんとも思わなくなった。反発とは、葛藤の中に石を投げられなければ、発生しないのだろう。

「いまさらだが……黛さんのこと、残念だったな」

突然、小松が言った。由佳の死後、彼とこの話をするのは初めてだった。

「俺もお前くらいのときに、親友を亡くしたことがある。もし寝れてないなら、睡眠薬に頼るのもいい。俺もそのときは飲んでたよ」

「ありがとうございます。でも、ちゃんと寝れてます」

「黛さん、変わった人だったよな。突然鵜崎の門下生になるって聞いたときは驚いたもんだが……まあ、その後活躍していたみたいだしな。なんにせよ、若い人が死ぬのはつらいよ」

「由佳と、連絡を取っていたんですか」

「いや。風の噂で伝わってきてただけだ。ああでも、いつだったか、メールをもらったことがあるな」

「メール？」

「いつだったかな。内容もよく覚えてないが……」

そのとき、喫煙所の前を長身の男性が颯爽《さっそう》と通り過ぎていった。今日の指揮者の井筒恭也《いづつきょうや》だ。

「あいつ、いまいちだな」小松が苦々しく言う。

「売り出し中の若手だということは判るが、いくらなんでもマーラーの二番を振れる器量はねえよ。かわいそうに、事務局もなんでこんなプログラムを組むんだか。マラ二をやるなら、カミサマに振ってもらえばいいのによ」

次の演奏会は週末の土日にあり、マーラーの交響曲第二番「復活」を取り上げる。演奏時間は八十分、合唱団やパイプオルガンまでもが入る大曲だ。

カミサマとは、桂冠《けいかん》名誉指揮者の神山多喜司のことだ。若手のころから薫陶を受けているせいか、小松にとって特別な存在のようだった。この前のブラ一でも、憑《つ》かれたようにチェロを弾いていた。

「そろそろ、行きますか」

あと十分でリハーサルがはじまる。団員の多くは席に座り、譜面の音出しをしているだろう。喫煙所には自分たち以外の誰もいない。

小松は、周囲をちらちらと見回した。打ち明け話をするように、顔を近づけてくる。

「お前、ウチの団員にならないか」

耳を疑った。シンフォニア東京のチェリストは満席で、募集すらかかっていない。

「名城勇吾《なしろゆうご》、判るか？」

「ええ……まだ若いですよね」

「お前のふたつ上だ。あいつが今シーズン限りで退団するんだ」

「まさか。入団したばかりじゃないですか」

「中国のオケから首席待遇でオファーがあったらしい。優秀なプレイヤーだからな。だがせっかく取ったのに、たった三年で退団なんて、ひでえ話だ」

「近々、オーディションが開かれるということですか。それを受けろと？」

「それが、今回はちょっと特殊でな。常連のエキストラを、オーディションをすっ飛ばして試用期間にかけるのはどうかという話になってる」

「まさか。そんな話、聞いたことがありません」

オーケストラに入団するには公募のオーディションを受け、一年ほどの試用期間を経たのちに正団員となる。常連のエキストラがオーディションに参加することは多いが、ブラインド・テストで実施されるため優遇されることなどない。ましてやオーディション自体が行われないなど、異例も異例だった。

「最近、入団後すぐにやめていく人間が多いだろ？　オーディションをしていつまで続けるか判らないやつを取るよりは、エキストラで長年やっている人間を雇用してみてはどうか――詳しい議論は知らないが、事務局の中でそんな流れになったんだと思う。お前、興味ないか」

「小松先生が私を、推薦してくれるんですか」

「推薦も何も、実現するか判らない話だ。まずお前の意思を聞いている」

オーケストラの正団員への興味は、薄れていた。

全国を飛び回り、年間百以上もの舞台をこなす。次から次へと注文を捌《さば》いていくだけで、音楽家というよりも職人のようだ。それでいて、決して給料は高くない。小松も長年、教員と掛け持ちをしているのだ。一時期は目指していたが、内実を知ると決して旨味があるとは思えない。

だが。

「やらせてください」

自然と、英紀は言っていた。

自分が嘘をついていたことに、一瞬で気づかされていた。五年にもわたりオーケストラのオーディションに落とされ続けたことが、オケの仕事はつまらないのだという虚像を作り上げていたのだ。悔しいが、認めざるを得なかった。

千載一遇のチャンスだった。首席チェリストの李英洙《リヨンス》にも、〈坂下氏は、癖がなくて使いやすい〉と評価されているのだ。オーディションを勝ち抜くのは難しいかもしれないが、いきなり試用期間に入れるのだとしたら、勝算は充分にある。

「九月から、新シーズンだ」

シンフォニア東京のシーズンは、九月から翌年の六月までで一区切りだ。

「事務局が本気でこの話を進めているのかは判らないが、もしやるんなら、六月までの三ヶ月間で新シーズンに試用期間に進むひとりを決めるはずだ。たぶんよく乗ってるエキストラには、同じような話が行ってると思う。六月まで、必死になれ。死ぬ気で席を勝ち取るんだ」

シンフォニア東京にはよくエキストラできているメンバーが四、五人はいる。みな、隙あらば空いた椅子を狙っている奏者ばかりだ。直接的な妨害をしてくる可能性も、なくはない。気を抜いたら、足を掬《すく》われる。

「ただ、俺からしたら不満だよ」

釘を刺すように、小松は硬い表情になった。

「俺たちは全員、オーディションを勝ち抜いて入団している。お前にも、そうであってほしかった」

「……すみません」

「謝るくらいなら、勝て。実力で俺たちを納得させろ。いいな」

小松が電子タバコを灰皿に詰める。いい加減リハーサルに向かわないとまずい時刻だ。

今日はチェロパートの最後方、五プルトが英紀の席だった。大編成の曲だけあって、リハーサル室が人で埋め尽くされている。ここにいる全員が高度な専門教育を受け、人間離れした技巧と音楽性を持つ奏者なのだから、オーケストラとは本当に贅沢なものだ。

椅子に腰を下ろし、チェロケースを開ける。隣に座る青年は、最近よく見るエキストラだった。英紀と目を合わせ、軽く頭を下げてくる。いつもよりよそよそしい感じがするのは、気のせいではないだろう。もう選考ははじまっているのだ。

――オーディションが、ない。

小松に聞いた条件を、改めて胸の中で嚙《か》みしめる。

五年間あちこちのオーディションに落とされ続けてきたが、ここ三年は最終選考に残れたこともない。〈癖がなくて使いやすい〉と評価されている男が、一次オーディションすら突破できない。

原因は、はっきりしている。

英紀は、自分の音楽を見失っていた。

2

あれは首都交響楽団のオーディションを受けている時期だった。英紀は、課題曲であるブルッフの『コル・ニドライ』を準備していた。

『コル・ニドライ』は協奏曲というほど大規模ではないものの、ブルッフらしい美麗でノスタルジックな旋律が楽しめる佳品だ。英紀も好きな曲だった。

自宅の防音室に入り、狭い空間の中、譜面台に楽譜を置く。チェロを構えて、演奏をはじめる。シンコペーションが多用される、推進力と憂いを持つ旋律――。

そこで、英紀の弓は止まった。

何が起きているのか、判らなかった。譜面を前に、身体が硬直していた。何をどう弾けばいいのか、全く判らない。

いや、どう弾けばいいのかは判っているのだ。ブルッフはケルンに生まれたドイツの作曲家で、叙情的な旋律に特徴があり、初期ロマン派の影響下に留まって頑《かたくな》なまでに古典的な作風を堅持した。『コル・ニドライ』が書かれる二年前にブルッフが生まれたプロセイン王国は崩壊していて、この曲の持つ叙情性はかつての故郷への郷愁を表現したものではないか——研究してきた結果、どう弾けばいいのかはすべて固まっていた。だが、いざ譜面を前にするとどう弾けばいいのか判らない。愕然とした。自分に何が起きているのか、判らなかった。

そんな状態でオーディションを受けるわけにはいかず、英紀は仮病を使って欠席した。〈大切なオーディションの日に風邪とは、何考えてるんだ〉と、小松には大目玉を食らった。

時間が経《た》っても、英紀の症状は治らなかった。どう弾けばいいのかを考えて楽譜の前に座っても、いざ弾きはじめようとすると頭が真っ白になる。無理やり弓を動かすこともできるのだが、自分が何を弾いているのかすら、よく判らなくなる。

心療内科で下された診断は「イップス」だった。ある日突然、演奏ができなくなってしまう症状で、精神的な理由から脳の機能障害まで、原因は様々とのことだった。

このままでは廃業しかねない。英紀は、落ち着いて症状と向き合うことにした。精神安定剤を飲みつつ、仕事をセーブして積極的に休みを取った。演奏技術が落ちることへの恐怖もあったが、思い切って練習量を一日五分に減らしてみたりもした。チェロを四歳で手に取ってから、あんなにも練習しなかったのは初めてだった。

だが、症状は改善しなかった。相変わらず譜面を前にすると、何をどう弾けばいいのか、判らない。

唯一の救いは、オーケストラの中に入ると、演奏できることだった。

弦楽器のトゥッティ奏者は、指揮者や首席チェリストが作った音楽を増幅させ、大きなうねりにしていく役目だ。チェロセクションの中に入り、他人の作った音楽を模倣する――それならば、いまの英紀にもこなすことはできた。〈坂下氏は、癖がなくて使いやすい〉と李英洙《リヨンス》が言ったのも当たり前だった。周囲の音楽に合わせているだけなので、癖など生まれるはずがない。

それ以来、ごまかしごまかしチェリストとしての活動を続けているが、オーディションに通ることやコンクールで勝ち抜くことは諦めていた。そんな自分が、オーケストラに入れるかもしれない。五年間びくとも吹かなかった風が、遠くから吹きはじめたのを感じた。

「ヒデさん」

声をかけられ、英紀は顔を上げた。

英紀は、麻布十番《あざぶじゅうばん》の改札前にきていた。少し離れたところで、諒一が手を挙げていた。

「お待たせ。先輩にこんなところまできてもらって、悪いな」

「大丈夫だ。こちらこそ、ありがとう」

――かつて鵜崎の弟子だった女性とコンタクトが取れた。

諒一から連絡をもらったのは、昨日のことだった。鵜崎や由佳について話を聞かせてもらえることになり、諒一の住む麻布十番にきたのだ。駅から歩いて五分のタワーマンションが、彼の自宅だった。

「適当に座ってくれ。あ、その絨毯《じゅうたん》はカッシーナのいいやつだから、汚すなよ」

部屋に入り、英紀は圧倒された。〈タワマンっていっても低層階だから、眺めはよくないぞ〉などと言っていたが、正面には東京タワーが見え、窓からは東麻布のビル群を見下ろすことができる。間取りは3LDKで、一室にはヤマハのグランドピアノが置かれていた。

格差を見せつけられても、やっかみの気持ちは微塵《みじん》も湧いてこない。自分は音楽家以外に、嫉妬を覚えることはないのかもしれない。安心すると同時に、自分がもはや諒一を音楽家だと捉えていないことにも気づかされ、少し寂しい気持ちになる。

ソファに、同じ年くらいの女性が座っていた。「栗山しのぶさんだ」と、諒一が紹介してくれた。

「しのぶさんとは共通の友人がいてな。鵜崎の関係者を探していたら、コンタクトを取ることができた。しのぶさんはいま、チェロの仕事をされてるんですよね」

「仕事と言っていいのかどうか……たまにイベントに呼ばれて弾いているだけです。結婚して名字は栗山ではないのですが、演奏活動は旧姓でしてます」

覇気がないと感じた。右田や曳地のように、ただそこにいても内からエネルギーが湧いてくる感じがない。この人は音楽を仕事にしているらしいが、音楽家であることからは下りたのだろう。下りた人特有の、火が消えた暖炉のような雰囲気を持っていた。

「黛さんのこと、お悔やみ申し上げます」しのぶは、機先を制するように言う。

「まだ若いのにあんなことになってしまって……本当に、言葉もありません」

「しのぶさんは、由佳ちゃんとは面識が？」

「はい。鵜崎の家で、何度か会いました。門下生を集めてのパーティーがたまに開かれるんです。私は三年前に鵜崎のもとを離れています。ともに門下にいたのは、二年くらいでしょうか」

「まずしのぶさんの話を聞きたいですね。なぜ鵜崎の門下生になったのか。なぜ、やめたのか」

それでいいよな？　という風に英紀のほうを見てくる。英紀は頷《うなず》いた。

「鵜崎のレッスンを初めて受けたのは、五年前、二十三歳の秋です。私は当時、自分の演奏に悩んでいました。これはと決めて挑んだコンクールで落選して、根本的に自分を変えなければいけないと思っていました」

しのぶと由佳の境遇が似ていることに、英紀は気づいた。

「そんなときに、鵜崎のレッスンを受けないかという話が、知人経由できたんです。私はそれに飛びつきました。彼の指導を受けると、潰れる——そういう噂は知っていましたが、劇薬を飲むのが必要だと思ったんです」

「レッスンは、どうでした」

「衝撃でした。あんな考えかたをしている音楽家は、誰もいないと思います」

「ほう」

しのぶはそこで、はたと思いついたように言葉を止めた。

「あの、これ……録音、してないですよね」

「録音？　もちろんしてませんよ。ヒデさんも、大丈夫だよな」

「してないよ。するわけがない」

「……すみません、変なことを言って。鵜崎は、自分の発言や指導が外に出ることを嫌います。何も他言しないという誓約書を書かされ、違反した人を実際に訴えるようなこともしていました」

「鵜崎のレッスンを受けた人は大勢いるでしょう？　特定なんかできないと思いますけど」

「ひとりひとりに対して、微妙に違うことを言っているみたいなんです。それで、誰が漏らしたか判るようにしているとか……あくまで噂なので、本当にそんなことができるかは判りませんが」

「俺もヒデさんも、だまし討ちみたいなことはしません。そんなことをするメリットもない」

しのぶは「判りました」と言い、小刻みに頷いた。

「鵜崎には、ひとつの強固な信念があるんです。それは……〈人間は、何も理解できない〉」

「どういうことですか」

「〈この世界には、錯覚しか存在しない〉。それが鵜崎の、持論だったんです」

入りたくない場所に足を踏み入れるように、しのぶはひとつ、息を吐いた。

「例えば、鵜崎は〈観客はクラシック音楽を聴けていない〉と言っていました。クラシックは抽象性が高く、曲も長い。そんな難解なものを人間は理解できない、理解できたつもりになっているだけだ、と。鵜崎が言うには、それでもいいそうです。観客が求めているのは音楽ではなく、音楽を聴いたという体験だからだ、と」

「本当ですか？　いくらなんでも、現役のプロがそれを言うのは……」

「例えば、こんな実験があるそうです。世界的に有名なヴァイオリニストに燕尾服《えんびふく》を着させて路上で演奏させたところ、観客が集まって拍手喝采になりました。でもそのヴァイオリニストにホームレスの恰好《かっこう》をさせて同じことをさせたところ、人はほとんど集まらなかった。その空間には同じ、超一流の音楽があったというのに」

印象形成バイアスというのだと、しのぶは言った。みすぼらしい恰好をした人間にヴァイオリンを弾かせたところで、観客はどうせたいしたことはないという先入観を持って見てしまう。だから、素晴らしい音楽が流れていたとしても、気づくことができない。鵜崎は人間の〈錯覚〉について深く研究していて、色々な逸話を聞かせてくれたらしい。

「でも、そもそも路上ミュージシャンの演奏なんか、足を止めて聴かないんですよね。燕尾服を着てヴァイオリンを弾く姿が目立っていたから、人が集まってきたのでは？」

「何年か前に、ゴーストライター騒動がありましたよね」

クラシック業界の汚点となっている、一大事件だ。〈現代のベートーヴェン〉として売り出した作曲家の曲が、ゴーストライターによって書かれていたというスキャンダルだった。

「あの曲は〈広島の原爆投下を描いた曲だ〉という売り出しかたをされていましたが、ゴーストを務めていた作曲家は、依頼には原爆のことなどなかったと証言しています。それでも当時の批評には、〈原爆の地獄を描いた曲〉と書かれました。〈苦悩を極めた人からしか生まれえない奇跡の曲〉〈史上もっとも悲劇的な、苦渋に満ちた交響曲〉……そんな風にも言われていたのに、実態はゴーストが発注に従ってお仕事として書いていた曲だった。では私たちはあの曲の中に、何を聴いたんでしょう?」

「ゴーストとはいえ、一流のプロの曲です。音楽の出来自体はよかった」

「でも、当人がイメージしていなかったことを観客が勝手に読みとったのは確かです。ベートーヴェンの交響曲第五番はどうですか? あの曲には『運命』という副題がついていますが、ベートーヴェン本人はそんな副題はつけていない。冒頭の〈運命の動機〉にしても、鳥の声だったという説があるくらいです。でも、多くの人が〈苦難の運命に打ち勝つ物語〉としてあの曲を捉えている」

「それは……」

「私たちは、本当に音楽を理解できているんでしょうか。作曲家の考えとは全く関係のないことを勝手に読みとり、見当違いのストーリーを作り上げているだけなのでは? そういう〈錯覚〉が積み上がったものが、クラシック音楽という文化なのでは?」

いつの間にかしのぶは、鵜崎の代弁者になってしまったようだった。容易には言い負かせられない、論の分厚さを感じる。

英紀は、あることを思い出していた。

由佳と一緒に見た、テレビ番組だ。入門用のヴァイオリンとストラディヴァリウスとを聴き比べるというクイズ番組で、英紀は正解し、由佳は間違ったが、英紀にしてみても、確信を持って回答できたわけではなかった。本当にヴィンテージ楽器が圧倒的に優れているのなら、誰の耳にも明らかなほどに違いがあるものではないのか。

「オールド楽器の話も、鵜崎はよくしていました」英紀の話を受け、しのぶが言う。

「現代の楽器とオールドヴィンテージとを聴き比べるブラインド・テストって、世界各地で行われているんです。結果は何度やっても〈観客には、オールドヴィンテージの音は判らない〉というものです」

「一般の観客はそういうものでしょう。プロなら判るはずだ」

「いえ。プロのヴァイオリニストにやらせても、聴き分けはできないことが証明されています。演奏者があえてオールドヴィンテージを下手《へた》に弾くことを排除するため、演奏者にも目隠しをする〈ダブル・ブラインド・テスト〉をやっても、同じ結果が出ます。人間は、ストラディヴァリウスと現代の楽器を聴き分けることができないんです。ならば私たちは、何を聴いているんでしょう？　私たちはストラディヴァリウスを聴いているのではなく、ストラディヴァリウスを聴いているという物語を摂取しているだけなのでは？　私たちは――何も理解できないのではないですか？」

「そんなわけはない」

思わず、英紀は言っていた。

「私はいままで、多くの音楽に感動してきました。演奏者の思いが伝わってくることも何度もあった。それが、錯覚だと？」

「私じゃないです。鵜崎が言っていたんです」

「なぜそんな人間のところに、通ってたんですか。音楽を冒瀆《ぼうとく》するような人間のところに」

言い過ぎだと判っていた。由佳をそんな人間に奪われたことへの苛立ちが、溢れてしまっている。しのぶは動揺した様子すら見せない。彼女自身、鵜崎の教えを口にしながらも、それにもっとも反発を抱いているのかもしれない。

「私は——安心したんです。鵜崎のレッスンを受けて」

「安心？」

「はい。鵜崎の考えは、上手《うま》くいっていない奏者を安心させてくれるんです。この世の批評は、すべて錯覚だ。私がコンクールに落選したのも、チェリストとして上手くいっていないのも、審査員や観客が勝手な解釈をしていただけだから だ——そう思えますから」

由佳も、そうだったのだろうか。コンクールに落ちた彼女もまた、鵜崎の露悪的な極論に癒やされ、安心したのだろうか。だとしたら、自分が由佳の演奏を褒め続けていたのは、無駄だったのか。

「つまり鵜崎は、演奏技術なんかどうでもいい。何らかの方法で、観客の錯覚を誘導すればいい——そういう活動をしているという理解でいいですか」

諒一が、会話を巻き取ってくれる。

「半分は、それで合ってます。というのも、鵜崎は演奏技術にはこだわっていましたから。〈観客は音楽は判らないが、ミスは判る〉——とにかく機械のように弾けるよう、徹底的にテクニックを磨けという方針でした」

由佳の『BUNRAKU』もそうだった。隅々まで統御され、人間業と思えないほどに緻密《ちみつ》だった。

「鵜崎の方針は明確です。まず徹底的にテクニックを磨く。そして、取り上げる曲で観客にどういう〈錯覚〉を与えたいかを考え、すべてをその目的に投入する。演技力を磨くのも、その一環です」

「演技？」

「はい。音楽を聴いたときの印象は、視覚情報にも左右されます。観客を泣かせたいのなら、自分も泣きながら演奏すればいいと、鵜崎は言っていました」

「そんなことをされても、聴いている側は醒めると思いますけどね」

「それは演技力が低いからだというのが、彼の持論でした。実際に鵜崎の演技力は見事で、判っていても感情移入してしまうんです。そして、肝心の音楽は〈模倣しろ〉と言っていました」

「模倣？　真似をするってことですか」

「模倣の技術を高めるのも、鵜崎の指導体系の大きな柱です。音楽をいちから構築するのではなく、あらゆる演奏を模倣できるようにして、誘導したい〈錯覚〉に応じてそれらを組み合わせる。鵜崎にとって、音楽は表現ではありませんでした。カードのように組み合わせて、観客の心理を揺さぶるための道具だったのです」

だんだん頭が痛くなってきた。確かに、そんな考えかたをしている音楽家はいないだろう。あまりにも英紀が思い描く音楽とは違う。

だが、一笑に付すこともできなかった。少なくとも鵜崎は科学的知見を持って理論武装している。実際にそれで、多くのファンを獲得もしている。

「私は鵜崎に弟子入りし、二年ほど彼のもとにいました」しのぶが続ける。

「鵜崎のレッスンは、とにかく機械的です。曲を指定されたテンポの二倍、三倍、あるいは半分のテンポで正確に弾けるように訓練したり、音程を一セント単位でぴったり合わせたり……身につけていた表現をすべて捨て、ひたすら技術に置き換えていく……そういう時間が続きました」

「その間、仕事はどうしていたんですか」

「鵜崎が斡旋してくれた演奏会に出ていました。鵜崎はファンを多く抱えていますから、演奏依頼が様々な形できます。鵜崎は、門下生が勝手に演奏会に出ることを許していませんでした。門下生の誰をどこに派遣するかも徹底的に管理し、鵜崎顕というブランドをコントロールしていたんです」

「経済的にも鵜崎に依存してしまう……それをやっているうちに、抜けられなくなる。悪質だな」

「でも私は、幸せでした」

しのぶの顔が歪《ゆが》んだ。〈幸せ〉という言葉には似つかわしくない、苦しそうな表情だった。

「鵜崎の指導に従うようになって、目に見えてお客さんの反応がよくなったからです。それまでに自分がやってきたことは、間違いだったんだと思いました。曲を勉強して、曲をどう表現するかに悩んで、作曲家の意図を摑《つか》もうとして……それは意味のない時間だったんだって。技術を磨いて模倣と演技をすれば、お客さんは沸くのだって。でも——そうしているうちに、私は、弾けなくなりました」

「感覚が壊れてしまったんですか」

「はい」

胸が痛くなる。たどった経緯はまるで違うが、チェロが弾けないことの苦しみは、判っているつもりだ。

「ある日、チェロを弾こうとしたら、身体が動かなくなりました。ご飯を食べたりスマホを操作したりはできるのに、チェロだけが弾けなくなったんです。私はチェロをやめて、鵜崎のもとから離れました。その後は見るのも嫌で、ケースに入れたまますっとクローゼットの奥にしまっていました。なんとか弾けるようになったのは、ここ一年くらいのことです。夫と結婚して、心の深い部分がリラックスできたんだと思います。もっとも、鵜崎に教わる前に弾いていた感覚は、もう戻ってきません。別の感覚で弾いてます」

「それは、よかったです」

「すみません、私の話ばかりして。黛さんのことが聞きたいんですよね」

〈まあ、苦しいことのほうが多いかな〉

由佳は、どんな思いで鵜崎四重奏団に参加していたのだろうか。

コンクールに落ち、悩んだ末に鵜崎の門を叩いたのだろう。結果的に由佳はプロのチェリストになったが、あの独自のチェロは失われてしまった。由佳はそのことに、苦しんでいたのだろうか。

「黛さんは、鵜崎の門下ではエリートでした。入ったのは私よりも一年半早いくらいでしたが、もうそのころには鵜崎四重奏団に抜擢されるかもという話になっていました。あのカルテットは、鵜崎の活動の中心です。選ばれるのは、光栄なことです」

「由佳ちゃんのどこが、優れていたんでしょうね」

「鵜崎の教えと相性がよかったんだと思います。適応するスピードが速かったと、聞いたことがあります。テクニックの向上、模倣、演技力……どれも、黛さんが本来持っていた資質に近かったんではないでしょうか」

「そんなことないです」

思わず、口を挟んでしまう。感情的な英紀にうんざりしはじめているのか、しのぶはわずかに眉をひそめた。

「……すみません。でも、学生時代の由佳は、そんな奏者ではなかった。彼女は、悩んではいませんでしたか」

「悩み……音楽家は皆、悩んでいるものではないですか」

「そうではなくて、もっと根本的に悩んでいる感じはありませんでしたか。鵜崎に適応したように見せかけて、実はつらかったとか」

「なかったと思います。私の目には、友好的な関係を結んでいるように見えました。まあ私は鵜崎四重奏団のメンバーでもありませんでしたし、数回程度しか顔を合わせたことがないので、本当のところは判りませんけど」

「そうですか……」

表面上は上手くやっていたとしても、内心はどうだったのだろうか。少なくとも由佳は、自殺としか思えない状況で死んでいる。

「ヒデさんはいま、そのカルテットに応募してるんですよ」

「え？」

諒一の話に、しのぶは驚いたようだった。英紀は弁解するように言う。

「別に、入団したいわけじゃないんです。由佳のことを聞くために、鵜崎に近づこうとしているだけです」

「そうですか……というか、カルテットのメンバー、公募しているんですね。門下生でないと入れなかったのに」

「いい弟子がいないんでしょうか」

「あとは……公募の過程そのものを、ビジネスにしようとしているのか」

「どういうことですか」

「オーディションの最中、カメラが回ったりしていませんでしたか」

首をかしげた。撮影されていたという記憶はない。

「隠し撮りされているのかもしれません。あるいは、今後、オーディションが公開されるとか……。

鵜崎は、ビジネスチャンスに敏《さと》いです。オーディションを利用した儲け話を考えているのは、間違いないと思います」

そういえば、今回のオーディションは、四次選考まである。あの異様な数の多さは、今後選考過程をショー化する布石なのかもしれない。一次選考で右田はあえて揉《も》めごとを仕掛けていた。あの異様なくだりも、どこかから撮影されていたのだろうか。

ふと、しのぶが何か言いかけて口を閉じた。

言っていいのかを迷っているようだった。今日話していて、初めて出てくる反応だった。

「ひとつ、思い出したんです。黛さんに対して、おや？　って思ったことがあって」

「なんですか」

「あの人……おかしな宗教にハマっていたんじゃないかなと、思うんです」

思わず、諒一と目を合わせる。由佳から宗教の匂いがしたことは、一度もない。

「去年くらいですかね。まだ鵜崎の門下にいる人とたまたま出会い、聞いたんです。黛さんが、とある宗教団体のコンサートに出ているって。黛さんはあの通りの人ですから、ギャップに驚いてしまって」

「どこの宗教団体ですか」

「判らないです。鵜崎の紹介ではないはずです。鵜崎は宗教を嫌っていましたから。黛さんが自らの意思で、参加していたはずです」

「でも、鵜崎の斡旋する演奏会しか、参加できないんですよね」

「そうなんです。たぶん、揉めたはずです。それでも出たかったのかもしれません」

「その話、誰から聞いたんですか」

「曳地さんです」

鵜崎四重奏団の、曳地舞だ。

「その曳地さんと、コンタクトは取れます？」諒一が口を挟む。

「ヒデさんがオーディションを受けている目的は、鵜崎たちと対話をするためです。栗山さんに紹介してもらえるなら、そんなものに出る必要はない」

「でも、坂下さんはもう参加されているんですよね。曳地さんは、こないと思います。不正が疑われるような状態を、自ら作るとは思いません」

「念のため、連絡を取ってもらえませんか。きてもらえるなら、それに越したことはない」

「ええ……」

たぶん、無駄だろう。あの曳地舞が、理由もないのに話に応じてくれるとは思えない。

やはり、自分でやるしかないのだ。二次オーディションは、来週に迫っていた。

3

右側に座るファーストヴァイオリンの男性が、楽器を勢いよく上下させる。呼吸を合わせ、英紀はチェロを弾きはじめた。

メンデルスゾーンの『結婚行進曲』を、弦楽四重奏にアレンジしたものだった。トランペットのファンファーレを弦で表現しなければならないので、通常よりもきつめにアタックをする。

披露宴会場に拍手が鳴り響き、新郎新婦が中央の扉から入場してきた。今日は結婚式場でのアルバイトだった。誰もこちらを見ていないが、演奏は映像に記録され、下手したら何十年と聴き続けられる。気を抜くわけにはいかない。

メンバーは今日集められたばかりの急造カルテットだ。相手の呼吸も、音程やリズムの癖も全く判らないので、弾いていてごつごつと壁にぶつかるような感じがする。室内楽団は長く活動することで阿吽《あうん》の呼吸が生まれ、まろやかになってくるもので、このあたりはどうしても仕方がない。

楽譜を前に頭が真っ白になってしまった、あのころ。

それまで続けていた音楽の仕事は、減らさざるを得なくなった。イップスの状態で人に教えるわけにはいかないので、音楽教室の仕事はすべてやめた。ソロを弾く機会も減らし、演奏活動はオーケストラのエキストラのみに絞った。

このような集団でのイベント演奏は、なんとか続けられている。表現というよりも、演奏機能のみが求められる仕事だからかもしれない。何も考えず、弓を振るって正確な音を出すことができればいい。英紀は周囲の音楽を聴きながら、半ば自動的にチェロを弾いていく。

右隣には、ヴァイオリニストの青年が座っている。

音大の四年生だそうで、若いのに統率力がある。アクション自体は決して大きくないが、細かい身体の動きで的確に指示を送ってくるので、どう弾くべきかが判りやすい。曲が簡単すぎるので技量までは判らないが、こういうコンサートマスターがいると、合わせる側は楽なものだ。

新郎新婦が高砂《たかさご》席に腰を下ろす。乾杯のときに弾く『椿姫』の譜面を台に置き、英紀は構えを解いた。披露宴のアルバイトは待機が長い。静かに待つのも仕事だ。

「上手っすね」

乾杯が終わり、歓談がはじまったところで、ヴァイオリニストが声をかけてきた。

「君こそ上手だよ。とても弾きやすい」

「いえ、まだまだです。でも、ありがとうございます。普段、どこで弾いてるんですか」

「シンフォニア東京が多いよ。エキストラだけど」

「オケに乗ってるんですか。道理で上手だと思いました」

「君もオーケストラ志望なの？」

「いや、俺は就職組です。音楽は、趣味でやっていくつもりっす。ほんと、恥ずかしいですよね。音大まで行ったのに、音楽の仕事につけないなんて」

「そんなことはない」思わず、声が強くなってしまう。

「仕事をしながら音楽に携わる、素晴らしいじゃないか。プロはやりたくない仕事を山ほどやらなければならないし、アマチュアのほうが本質的な音楽活動をやってるという奏者もいるくらいだよ。そんなに自己卑下しないでほしい」

ヴァイオリニストは面食らったように固まっていたが、「ありがとうございます」と破顔した。

たぶん彼は、やれるところまでやったのだろう。

四重奏を的確に統率した姿だけで、真摯に音楽に取り組んできたことが判る。彼が感じた苦悩など知る由もないが、たぶん、これ以上は行けないというところまでやったのではないか。だからこそ、きっちりと夢を介錯《かいしゃく》できたのだ。

——俺は、どうなんだろう。

偉そうに説教できる立場ではない。中途半端に音楽にしがみつき、もうすぐ三十歳を迎える。自分は夢を殺せるほど、夢と向き合ってきたのだろうか。

お色直しが行われ、披露宴も後半に入る。しばらく、余興が行われるようだった。

「まずは、ヴァイオリニストの伴大史《ばんたいし》先生による独奏を行わせていただきます」

司会者の言葉を聞いて、英紀は思わず音大生と顔を見合わせた。

「伴先生は新婦のお父様と古くからのご友人で、本日はお祝いにかけつけてくださいました。では先生、よろしくお願いいたします」

伴大史は、もともとJP交響楽団のコンサートマスターをやっていた人間だ。もう七十歳を超えていて、ヴァイオリン活動は引退したと聞く。円卓に彼がいることに、気づかなくてよかった。不要なプレッシャーを感じていたところだった。

音大生は背筋を伸ばし、マイクの前に立つ伴を見つめている。ひと通り祝辞を述べ、伴はヴァイオリンを構えた。

弾き出したのは、クライスラーの『愛の喜び』だった。

流れてくる音を聴いて、英紀は思わず耳を疑った。

最初の上昇音形の音を、伴はすべて外していた。よく見るとかなり酔っ払っているのか、顔が赤い。その後も音程の怪しい箇所が続き、弓圧も強すぎるのか音が潰れてボトボトと床に落ちていくようだ。テンポが安定していて力強いウィンナワルツを刻んでいるのはさすがだったが、難所に差し掛かるとかなり速く弾き飛ばしていて、超絶技巧に見せかける形で細かいところをごまかしているように見えた。

伴は、自分の演奏のクオリティを理解しているように見えた。ところどころでうなり声を発していて、演奏に入り込んでいるように見せかけて、怪しい箇所に雑音を入れている。そもそもピアノ伴奏があるはずの『愛の喜び』を無伴奏でやる神経が判らなかった。ヴァイオリン一本のクライスラーはボリューム感に欠け、披露宴会場でやるにはいかにも寂しい。

汚い演奏だと思った。発されている音以前に、底に流れている精神性が美しくない。

音大生が、何かに耐えているように拳を握るのが見える。彼も恐らく、英紀と似たような感想を持っているのだろう。

演奏が終わる。その瞬間、盛大な拍手が会場に響いた。ブラボー！　と叫んでいる人すらいる。まさかブーイングするわけにもいかず、英紀は黒い思いを静かに抱えるしかなかった。

「……ちょっとトイレ行ってきていいっすか」

音大生が立ち上がった。このあとは両家の父親挨拶まで出番がない。「ゆっくりしてきていいよ」と英紀は言った。

彼はそれきり十五分ほど、戻ってこなかった。まだ余裕があるものの、宴のクライマックスにファーストヴァイオリンの不在はまずい。「ちょっと見てきます」とヴィオラの男性に言い残し、英紀は会場を出た。

トイレを覗いたが、音大生はいなかった。まさか、帰ってしまったのだろうか。あんな演奏を喜んでいた観客に呆《あき》れ、そのまま立ち去ってしまったのかもしれない。焦りが、英紀の足を加速させる。

彼の姿を見つけたのは、フロアの端にある喫煙ブースでだった。半透明のボックスの中で、彼は電子タバコを吸っていた。

「どうしたの？」

顔色が青ざめていた。電子タバコを持つ手が、小刻みに震えている。会場を出て行ったときよりも、明らかに様子がおかしくなっている。

「大丈夫っす、すみません、タバコ吸いたくなっちゃって」

「どう見ても大丈夫じゃないよ。どうしたんだ」

「ヤニカスなんです。ずっと座ってたら、ニコチン切れちゃって。補給したら、行きますから」

「落ち着け」このまま彼を、会場に戻してはいけない。

「まだ時間はあるよ。何があったんだ？　俺でよければ、話を聞くが」

「話……」

音大生は小刻みに頷いて、電子タバコをくわえた。気持ちを落ち着けるように、二度、三度と水蒸気を吸い込む。

「トイレに入って、ウンコしてたんです。そしたら、オッサンがふたり入ってきて……伴大史はやっぱりすごいなって、話をはじめたんです。それなりにクラシックに詳しいみたいでした。伴大史の昔の演奏も聴いたことがあるとか言ってました」

「それで？」

「それに比べて、あの若者は駄目だなって」

「なんだって……」

「式場のバイトのヴァイオリンなんか、聴くに耐えないって。ふたりで嬉しそうに、笑ってましたよ」

批評されるにも、心の準備が必要だ。不意打ちで食らった酷評は、通り魔に刺されたように彼の自尊心をえぐっただろう。

「伴先生の演奏は、ひどかったですよね。酔っ払ってたし、やる気がないし、何よりおかしなところをごまかしていた……俺の演奏のほうがよかったですよ。でも、現実にはこんな風に好き勝手言われます。音楽やってると、疲れますよ」

「ヴァイオリンをやめる理由は、それなの？」

「それだけじゃないですけど……ネットとか見てくださいよ。その辺の何も判ってない素人が、死ぬ気で研鑽《けんさん》を積んできたプロのことを、意味不明な理屈でボロクソに叩いてる。必死に練習して、人生削って音楽に捧げても、こんなことを言われるのかって。なんかもう、死ぬほどどうでもいいなって」

「でも表現って、そういうもんだろ？　一般の人に聴いてもらって、評価を受ける仕事じゃないか」

「だから、そこから下りたんです。そんな人生、つまんないじゃないですか」

「そんなことを書いているやつの人生のほうが、つまらないと思うけどな」

「そんな比較しても、仕方がないっすよ」

音大生は吸い殻を抜き出し、ゴミ箱に放り込む。「すみません、仕事はちゃんとやりますから」。そう言って、喫煙ボックスを出ようとする。

「全部、錯覚だよ」

思わず、言葉が口から飛び出した。

「観客の評価なんか、全部思い込みにもとづいた錯覚だ。今日の伴先生の演奏を見ただろ。あんなにヨタヨタな演奏でも、元ＪＰ響のコンマスで、長年研鑽を積んできた老ヴァイオリニストというバイアスがあれば、観客は評価する。それだけの話だ」

「そうですかね……」

「君が素晴らしいヴァイオリニストだということは、一緒に弾いた俺が判ってる。客なんか適当に騙《だま》してしまえばいい。観客には何も判らない」

音大生は喫煙ボックスの扉に手を掛けたまま、ゆっくりと息を吸った。見えない電子タバコが、そこに存在しているかのようだった。

「ありがとうございます。変わってますね、ええと……」

「坂下英紀だ」

「坂下さん。そんな考えでチェロ、弾いてんですか」

「まあ、その……」

「俺は、そういう考え、嫌いです」

ぴしゃりと、シャットアウトされた気がした。

「弾くやつも聴くやつも、クソですよ。音楽なんか、出会わなければよかった」

青年は吐き捨てるように言い、喫煙ブースを出て行く。

後味が悪かった。必要だと思ったとはいえ、咄嗟《とっさ》に鵜崎の言葉を引用してしまっていた。観客を舐《な》めきった、唾棄すべき思想を。

それとも——。

咄嗟に言葉が口をついて出てきたということは、自分の中にも、鵜崎的なものが存在するのだろうか。

英紀は思考を止めた。気持ちを落ち着けるために深呼吸をする。電子タバコのざらついた残り香が、鼻孔をくすぐった。

4

相良ホールの階段を下り地下のロビーに出ると、十人ほどのチェリストがいた。

一次オーディションのときにはやさぐれた空気が漂っていたものの、今日のロビーには、合格者の余裕が漂っている。どんなものであっても、選考を通るのは嬉しいものなのだ。

「よっ、兄さんも受かってたんや」

手を振ってきたのは、一次オーディションのときに退場させられた、背の高い女性だった。確か、梅木という名前だった。

「あなた、不合格じゃなかったんですか」

「せやねん。合格通知がきたときには、目を疑ったわ。なんで受かったんやろ」

どういう選考をしているのだろう。当然落選だと思っていた自分や梅木が、合格している。

「お待たせしました」

十分ほど待ち、定刻になったところで、リハーサル室の扉が開く。顔を覗かせたのは、右田だった。

「全員中にお入りください。オーディションをはじめます」

――全員、同時か。

英紀はわずかに落胆した。ひとりで鵜崎の前に立つことができれば、由佳の話を聞くチャンスがあると思っていたからだ。場にいるのは、英紀を含めて十一人。合格者全員にしては数が少ないので、一次オーディションと同じく、また何組かに分かれて選考が行われるのだろう。

中に入る。前回と同じく、正面に長机がある。

中央に、鵜崎顕が座っていた。

グレーヘアをオールバックにし、豊かな髭をたくわえている。五十代半ばにしてたくましい筋肉の存在を感じさせる、盛り上がった上半身。黒いシャツを着て志願者を睨《ね》めつける姿は、罪人を取り調べる審問官のようだった。

「お座りください」

右田が、鵜崎の右隣に座る。左隣には、曳地舞がいた。

十二脚のピアノ椅子が、彼らに相対するように半円状に置かれている。

椅子の前には、1から12までの数字が書かれた札があった。ひとつ椅子が余っているので、誰かが欠席したのかもしれない。英紀は素早く、右端の椅子に腰掛けた。椅子は密集して置かれているので、このあとチェロを弾くことになるのなら、弓を弾く右手側の空間をフリーに使える場所が有利だ。選考はとっくにはじまっているのだ。

「ようこそおいでくださいました」全員が座ったところで、曳地が口を開いた。

「今日は選考会ではありますが、肩肘張る必要はありません。遊びにきたとでも思って、リラックスして普段の演奏を見せてください」

見え透いた嘘だった。英紀は聞き流しつつ、どこかから撮影されていないかを探る。よく見ると、左上の天井近くの壁に、小さなカメラが設置されていた。やはり一連の選考は、映像に収められているのだ。

「当団では、技術と調和を重視します」

曳地の言葉は続いている。

「四つのチェロがひとつの楽器のように、統一された美意識のもとに動く——今回のオーディションでは、そういう適性を持つかたを探しております。合格者は鵜崎先生の門下生となっていただき、定期的にレッスンを受けていただきます」

「はあ？　レッスン？」

梅木が不満そうな声を上げる。

「はい。鵜崎四重奏団に入るということは、ただのチェロカルテットに入ることではありません。鵜崎先生の音楽の、中に入るということです。ご不満でしたら辞退していただいて構いません」

梅木が出て行くのかと見ていたが、そうはならなかった。

　曳地の言うことはもっともだと思った。あの液体のように四つのチェロが溶け合った響きを作るということは、自分のエゴを捨て去り、徹底的な同化作業をこなすということだ。鵜崎のレッスンを受けるのは自明のことなのか、ほかの応募者に目立った反応はない。

「楽器を出してください」

　全員が一斉にチェロケースを開いた。英紀も素早くチェロと弓を出し、スクリューを巻いて毛を張る。

「では……」

　曳地が立ち上がった。床に寝かされていたチェロを拾い上げ、空いている椅子に腰を下ろす。椅子が十二個あったのは欠席者がいたわけではなく、彼女のための席だったのだ。

　空いている席は、英紀の左隣だった。曳地はエンドピンを床に刺すと、一切の準備運動もないままチェロを構えた。

「私の演奏をよく、聴いていてください」

　曳地はおもむろに、チェロを弾きはじめた。

　ポッパーの「チェロ奏法のための上級教本」から、第一番だった。四十曲の練習曲が収められた定番のエチュード集だ。鵜崎の門下生だけあって、さすがに素晴らしいテクニックだった。三連符がひたすら並ぶ第一番を、音程もリズムも狂いもなく進めていく。アクセントの位置、運指の使い分けも完璧だ。

　曳地は十五小節を弾いたところで、突然弾くのをやめた。そして、冒頭からもう一度弾きはじめる。英紀は唸った。曳地のチェロから、寸分たがわぬ全く同じ音楽が聴こえてきたからだ。工業製品を生産するように、同じ形の十五小節を切り出している。

二度弾いたところで、曳地は弓を下ろした。

「三番」

突然、鵜崎が口を開いた。

「いまの音楽を模倣しろ」

「模倣？」

三番は、白人の男性だった。言われている意味が判らないのか、困惑している。

「いま彼女が弾いたものを真似て弾け。なるべく近づけるんだ」

「同じテンポで弾く、ということですか？」

「違う。テンポ、音色、表現、音量……彼女の演奏に近ければ近いほどいい。やってみろ」

鵜崎は腕を組み、実験動物を観察する科学者のような目を向けてくる。

白人男性は、困惑した様子で演奏をはじめた。

最初の音を聴いた瞬間に、上手いと思った。音の立ち上がりがクリアで、音色も豊かだ。力強く腹に響くような低音が鳴り、音量が大きいのに少しも無理がない。楽器の潜在能力を、上手く引き出している。

三拍子系の音楽は古来の日本音楽には存在せず、日本人はワルツやスケルツォなどの三拍子が苦手だと言われる。彼の流れるような三連符の連打を聴いていると、ＤＮＡに刻み込まれた音楽が存在するのかもしれないと思わされる。

「ストップ」

そんな演奏を、鵜崎は四小節聴いただけで止めた。

「私の言っていることが判らなかったか？　模倣しろと言ったはずだ」

「判ります。なるべく近いように弾いてみたつもり、なんですが」

「帰れ」

場が、凍りついた。

「センスがない。時間の無駄だ。君ではこのカルテットの一員は務まらない」

侮辱的な言葉だった。呆気《あっけ》にとられていた男性は徐々に怒りが湧いてきたようで、顔に赤みが差しはじめる。

「六番」

関わることなく、鵜崎はオーディションを進めていく。男性は乱暴にチェロを片づけはじめる。鵜崎も、右田も、曳地も、もはや男性がそこにいないかのような態度だ。

六番は、学生と思《おぼ》しき若い女性だ。ここまでの成り行きに恐怖を覚えたのか、チェロを構える左指が震えていた。その横で、白人男性がチェロをしまって荒々しく出て行く。女性は弾き出すタイミングを逸してしまったのか、構えを解いて深呼吸した。しばらくそのまま、気持ちを落ち着けるように肩を上下させている。

「君も、帰っていい。次、十二番」

「ちょっと、待ってください」

六番の女性が声を上げる。

「少しお時間をください。必ず、弾いてみせますから……」

「度胸のない人間は何もできない。十二番」

「いい加減にしてくれよ」

十二番は、四十歳くらいの長髪の男性だった。弓がイライラしたように、上下に動いている。

「なんだよ、この選考は。もっと普通にオーディションしてくれよ」

「ナンバー38。テンポは144で」

「は？」

「普通に審査してほしいのだろう？　ポッパーの38を、テンポ144でやってみろ」

「いや、速すぎるだろ。ナンバー38はプレストであって、プレスティッシモじゃない」

「十一番」

突然、番号が呼ばれた。

十一番に座っているのは、梅木だ。

「ポッパーの38を、テンポ144で」

ナンバー38は、このエチュード集の中でもっとも難しい曲のひとつだ。あちこちに飛びはねる十六分音符のラッシュを、最後まで捉え続ける必要がある。気を抜くと弾き飛ばされそうになるが、曲にしがみついてはいけない。軽業師のように軽やかに、さらっと弾かなければならないのだ。

なんでそんなことを、せな、あかんねん。

梅木はそう言って、演奏を拒否するだろう——そう思ったが、予想に反し、梅木は淡々と準備をはじめる。弓を構え、おもむろに弾きはじめた。

——上手い。

少し聴いただけで、技量の高さが判った。しかも、相当この曲を弾き込んでいる。無理があるテンポにもかかわらず、梅木の演奏は曲のフォルムを綺麗《きれい》に保っていた。高度な技法を用いた前菜をさらっと提供するように、難度の高いエチュードを弾き続けている。

「やめろ」

梅木が、演奏をやめる。挑むように、鵜崎のほうを見る。

「十一番、帰っていい」

「うちは失格、っちゅうことですか」

「合格だ。後日通知を送る。十二番は失格。出て行け」

長髪の男性が、憮然《ぶぜん》としたように鵜崎を見つめる。だが、梅木にここまでの演奏をされた以上、もはや何を言ってもあとの祭りだ。

「最後まで、聴いていっていいですか」

男性がチェロを片づけはじめた横で、梅木は言った。「構わん」と鵜崎が答えた。合格するべき人間が合格したのだと、全員が思っただろう。

「一番」

呼ばれたのは、自分の番号だった。

「十二番のせいで、オーディションに紛れが入った。もとに戻すぞ。最初に弾かれた音楽を、模倣しろ」

「もう一度、弾きましょうか?」

隣の曳地が覗き込んでくる。英紀はかぶりを振った。自分の中には、曳地の音楽がまだ残っている。

おもむろに、楽器を構える。

正面には、譜面台も楽譜もない。地図も持たずに知らない土地に投げ出されたような、寄る辺のなさを感じる。

——模倣、か。

それは奇しくも、自分が常日頃オーケストラでやっていることだった。指揮者や首席チェロの音楽を模倣して生まれる、癖のない演奏。自分の内側から音楽を発露する必要はなく、機能としてそこに存在し続けること。

できる、と思った。模倣なら、いまの自分にでもできる。

英紀は、曲を弾きはじめた。

いままで弾いてきたポッパーのエチュードは、忘れることにした。記憶の中に残っている曳地の影を追い、耳の中に残っている音楽をなぞる。彼女のテクニックは素晴らしかったが、基礎練習を積み重ねてきたのは自分も同じだ。音大のころから、練習時間が限られているからこそ、基礎を怠ったことはなかった。

速いテンポで連発する三拍子を弾きながらも、足を踏み外さないように気をつける。曳地の音量、音色、アクセント。自分の音楽を完全に捨て去り、彼女がつけた足跡の上を踏み、同じ姿勢で歩く。

——楽だ。

崖の突端に立つのではなく、安全な部屋の中でダンスを踊っているようだった。音楽のことを考えなくていい。自分の限界、課題、問題点、そういったものと向き合う必要がない。機械のように動けばいい。

思わず、笑みがこぼれた。

自分が演奏中に笑っていることに驚き、英紀は慌てて表情を引き締めた。

「もういい」

鵜崎の声が、審判を下すように響いた。英紀は、チェロを弾く手を止めた。

恐る恐る、鵜崎のほうを見る。冷徹なふたつの目が、英紀を見返した。

「合格。帰っていい」

ホッと、一息ついた。その瞬間、喜んでいる自分の存在に気づき、啞然《あぜん》とさせられる。

自分は、これを喜ぶのか。音楽でもなんでもないものを、評価されたことを。鵜崎顕に、認められたことを——。

「気に入った」

隣の曳地が、驚いたように鵜崎のほうを見た。彼がこんなことを言うのは珍しいようだった。

「何の意思も伝わってこないのがいい。それでいて、技術は高い。死骸のようなチェロを弾く」

鵜崎は淡々と評を下し、「五番」と言った。眼鏡をかけた若い女性が、慌てて楽器を構える。

「おめでとうございます」

曳地が、小声で囁《ささや》いてきた。曖昧に頷き、チェロを片づけはじめる。気持ちがかき乱されていた。早く部屋を出たかった。

「今夜、時間ありますか?」

英紀は、曳地のほうを見た。会場では五番の女性の演奏がはじまっていて、その声に気づいた人間は、誰もいない。

「吉祥寺《きちじょうじ》の〈ファイヴス〉で」

曳地はそう言い、身を引いた。一瞬で、審査員の顔に戻っていた。

5

英紀はワイヤレスイヤフォンを耳に差し、スマートフォンで動画を見ていた。

ホールのステージに管楽器の奏者たちが現れ、めいめいの席に座る。弦楽器がない、管楽器のみの小さなオーケストラだ。特殊な曲をやるようで、クラシックではほぼ使われないドラムセットやエレキギターなどが向かって右側に配置されている。

チューニングが終わり、指揮者とチェリストが入場してきた。チェリストは、曳地舞だ。

アマチュアオーケストラの公演だった。鵜崎は、自らが許可した公演に門下生を派遣しているようで、曳地はもっとも精力的に演奏活動をしているようだ。紫のワンピースを着た曳地はボディラインが浮き出ていて、かなりの筋肉質であることが判る。

チェロが突然、独奏をはじめた。弓の根元を使い、荒々しく弦をかき鳴らす。紡がれる旋律からは、ブルースの香りがした。オーケストラがそれに応え、ドラムセットとエレキベースがエイトビートのリズムを刻みはじめる。

フリードリヒ・グルダのチェロ協奏曲だ。クラシックとロックが融合した、風変わりな曲だった。グルダの本職はピアニストで、クラシックとジャズの両方の世界で活躍した才人だ。ヨーロッパの伝統と、ブルース由来のジャズやロックが入り交じるチェロ協奏曲は、やや両者の融合が強引な部分もあるが、唯一無二のレパートリーとして世界中で演奏されている。

相変わらず、曳地の演奏は見事だった。鵜崎四重奏団の音源を聴いているだけではどれが彼女か判らなかったが、グルダでは見事な存在感を示している。テクニックが完璧なのは言うに及ばず、とにかく音量が大きい。アンプにより音が増幅されるロックバンドすらも、圧倒するほどだ。

英紀は、由佳が弾いた『ＢＵＮＲＡＫＵ』を思い出していた。

曳地の弾き姿は、あのときの由佳に似ていた。隅々までをすべてコントロールしようとする、強い意志。表情を浮かべずに淡々と弾く中で、ふと浮かぶ笑みや驚きの表情に、思わず引き込まれてしまう。こういった細かな表情の変化も、演技なのだろうか。見ていると自分の心までもが操られそうな気がして、英紀は目を閉じた。

カランと、入り口のドアにかかっているベルの音がした。

「お待たせしました」

英紀は慌ててスマホの画面を消した。曳地舞が、英紀のそばにやってきた。

指定された〈ファイヴス〉というバーは、検索するとすぐに見つかった。カウンター八席だけのこぢんまりとした店で、ほかに客はいない。

「どういうつもりですか。こんなところに呼び出して」

英紀の言葉に応えず、曳地はコートを脱ぎ、隣に座った。マスターが何も言わず、ウイスキーの水割りを出してくる。曳地はそれを流し込むように飲み、ため息をついた。重たいものを吐き出すようなため息だった。

曳地舞。もともとは、フリーランスのチェリスト。

東京藝術大学卒。コンクールでの入賞歴もあり、かつてはあちこちのオーケストラや室内楽にソリストとして呼ばれていた、実力派の奏者だった。曳地舞で検索をすると、彼女が協奏曲のソロを務めた公演が、いくつもヒットする。

そのプロフィールに〈鵜崎四重奏団に所属〉という文字が書き込まれたのは、十年前のことだ。プロとして活躍していた彼女がなぜ鵜崎に惹《ひ》かれたのかは、ネットを検索するだけでは判らなかった。

「オーディションの最中に、応募者と会っていいんですか」

黙ってグラスを傾けている曳地に、英紀は言った。

「鵜崎さんと右田さんは、このことをご存じなんですか。呼ばれたからきただけなのに、こんなことで落とされたらたまりませんよ」

「安心して。鵜崎先生には何も言わない。あなたが、黛の友人であることも」

不意打ちだった。いきなり由佳の名前を出され、英紀は言葉に詰まった。

「そのグルダのコンチェルトは、黛に教えてもらった。あの人は新しい曲に詳しかった。私はあまり、現代音楽とか知らなくてね。色々勉強になったよ」

「由佳と私のことは、しのぶさんから聞いたんですか」

「しのぶって、栗山しのぶ？　あの人がどうかしたの？」

「一次オーディションで私が右田さんに落とされようとしたとき、助け船を出してくれましたね。あれは、私が由佳と知り合いだからですか。由佳に対する義理立てで、私を残してくれた？」

「黛に対する義理なんかない。私は私の基準に従い、審査をしただけ」

曳地はぐっと水割りを飲み、グラスをコースターに戻した。酒はなくなっている。

「ごめんね。仕事明けに飲まないと、気分が切り替わらなくて。いつも二杯飲んだら、帰るようにしてる」

この店に入り、彼女と初めて目が合った。刺すような、強い目だった。

「なぜ、このオーディションに参加したの？」

「それを聞くために、私を呼び出したんですか」

「黛があんな形で死んで、その友達がオーディションを受けにきた。どういう動機で参加したのか気になるのは、当然のことでしょう？」

「面接の場で聞けばいいでしょう」

「これでも、坂下さんを二次に残すために、結構右田とやりあったんだよね。あいつは可愛い女の子を入れたいだけだから、男は色々な理由をつけて落とそうとする。変な動機で近づいてくる人間がいるなんて判ったら、恰好の攻撃材料だよ。これでも守ってあげたんだから、感謝してほしいな」

「参加者の動機なんて、なぜ聞きたいんですか」

「鵜崎先生に変な虫が近づくのを、避けたいから」

曳地はうんざりしたように、ため息をつく。

「そもそも私は、こんなオーディションをやることに反対なの。カルテットの欠員を補充するなら、鵜崎先生の門下にいくらでも人材はいる。門戸を不必要に広げる必要はない」

「このオーディションは、鵜崎さんの発案なんですか」

「そう。鵜崎先生は常に新しい血を入れたがっているし、お金を儲けるチャンスがあったらやる。私は反対だけど、鵜崎先生がそうしたいなら従う。ただ単に、一番いい人を採りたいだけなの」

曳地が自分を呼び出した理由が、判った気がした。

彼女はカルテットにとって、最良の人材を選考したい。そんな中、死んだ由佳の友人が応募をしてきた。目的が何かを探って落とすかどうかを考えていたところ、鵜崎が英紀の演奏を気に入ってしまった。やむなく、強引に英紀の目的を探ろうとしているのだ。

僥倖《ぎょうこう》だと思った。曳地には、英紀と対話をする理由がある。ということは、交換条件として、話を聞き出せるかもしれない。

「鵜崎四重奏団に入団したい気持ちはあります」

まずは、建前を取り繕う。

「同時に、由佳のことを、知りたい。それが応募の動機です」

「黛がどんな活動をしていたか、知りたいってこと?」

「はい。でもその前に——なぜ、私と由佳が友人だと、知ってるんですか」

「あなた、黛のことが好きだったの？」

柔らかく崩れやすい部分を、無造作に撫でられた気がした。

「たぶん、好きでした」

反発心が、その言葉を口にさせた。由佳本人に、とうとう言うことができなかった言葉だった。

「好きだったんだ」

曳地は満足そうに頷き、チェイサーに口をつけた。

「一度、黛から、あなたの話を聞いたことがある」

「いつですか」

「いつだったかな。昨日道端で、昔友達だったチェリストと会った……そんな話になって、その流れで坂下英紀っていう名前が出てきた」

歩道橋で出会った、あの日だ。

「もう何年も前のことですよ。よく覚えてますね」

「黛が友達の名前を出すのは初めてだったからね。あの子、言葉が独特で何言ってるか判らなかったでしょ？　友達なんかいないのかなって思ってた。黛の何が知りたいの？　答えられる範囲なら、答えてもいい」

「協力してくれるんですか」

「お互いの利害が一致している間はね」

曳地の前に、新たな水割りが置かれた。曳地は注がれている水割りの上面あたりを、チェリストらしい短い爪でコツコツと叩く。このグラスを飲み干すまで、会話を続けようという意味なのかもしれない。

「由佳は、四重奏をやっていて、楽しそうでしたか」

「それが聞きたいことなの？」

「はい。私が知っている由佳は、鵜崎さんとは対極にある奏者でした。あまりにも違うスタイルを強いられて、悩んでいたのではないですか」

「別に悩んでいるようには見えなかったけどね。あの子と話をしてると疲れるから、長時間話したことはないけど」

「一緒に活動していて、会話はなかったんですか」

「あったよ。日常会話とかその程度は」

「由佳は鵜崎さんの門下で、どういう演奏をしていたんでしょうか」

由佳について残された演奏は、日本提琴コンクールの『ＢＵＮＲＡＫＵ』だけだ。鵜崎四重奏団の音源は多くあるが、あのカルテットにおいて由佳たちは歯車でしかない。

「由佳は、アドリブ的に様々な楽想を取り入れてまとめ上げることを得意とする人でした。そういう演奏は、できていたんですか」

「そんなもの、やる場はないよ。鵜崎先生の門下生であるということは、鵜崎先生に言われた通り弾くということだから。でも、黛は弟子としては優秀だったよ。入ってきた当初は下手くそだったけど、どんどん上手くなっていった。あの子、顔がいいでしょ？　鵜崎先生は美人が好きだから、ちょうどカルテットに空きが出て、そこに入れた」

「由佳を、女性として見ていたということですか」

「鵜崎先生は門下生をそんな目で見ない。聴衆は、同じ演奏なら、美人が弾いているほうにお金を払う。ビジネスのために美人を選ぶだけ」

「美人を――」

以前、とある国際コンクールを日本人が取ったときに、その人があまり美人ではなかったために音楽業界が落胆したことがあったと聞いた。ひどい話だと憤ったが、同時に、美人のソリストがそうではない人に比べ人気を博す傾向があるのは、厳然たる事実だ。〈人間は、何も理解できない〉。鵜崎は、美醜ならば誰にでも理解できると考えているのか。

スコッチの残量は、半分ほどにまで減っていた。いまのところ、あまり有益な話は聞けていない。英紀の腹の底まで見通したと確信したのか、曳地の表情には余裕がある。

「曳地さんは、なぜ鵜崎さんの門下に？」

「私の話が聞きたいの？」

頷いた。話が行き詰まっていることもあったが、あれほどのグルダが弾ける人間が、なぜ鵜崎の門下に入っているのかが知りたかった。

「別に、私は普通の理由だよ」

「普通とは？」

「一番好きな奏者の門下生になるのは、普通のことでしょ？」

「鵜崎さんのことを、チェリストとして尊敬しているということですか」

曳地は頷いた。ここまで淡々と質問に答えていた彼女の表情に、子供のような憧憬《しょうけい》が混ざった。

「十年前くらいかな。〈顕気会〉のチケットをくれる知人がいて、鵜崎先生のソロを聴く機会があった。その演奏を聴いて――私は、びっくりしてね。とにかくテクニックが完璧で、解釈も大胆不敵だった。チェロから次々と色々な音楽が出てきて、あんなに情報量の詰まったチェロを聴いたのは初めてだった。バッハ、ヴィヴァルディ、ヒンデミット……冒頭から何曲もすごい演奏を聴いて、最後にベリオの無伴奏が弾かれたとき――ちょっと、おかしくなっちゃってね」

「おかしくなった？」

「まあ、気持ちよくなっちゃったってこと」

面白そうに笑う。あからさまに醸し出された性の匂いを、英紀は水を飲んでなんとかやりすごした。

「世の中の演奏家って下手くそが多いでしょ？　そういうものだと思っていたけれど、鵜崎先生の演奏を聴いて、私はこういう完璧な演奏に憧れていたんだって気づいた。不敵に観客を振り回し続ける音楽も、立ち居振る舞いの美しさも。だから、門下になったの」

「でも、鵜崎さんは……」

英紀は慌てて、口をつぐんだ。鵜崎が〈音楽は外から持ってくればいい〉とレッスンしていた話は、口外してはいけない。そう、しのぶから言われている。

「模倣のこと？」曳地は、当たり前のように言った。

「確かに鵜崎先生は、音楽は誰かの模倣をすればいいという信条を持っている。でもね、そんなこと、当たり前じゃない？」

「どういうことですか」

「別に特別なことをやってるわけじゃないってこと。だって、誰もが誰かの真似をしているもの。音楽家は色々な音楽を聴いて、それを参考に自分の解釈を作っていく。私たちが表現していると思い込んでいるものは、実は誰かの模倣でしかない」

「そんなことないでしょう。インプットした複数のものを統合して新しいものを生み出したなら、それはもうオリジナルと言えるはずです」

「鵜崎先生も別に、一から十までひとつの演奏を模倣するわけじゃない。あちこちからつまんできて、それらをつなげてひとつの演奏にしているだけ。そういうのはオリジナルじゃないの？　ヒップホップの世界では、当たり前に行われていることだけど」

「それはそうかもしれませんが……」

「みんな、複数の模倣先を参照してそれらを混ぜて自分の解釈を作っている。意識的にやっているか、無意識下でやっているかの違いでしかない。あなたも私も、同じだよ」

「同じなら、最初からそんなことをしなければいい。なぜそんな邪道を取るんですか」

「判ってないな。音楽家は自分の解釈を作るために膨大な時間を使うけれど、模倣の技術を磨けば、あらゆる演奏をすぐに再現できるようになる。そうやって浮かせたすべての時間を、テクニックの練習に注ぎ込む。だからあれほど、観客の心を揺さぶる演奏ができる。すべては観客のためにやってることなのよ」

「なぜ鵜崎さんは、そんな思想に至ったんですか」

話していると、改めて不思議に思えてくる。鵜崎のメソッドは合理的なのかもしれないが、あまりにも音楽本来の姿からは遠ざかっている。もともと鵜崎は、コンクールで受賞できるほどの実力を持ったチェリストだった。なぜ、徒花《あだばな》のようなチェロを弾かなければならないのか。

「あんまり言いたくないけど……まあ、調べたら判るからいいか。鵜崎先生は若いころ、作曲家でもあったのよ」

「作曲家？」

「といっても、十代のころに少しやってただけだったみたいだけど。検索すれば、コンテストでの受賞歴も出てくるはず」

初耳だった。それ以上に、意外でもあった。作曲はチェロよりも厳格にオリジナリティが求められる分野だ。他人の作品を模倣などしていたら、大問題になるだろう。

「いまは作曲活動は、されていないんですか」

「鵜崎先生に聞いてはないけど、もう完全にやめたみたいよ。若いころ、自信作を作ったのにいまひとつ認められなくて……それで、聴衆は何も理解できないと確信した」

「ずいぶん極端ですね。十代で諦めるなんて、いくらなんでも早すぎる気がしますが」

「若者の心は傷つきやすい。鵜崎先生は曲を全部破棄したから、もう彼の曲を聴くことはできない。でも鵜崎先生は、そのとき負った傷の上に、独自の演奏体系を築いた。先生の音楽が痛みから生まれたことも、私は愛おしいと思っている。だから、私のチェロを彼に捧げることに決めたの」

「先ほどのグルダもそうですか。鵜崎さんのメソッドを使って、あちこちから模倣をかき集めた？」

「私は、鵜崎先生の模倣しかしない。私が出演する演奏会では、鵜崎先生がどう弾けばいいのかを全部決めてくれる。それを真似しているだけ」

狂信と言ってもいいほどの傾倒だった。世の中から認められないことの痛みは、自分も理解できる。だが、こんなにもグロテスクな師弟関係となると、ついていけない。

——狂信。

「そういえば……由佳は、宗教に傾倒していたようですね」

「誰に聞いたの？」

曳地の声が鋭くなる。強い語気の奥から動揺が垣間見えた。

「共通の友人からです。なんでも、おかしな宗教団体の演奏会に出ていたとか。彼女は宗教に入信していたんですか」

「さあね。他人の信仰なんか、そもそも興味がない」

「それとも、宗教にハマっていたのは、鵜崎先生ですか？　そして由佳を、自らが信じている宗教団体の演奏会に派遣した？」

「調子に乗らないで」

曳地は、グラスを荒々しくコースターに置き、苛立ちを抑えるように息を吐いた。地雷を踏んでしまったようだった。だが、ここで引いてはいけない。英紀は謝罪の言葉を、飲み込み続けた。

曳地は、ため息をついた。諦めたように口を開く。

「去年のことだよ。黛が鵜崎先生の知らないところで色々なコンサートに出てることが判って、問題になったの」

「色々なコンサート？」

「といっても、大きく分けるとふたつかな。ひとつは〈顕気会〉の会員と勝手に親しくなって、その人の主催でプライベートなコンサートを開いていた。十人くらいの小さなコンサートで、回数にしたら十回くらいって聞いてる」

「でも、そんなことは……」

「当然許されない。その会員は、黛に惚《ほ》れてたみたいね。タニマチを気取ってそんなことをやっていたのがばれて、〈顕気会〉を追放された。黛も鵜崎先生に、こっぴどく怒られた」

「どういうことですか――」

思わず、身を乗り出しそうになる。

知りたかった情報が、目の前に転がり落ちてきたのだ。

「それは、いつごろの話ですか」

「演奏会を開いていたのは、二年半くらい前から。そこから一年半くらい、勝手なことをやっていたみたいね」

「去年バレて、怒られたということですか」

「まあ、そうなるかな」

由佳から〈苦しいことのほうが多い〉と聞いたのは、三年前のことだ。その直後から、由佳はプライベートなコンサートを開催している。

ということは、つまり——。

「由佳は鵜崎さんのもとで音楽をやることに不満があった。そういうことになりますよね」

曳地は答えない。

由佳は鵜崎との活動に不満を抱え、個人的にコンサートを開いていた。当初はそれでよかったが、そのことが鵜崎に発覚してしまい、活動自体を封じられた。もともと鬱屈《うっくつ》をため込んでいた由佳は、さらに苦しい立場を強いられた。このまま自分は、やりたくもない音楽を続けていかなければいけないのかと、絶望感すら覚えたのではないか。

そして、火事の日。炎を見た由佳は、発作的に——。

「先走らないで」曳地が、釘を刺すように言う。

「黛の話を聞いている中で、彼女がおかしな宗教団体のコンサートに出演していることも判った」

「どういう団体なんですか」

「〈ドラゴン・カンパニー〉って知ってる?」

英紀は、首を横に振った。

「もともとはマルチ商法か何かの会社だったみたいだけど、その後トップがおかしくなって、いまは宗教をやってる変な集団。黛はそこの演奏会に出ていた」

「由佳はそこに、入信していたんですか」

「してないんじゃない？　黛が出演したのは二年前に、一回だけだったはず。坂下さんの推測は的外れだよ。自分の音楽がしたいからって、そんな怪しげな集団の演奏会に出る必要がどこにある？」

「では、なぜ由佳は、そんなコンサートに出ていたのだと思いますか」

曳地はグラスを傾け、コースターの上に置く。スコッチは、なくなっていた。

財布を取り出し、グラスの下に五千円札を挟む。

「私は、落選ですか」

帰り支度をする曳地に、聞いた。

「私を二次に残したのは、オーディションに参加した目的を探るためだったんですよね。もう用はないはずです」

「もともと、二次から先は鵜崎先生だけに決定権がある。私と右田には、何の権限もない。残念ながらあなたは、鵜崎先生に気に入られた。合格だろうね」

曳地はそう言って、じろりと英紀を見た。

「でも、私は辞退してほしいと思ってる。鵜崎四重奏団での活動は、私にとって大切なものだから」

「鵜崎さんと話がしたいんです。仲介していただくことはできませんか」

「できるわけがない。身の程をわきまえなさい」

「でしたら、合格している限りは参加します。三次オーディションも、よろしくお願いします」

曳地は苛立ったように、短い髪をかいた。

「黛のこと、何か思い出したら教えてあげる。満足したら、辞退しなさい」

曳地はカウンターの上に、名刺を置いた。メールアドレスが書かれていた。

顔を上げると、曳地はもう、店を出て行っていた。

6

英紀は自宅に戻り、パソコンに向き合っていた。

鵜崎が作曲活動をしていたという話は、曳地の言葉に反し、ネットには出てこなかった。彼が十代のころとなると、もう三十年以上も前の話だ。記録が残っていないのだろう。

一方、ドラゴン・カンパニーについては、記事が山のように引っかかる。

曳地は〈マルチ商法か何か〉と言っていたが、株式会社ドラゴン・カンパニーは正確には健康食品の販売でのし上がった会社のようだった。二〇〇〇年に設立され、飲むとよく眠れるミネラルウォーター、つけているだけで肩こりが取れるネックレス、リラックス効果のある合法ハーブなど、薬機法に抵触するか否かの際どい商品を売り続け、大金を稼いだようだ。

検索結果を見ていくと、でっぷりと太った男の画像が、画面上に現れた。

鬼龍院玲司《きりゅういんれいじ》だ。

この不健康そうな男が、ドラゴン・カンパニーの創始者らしい。たるんだ顎が首の上で何重にも波打っていて、腹が突き出た全身のシルエットは巨大な卵のようだった。

もともと鬼龍院玲司は、音楽事務所をやっていたらしい。

八〇年代にフォーク歌手やロックバンドのプロデュースをしていたが失敗し、巨額の借金を抱え自己破産をしている。その後にドラゴン・カンパニーを設立し再起を図ったところ、今回は成功した。

その後、鬼龍院は神道系の新宗教に傾倒し、二〇一一年に休眠していた宗教法人を買い取る形で〈龍人教《りゆうじん》〉を設立している。いまはドラゴン・カンパニーの経営は息子に譲り渡し、もっぱら宗教家として活動をしているようだ。教義が公式サイトにあったが、鬼龍院の故郷である信州の龍神信仰の流れを汲んだもので、龍の化身として天下った鬼龍院とともに、地球の頂点に君臨する神である龍神の降臨を待つ……という、奇怪な内容がつらつらと書かれているだけだった。

龍人教が変わっているのは音楽事業に注力していることで、様々な若いアーティストを鬼龍院自らがプロデュースし、自作の曲などを歌わせているらしい。定期的にクラシックコンサートも開いているようで、三ヶ月に一度ほど〈龍人祭〉というオーケストラのコンサートをやっているようだ。しかも指揮は、鬼龍院本人が振っている。

演奏会の詳細は、よく判らなかった。会員制のコンサートのようで、サイトを見ても指揮者が鬼龍院であることと、日時と会場しか判らない。

そんな中、一件の画像が目に留まった。

龍人教の公式サイトで、演奏会の様子がレポートされているブログ記事だった。コンサートの内容は書かれていないが、一番下までスクロールすると、小さな写真が並んでいた。

そこに、由佳が写っていた。

無伴奏の曲をやっているようだ。譜面台が一本立っていて、その奥にチェロを弾く由佳の姿が見える。解像度が低く、写真のサイズも小さいので、細かい部分まではよく判らない。

由佳は深紅の、派手なドレスに身を包んでいた。後方にはひな壇が組まれているので、前後にオーケストラか吹奏楽の曲が演奏されたのだろう。

そのひな壇の最上段に、鬼龍院玲司が座っていた。画像が潰れているが、異様に膨らんだ体軀《たいく》のシルエットで判別がつく。

鬼龍院は足を組み、ひな壇の上から由佳を睥睨《へいげい》するように見下ろしていた。配下の芸者に芸をさせて楽しんでいる、君主のようだった。支配と搾取の臭いが、ふたりの構図から濃厚に漂っていた。

写真を拡大して見てみたが、由佳がどんな表情をしているのかはよく判らない。ほかのページも見て回ったが、由佳の写真はこれ一枚のようだった。

英紀は、首をひねった。

読めば読むほど、由佳がこんな団体に関わっている理由がよく判らない。鬼龍院は音楽的なバックボーンを持っているのかもしれないが、宗教家が金にあかせてやっている音楽事業など、所詮は色物だ。写真を一枚見るだけで、まともなクラシックの公演ではないことも判る。

由佳は鵜崎の目の届かないところで、勝手にコンサートに出ていた。鵜崎の音楽に倦《う》み、彼女本来の自由な音楽をやっていたのではないかと、英紀は考えた。

だが、このコンサートがそれだとは、到底思えない。由佳が出演したのは、二年前の一度だけだと言っていた。ならば信者であるとも考えにくい。

わけが判らなかった。由佳のことを調べれば調べるほど、判らないことが増えていく。自分は無駄なことをやっているのではないかと、虚無感に囚われそうになる。

ずしりと、疲労を感じた。

二十二時。明後日は、シンフォニア東京のリハーサルだ。明日は〈キング〉での夜勤があるので、チェロを弾く時間が充分に取れない。〈死ぬ気で席を勝ち取れ〉という、小松の言葉を思い出した。

英紀は、防音室に入る。

次回の公演は、前半がストラヴィンスキーの『管楽器のための交響曲』『ピアノと管楽器のための協奏曲』の二曲で、後半はショスタコーヴィチの交響曲第五番だ。前半が管楽器のみで構成された珍しいプログラムで、英紀の出番はショスタコーヴィチだけだった。

イップスを患ってからもっとも困っているのが、譜読みができないことだ。頭を空っぽにして譜面を弾くことはできるのだが、そうなると譜読みにはならない。これまでは曲を聴き込み、あとはリハーサルでなんとかするという綱渡りのようなことをしてきた。そうせざるを得なかった。

だが――。

英紀はスマホを譜面台に置き、ユーチューブを開いた。〈ショスタコーヴィチ　交響曲第五番〉で検索をかけると、有名な曲だけあって様々な演奏が引っかかる。

シンフォニア東京が五年前に演奏した同曲が、公式チャンネルに上がっていた。指揮者が台に上ったところで、英紀はチェロを構える。演奏がはじまり、英紀はチェロを弾きはじめた。自分でも驚くほど、スムーズに弓が動いた。

――模倣だ。

自分は、模倣ならばできる。このところオーディションに出ることすらできなかった人間が、鵜崎四重奏団の二次オーディションではするするとポッパーを弾くことができた。曳地を模倣していたからだ。あの感覚を応用できないかと、考えていた。

弾ける。オーケストラの中に入らずとも、弾けている。

薬を飲んだように安堵感が広がる。だが、それは毒なのかもしれない。自分は取り返しのつかない方向に、流されているのかもしれない――。

英紀は心を殺した。出ている音に合わせて、ひたすらに弓を動かした。

7

エキストラがリハーサル室に入り、最初に見るのは座席表だ。英紀は最後列のプルトを担当することが多いが、たまに二プルトや三プルトといった前方に配置されることもある。オーケストラはプルトごとに微妙に役割が異なるので、座席表を見てアプローチを考える必要がある。

今回の編成は、ファーストヴァイオリンが十六人配置されている、いわゆる〈十六型〉だった。いまどきは予算削減でヴァイオリンのプルトを減らしているところもあるが、今回は指揮者にユーリ・ゴルベフという大物を招聘《しょうへい》していることもあり、大きな編成で臨むらしい。

チェロは十人。ファーストヴァイオリンとセカンドヴァイオリンが向かい合う対向配置なので、チェロはファーストヴァイオリンとヴィオラの間に座る。英紀の名前は、最後方の五プルトに書かれていた。管楽器の音が飛び交っている間を縫い、自分の席に向かった。

そこで英紀は、異常に気がついた。

チェロセクションのメンバーが前方に集まり、話し合いをしていた。その中には小松の顔もある。深刻な表情をしていた。

「ダニエルが、交通事故にあったそうだ」

話し合いの輪に入ると、小松が言った。ダニエル・ヤマシタは日系アメリカ人のチェリストで、シンフォニア東京では次席奏者《フォアシュピーラー》を務めている。首席チェロの横に座り、首席の音楽をパート全体に伝える、大切な役割だ。

「交通事故って……大丈夫なんですか」

「片足を折ったが、命に別状はないとのことだ。だが、左手の感覚がおかしいらしい。怪我の程度は判らないが……しばらく、チェロは弾けない可能性がある」

「しばらくなら、いいがな」

小松に応じたのは、首席チェロの片平周《かたひらしゅう》だった。

シンフォニア東京は各セクションにふたりの首席奏者がおり、チェロは李英洙《リヨンス》と片平が長年務めている。五十代で小松と同級生だが、細身で背が高い色男で、若い女性ファンも多い。

片平のことは、苦手だった。背後に気を配りながら全員を先導してくれる李が巨大な船だとしたら、ついてこられないやつは振り落とすと言わんばかりに暴れ回る片平は嵐だ。後方のプルトで弾いていると、その強烈な風に吹き飛ばされそうになることも多い。

「昔、同業者が車に撥《は》ねられたことがある。そいつは左手首を複雑骨折して、もうもとのように弾けなくなった。怪我は治っても、感覚は治らないこともある」

「いま言うことじゃないだろ、周よ。事故の詳細は判らんし、縁起が悪い」

「お前が希望的観測を言うから訂正しただけだ。不正確なことが嫌いなんだ。ついでに言えば、縁起なんてものは存在しない」

同級生ということもあり、首席に対しても小松は〈周〉と呼ぶ。だが、片平にそんな同族意識は通用しない。気に食わないことは気に食わないと言い、他人と衝突することも厭《いと》わず、ときにはコンサートマスターや指揮者にも食ってかかる。

人格的に問題はあれど、それらを圧倒的な実力で抑え込んできたのもまた、片平という人間だ。高度なテクニックだけでなく、李にはない圧倒的な華も持ち合わせている。シンフォニア東京のファンの中には、首席に李が座ると〈今日の公演は外れだ〉という人までいるほどだ。

「公演は、三日後だろ。怪我の程度にかかわらず、代役を呼んだほうがいい。いまから事務局と相談だ」

「でも、その日は首響がマーラーの八番をやる日ですよね」

別の団員が口を挟む。片平は不快そうに舌打ちをした。

御三家の一角である首都交響楽団によるマーラーの交響曲第八番の記念公演が、同日にあるのだ。〈千人の交響曲〉という副題を持つ極大編成の曲で、首響が新音楽監督の就任記念にと威信を懸けて取り組んでいると聞いた。市井にいる腕利きのチェリストは、あらかた押さえられているだろう。

「俺たちの誰かがやるしかないだろう」小松が言った。

「ダニエルの代わりになれる人間はいないだろうが、中途半端なやつを呼んでくるよりはいい。誰か希望者はいないか」

年長者の小松は、チェロパートのまとめ役でもある。だが、自分が次席奏者として矢面に立つことは、避けたいようだった。ダニエル・ヤマシタは〈仏〉と呼ばれるほど温厚な人物だ。独裁者である片平と上手くやれているのは、何を言われても受け流す〈仏〉の人徳があるからだ。

誰も手を挙げようとしない。片平の後ろでならともかく、隣で弾くことが嫌なのだ。小松が、覚悟を決めたように何度か頷いた。自分が泥を被ると決めたときの表情だった。

「そうだ」

そのとき、片平が思いついたように言った。

「坂下氏は、どうだ」

「え?」

英紀は声を上げていた。小松が慌てたように間に入る。

「待てよ、周。坂下はエキストラだぞ。一プルトに座らせるのか」

「お前は阿呆か？　二プルトに座る次席がいるか？」

「シンフォニア東京の一プルトに、一介のエキストラを座らせる？　そんなもの、ほかのパートも納得しないだろ」

「納得しようがしまいが、知るか。我々の方針は、我々で決める」

いまさらながら、起きていることの重大さに気づいた。淀みのようにたまっていた疲労や眠気が、強制的に排除されていく。

「オケにもたまには刺激が必要だ。生きのいい若者に大役をやってもらって、新しい風を入れる。我ながらいい案だ」

「だからって、指揮者やコンマスに話も通さず、そんなことを決めるのは……。事務局も無視していいのか？　あとで問題になるぞ」

「なら、話を通してくる」

片平はそう言って、コンサートマスターがいるほうに向かってしまう。彼が言い出したら、誰も止められない。コンマスだろうが指揮者だろうが、最終的には説得されてしまうだろう。

自分は、ハメられたのではないか。

チェロパートには片平の弟子がふたり、エキストラとしてよく顔を出している。彼らを採用するために、ほかのエキストラをひとりずつ潰そうとしているのではないか――。

小松が気まずそうにこちらを見つめている。チェロパートの人間が、ひとりまたひとりと離れていく。生贄《いけにえ》として捧げられた、古代人の気持ちだった。

「話がついた」

片平は三分もしないうちに帰ってきた。

「コンマスも指揮者もオーケーとのことだ。よろしくな、坂下氏」

「お前とこんな風に向かい合うのは、久しぶりだな」

小松の家は、西武《せいぶ》新宿線の沼袋《ぬまぶくろ》駅から、歩いて五分のマンションだった。最上階がワンフロアぶち抜きの4LDKになっていて、一室が完全防音の音楽室だ。建設会社の社長である彼の父親から、譲り受けた物件だと言っていた。

「周のことは、すまなかった。あいつがああなると、誰も止められない」

「いえ……」

「あいつの魂胆は判っている。エキストラ登用の話が出回ってるんだ。自分の弟子をねじ込みたいんだろう……だがな」

小松は、声を低める。〈組長〉の威圧するような声音には、いまだに慣れない。

「周は単にライバルを潰すためだけにやってるわけじゃない。推したい人間がいるとはいえ、あいつはチェロパートのリーダーだ。パートを壊すような無茶はしない」

「どういうことですか」

「お前のほうが優れた奏者だと感じたら、お前を採る。そういうバランス感覚は持ってるってことだよ」

今日のリハーサルの出来を言われているのだろう。小松の目から見ても駄目だったのだと判り、英紀は肩を落としそうになった。

今日の英紀は、何もできなかったに等しかった。それほどまでに、一プルトと最後尾とでは景色が違った。指揮者の眼前でその音楽と相対し、全団員を背負ってオーケストラの最前線に立つ。両側から圧力がかかり、押しつぶされそうだった。

そんな中、片平は躍動していた。指揮者に、コンサートマスターに、ショスタコーヴィチに、あらゆるものに牙を剝《む》くような攻撃的なチェロで、オーケストラに刺激を与え続けていた。彼が最前線でオケを揺さぶり続けているからこそ、奏でられる音楽がより迫力を増すのだと、隣で弾いていてよく判った。

トリックスターのように乱舞する片平の隣で、英紀は譜めくりひとつ満足にさせてもらえなかった。譜めくりは通常プルトの裏にいる奏者の役目だが、片平のタイミングは独特で、ページの半分進んだところでめくったり、あとは休みしかないのにめくらなかったりする。彼の呼吸が終始判らず、ついには〈もうお前はじっとしていろ〉と譜めくりの仕事すら剝奪されてしまった。

「坂下」小松が言う。

「根本的な話を、していいか」

ハッと、英紀は息を呑み込んだ。学生のころ、全く同じことを言われたのを思い出した。

「お前、どうしてチェリストを続けてる？」

覚悟を決めたような口調になっていた。

「卒業してからのお前は、何がやりたいのか判らん。ここ何年かはオケに乗ってるだけで、リサイタルも開いてないしコンクールにも出ていない。楽器をやっていて楽しいのか？　心から充実している時間はあるか？　怒らないから、正直なところを聞かせろ」

小松の声音は、こちらを断罪するようなものではない。寄り添うような、優しいものだった。

「サラリーマンはやりたくないから、チェリストをやっている——そんな理由なら、まだいい。一番よくないのは、引っ込みがつかなくなっている場合だ。長い年月をチェロに注ぎ込みすぎたせいで、いまさらやめるわけにはいかない——そこにはまり込むと、ろくなことにならない。坂下、嘘は言わなくていい。本当のところを教えてくれないか」

小松からこんな言葉をかけられるのは、初めてだった。ありがたさよりも、恐怖を感じた。小松は誰かに引導を渡すときに、こんな口調になる——その予感はたぶん、あたっている。

「惰性、なのかもしれません」

口先のごまかしなど、通用しないだろう。心の表面に泡のように浮かんだ言葉を、そのまま口に出した。

「自分でも、なぜチェロを続けているのか、よく判らないんです。オーケストラに参加していて、楽しい瞬間はあります。大勢がひとつの音楽に合流して、巨大な流れになる……そういう、大きなものが動いている瞬間は、好きです」

「ソロをやらない理由はなんだ？　コンクールにも長年出ていない」

「それは……」

もうこれ以上、隠し通すことはできない。重荷を下ろして、楽になりたい気持ちもあった。

「どう演奏すればいいのか、判らないんです」

小松が、目を剝いた。

「楽譜が目の前にあっても、それをどう弾けばいいのかが判らないんです。いえ、どう弾けばいいのかは判ってるんです。でもどうしても、イメージした通り弾けなくて、頭が真っ白になってしまって——」

「だがオケには乗れている。どういうことだ」

「手本が目の前にあると、弾けるんです。オケは基本的に全員同じ動きをしてますから、周りの人に合わせていればいい。でも、ソロとかになると対応できないんです」

「だから、ろくにオーディションも通らなくなったのか……」

小松が鋭い眼光を飛ばしてくる。怖かったが、小松がいつもの〈組長〉に戻った感じもして、少し安心した。

「いつからそんなことになったんだ？　原因は？」

「気がついたら、です。三年ほど前から、こうなっていて」

「精神的な問題か？　医者には行ったのか？」

「心療内科では、イップスだと言われました。一時期薬は飲んでいたんですが、治りません」

「原因はなんなんだよ。〈気がついたら〉って、何かきっかけになる出来事があったんじゃないのか」

「原因——」

小松の睨めつけるような視線の中、英紀は三年前に思いを馳せた。

——由佳。

きっかけはたぶん、由佳の『ＢＵＮＲＡＫＵ』を聴いたことだ。彼女の美点が根こそぎ失われ、冷たい技術の音楽に置き換えられていたことに、英紀は衝撃を覚えた。

学生だったころに自分を救ってくれた、自由な音楽。それをあっさりと捨て去った由佳の姿を見て、自分の深い部分で何かがおかしくなった。音楽への根本的な信頼。チェロを弾くことの価値。そういう大切な柱を、あのときに失ってしまったのかもしれない。

「判りません」

こんなことを、小松に言うわけにはいかない。

「オーケストラのオーディションに立て続けに落ちて、自信を失ったのかもしれません。奨学金を返し終えて、燃え尽きてしまったのかもしれません」

「難儀な悩みを抱えてるな」

小松は、今度は優しい声音にはならなかった。

「大切なことは、落ち着いたときに決めたほうがいい。混乱の中で重い決断をしようとすると、破壊的な結論になる」

「はい」

「とりあえず、目の前の問題への対応だけを考えよう。お前は次席奏者として、次のコンサートをこなす必要がある」

今回の演奏会のリハーサルは、あと二回。ユーリ・ゴルベフは今晩来日する予定で、今日は代振りのアシスタント・コンダクターが指揮台に上っていた。チャンスはあと二回だ。

「譜面を出せ。一楽章からやるぞ」

「ありがとうございます」

英紀は頷き、楽譜を入れているファイルを取り出す。小松への感謝が心の中に渦巻いていた。プロになってからもここまで親身になってくれる指導者など、ほとんどいないだろう。自分は、いい師についたのだ。

そこで、ファイルから紙が一枚、床に落ちた。

「落ちたぞ」

小松が拾い上げる。その顔が、一瞬で固まるのが判った。

「なんだ、これは」

小松の声が、聞いたこともない冷酷なものになっていた。

「説明しろ。なんだこれは」

「それは……」

「お前、鵜崎四重奏団に入るつもりか？　よりにもよって、こんな団体に？」

「いえ、違います……」

「何が違う」

小松には何度も怒られてきた。だが、こんな彼は見たことがない。本物の怒りだと、英紀は思った。

「説明します」

すべて話すしかなかった。そうしないと、この場で破門を言い渡されかねない。

「私は確かに、鵜崎四重奏団のオーディションを受けています。それには理由があって……」

背中に、滝のような汗をかいていた。

8

翌日、英紀は一時間早くリハーサル室に入っていた。すでに何人かの団員がきて音出しをしているが、チェロのメンバーは誰もいない。

演奏会は明後日の土曜日で、今日と明日にリハーサルがある。あと二日しか猶予がなく、個人練習をするにしても、広い場所でやっておきたかった。

〈次席奏者の仕事は、調和だ〉

小松の言葉を思い出す。

〈ダニエルは周がやろうとしていることをすべて把握して、それをオーケストラに溶け込ませている。周はああいう芸風だから、必ず音楽に出っ張りが生まれる。それを上手く全体に調和させろ。アンテナを常に張れ〉

例えば、こんな風にやってみろ——小松がショスタコーヴィチの最初から最後まで、ひと通り模範演奏を見せてくれた。英紀はそれを、ゆっくりと模倣した。子供のころに戻ったようで情けなかったが、いまの自分はここからやっていくしかない。

〈その紙は、始末しておけよ〉

同時に、小松には忠告を受けていた。

シンフォニア東京と鵜崎は、過去にトラブルを起こしたことがあるらしい。鵜崎は〈顕気会〉を作ってその中に閉じこもるまで、あちこちのオーケストラに客演をしていた。若手の旗手として声をかけられ、エルガーのチェロ協奏曲のソリストを務めることになっていた。

その最初のリハーサルで、鵜崎は指揮者と対立したらしい。しかもその指揮者は、当時音楽監督を務めていた神山多喜司だった。オーケストラの最重要人物に対し〈このような指揮者の下で弾くことはできない〉と言い放ち、出て行ったのだそうだ。神山を崇拝する小松にとってみれば、顔に泥を塗られているに等しかった。

〈黛さん、か〉

英紀の動機を聞いた小松は、ひとつ思い出したように言った。

〈そういえば……黛さんからきてたメール、見返してみたよ〉

以前小松が〈いつだったか、メールをもらったことがある〉と言っていた件だった。あのあと気になり、メールボックスを調べていたらしい。

時期は二年ほど前で、意図のよく判らない内容だった。

〈小松先生は学生のころ、日本提琴コンクールに出演されていましたか？〉

定型文の挨拶のあとに、由佳はそう聞いてきたそうだ。日本提琴コンクールには一度も出たことがないと答えると、〈失礼しました〉と一言返ってきただけだったそうだ。

〈お前の友達を悪く言いたくはないが、気味が悪かったのを覚えてる。とにかく鵜崎の一派には関わるな。それがお前のためだ〉

どすの利いた声で忠告をされた。優しさの裏返しだということは判っていた。

開始時刻三十分前になり、少しずつメンバーが集まってくる。コンサートマスターの席に、第一コンサートマスターの鳴瀬響が座った。まだ三十一歳の若手だが、パガニーニ国際ヴァイオリン・コンクールで三位を獲得して以降、ヨーロッパで活躍していた実力派だ。三年前にオケから乞われる形で、鳴りもの入りで入団してきた。

目が合う。年は近いが、立場が違いすぎて会話すらしたことがない。サラブレッドとロバほどに違うのだ。

鳴瀬は微笑んだ。〈お気の毒に〉とでも言いたいような、歪んだ笑みだった。

ユーリ・ゴルベフ。

ソビエト出身の五十歳で、モスクワのオーケストラと組んでショスタコーヴィチの交響曲全集を録《と》ったことで有名な名匠だ。くだんのロシアのウクライナ侵攻以来、自国の音楽業界とは距離を置き、活動の場をヨーロッパにシフトすると表明したことでも話題となった。

オーケストラの最前列に座ると、室内楽をやっているような錯覚を起こす。視界には指揮者と、一プルトに座っている七人の奏者しかない。コンサートマスターの席には鳴瀬響がおり、自分は片平周と、首席ヴィオラの川井奈津子《かわいなつこ》に挟まれている。いずれも普段は話しかけることすらできない大物だ。

ゴルベフのリハーサルは、英語で進行する。一プルトのメンバーは全員留学経験があるが、英紀はなんとかリスニングができる程度だ。流暢《りゅうちょう》に飛び交う英語を聞いていると、ますます場違いな思いに駆られてくる。臆してはいけないと思いながら、英紀はチェロを構えた。

ゴルベフが、指揮棒を構える。

ショスタコーヴィチ　交響曲第五番　第一楽章。

ゴルベフは長い指揮棒を振りかぶり、槌《つち》のように振り下ろした。その瞬間、片平のチェロから、スピーカーが内蔵されているのではないかと思うほど激烈な音が鳴った。

冒頭は、チェロとコントラバスによる地鳴りのような総奏を、ヴァイオリンとヴィオラが追走する構造になっている。片平のチェロは、ほとんど打楽器だった。ヘッドバンギングのように頭を激しく振りながら、チェロから異様な大音量を引き出している。コンマスの鳴瀬が、負けじと弓を振るう。片平の強烈な音が起爆剤となり、ショスタコーヴィチの寒々しくも苛烈な世界が幕を開ける。

——どうすりゃいいんだ。

最初の四小節だけで、英紀は呆然《ぼうぜん》としていた。昨日のリハーサルとは、全く違う音楽になっていたからだ。昨日は片平が挑発するようにひたすら仕掛け続け、鳴瀬や川井もそれに圧《お》されていたが、今日はふたりとも片平の音楽を受けてひとつの方向性を作り上げている。首席奏者たちの対応力を前に、何もできない。

　ゴルベフは何も言わず、淡々と指揮をしている。オケの出方を見るつもりのようだ。

　激しく幕開けした音楽は、四小節後には早くも抑制的なものになる。切々と歌い上げるようなヴィオラと低弦のフーガをリードするのは、やはり片平だった。先ほどとは違う楽器になったのではないかと思うほど、淡い音が出ている。小さな音なのに力が漲《みなぎ》っていて、ショスタコーヴィチの悲哀が凝縮されているかのようだった。

　ヴィオラ以下が作るうねりの上で、ヴァイオリンが悲歌を歌いはじめる。鳴瀬が先導するヴァイオリンセクションの音は、ぞっとするほど艶やかだ。

　旋律をなぞるように、人間の声が聞こえた。ゴルベフが哀しげな表情で、ハミングをしていた。冒頭のひとくさりで、巨匠の気分も乗ったようだ。

　この世界を立ち上げたのは、片平だ。

　彼が弾いた冒頭の強烈な一打の余韻が、オーケストラの中に響き続けている。

　片平の真価が判った気がした。彼はチェロ一本で、オーケストラの隅々にまで影響を与えられるのだ。名のあるソリストを呼んできても、こんなことはなかなかできないだろう。数十年もオーケストラの最前線に立ち続けてきた、首席チェリストならではの芸だった。

　――感心している場合か。

　出遅れたが、やるべきことをやらなければならない。片平のやりたい音楽と、オケが進む方向の乖《かい》離《り》をキャッチし、そこに中間色を塗るのだ。

　激烈な冒頭からはじまった第一楽章は、中間部までずっと抑制的で、悲劇を予感させるような音楽が続く。ショスタコーヴィチは、スターリン独裁時代に政権から抑圧され続けた作曲家だ。どの作品を聴いても死者の呻《うめ》きのような息苦しい部分が、必ず挿入されている。英紀には、ゴルベフがショスタコーヴィチに自分を投影している気がした。彼もまた、独裁者の思惑にキャリアを狂わされた人間なのだ。

片平の顔をちらりと見るが、何を考えているのかよく判らない。職人的と言っていいほどに淡々と、ヴァイオリンの悲劇的な旋律をサポートしている。

鳴瀬に目をやった。

彼は片平と違い、コンサートマスターになってから日が浅い。典型的な〈ソリスト・タイプ〉のコンマスで、今日も協奏曲《コンチェルト》を弾くように身をよじりながら演奏をしている。後方のセクションに目を配って統率するのではなく、ひたすら先頭を走って後続をついてこさせようとする。音色は華やかな一方、周囲から浮いてしまっている瞬間もある。

指揮者を見る。ゴルベフはヴァイオリンを気持ちよく鳴らしている一方で、たまに表情をしかめる。鳴瀬がオケを置いていってしまう瞬間に、弦楽アンサンブルのバランスが崩れる——それを嫌っているのだ。

——ここだ。

英紀はわずかに、音量を上げた。

飛び出しているコンサートマスターと、抑制的な態度を取り続ける伴奏部隊。その間に中間色を塗るように、わずかに音の存在感を上げる。

アンサンブルが、安定した気がした。英紀が音量を上げたことで、川井も反応してボリュームを上げる。ほんのささやかなアプローチが、波のようにオーケストラ全体を変化させていく。

ゴルベフと目が合った。わずかに、微笑んでくれた。

「おい」

気がつくと、片平の顔が横にあった。

「何をやってる。やめろ」

かすれ声で言われる。隣を見たら、片平はもう楽譜に向き合い、こちらを見ようともしない。舌打ちをし、苛立ったように譜面をめくる。〈裏〉の仕事である譜めくりをミスしてしまったことに、英紀は冷や汗をかいた。

——どういうことだ。

英紀のアプローチは、オケにいい影響を与えたはずだった。それを禁止されては、自分がここにいる意味がない。

視界が白くなった。イップスの症状が出はじめている。コンサートマスターの席では、相変わらず鳴瀬がひとり旅をしている。全体のバランスがどうなのかは、もはや判らない。

ホルンのソロが入り、曲が大きく展開しようとしたところで、ゴルベフは指揮を止めた。

「勝手なことをするな」

ゴルベフが木管楽器に指示をはじめるのを見て、片平が囁いてきた。

「俺の音量を超えるな。バランスが崩れるだろ。何かのアピールのつもりか」

川井が、何が起きたのかとちらちら視線を飛ばしてくるが、片平は一切気にしていない。バランスが崩れると言っているが、すでに崩れていたのだ。片平の音は、明らかに小さすぎた。

「不満か」

ゴルベフは管楽器への指示を続けているが、最前列の揉めごとが気になるのか、ちらちらと視線を飛ばしてくる。それでも、片平はどこ吹く風だ。

「余計なことをするな。昨日はできてただろ。あれで構わん」

昨日の自分は、何もできずに状況に振り回され、なんとなく弓を振るっていただけだった。あんな演奏でいいわけがない。

つまり――自分は最初から、何の役割も期待されていないのだ。

英紀はようやく、自分の立場を理解した。

「Well then, practice number "Elgar", from the horn solo.（じゃあ練習番号エルガー（E）、ホルンのソロから）」

ゴルベフが言う。指揮棒がゆっくりと振り下ろされ、演奏が再開される。

相変わらず弦楽アンサンブルのバランスは悪いままだった。曲が進行し、徐々に盛り上がってくるにつれて、鳴瀬のテンションだけがうなぎのぼりに上がっていく。なぜ片平があの状態のコンマスを放置するのか、よく判らない。

不吉な予兆のように、ピアノの音が鳴った。

ホルンセクションが低音域のソリを吹きはじめる。内省的だった序盤が終わり、一転、狂乱とも言うべき中間部に入る。

片平が一気にギアを上げた。音の圧力が、物理的な重さを持ったように増す。英紀は慌てて弾く力を強めた。

木管楽器が、楽器が割れるのではないかと思うほどの強烈な音を奏でる。トランペットやトロンボーンが、それらを潰すほどの爆音を合奏に投入する。音楽は一気にカオスに突入した。一プルトにいると、様々な音の波が背中に覆い被さるように飛んでくる。あちこちから音が飛んできて、英紀の聴覚は混沌《こんとん》で満たされた。

英紀は楽器を弾き続けた。自分の音すらも聴こえなくなっていた。

9

英紀は喫茶店に入り、由佳の映像を見ていた。

学生時代に〈モレンド〉で撮ったものだった。由佳は楽しそうな表情で、バッハの無伴奏チェロ組曲第一番を弾いている。古いスマートフォンで撮影したものなので、音質は悪い。それでも、鳥が飛翔しているような由佳のチェロを聴いていると、疲れた心が癒やされていく。

――由佳はなぜ、この演奏を捨てたのだろう。

開放的な音色。あちらこちらに飛びつつも、最終的にはまとめ上げてしまう天性のバランス感覚。自由なチェロを捨て、なぜ鵜崎の冷徹な世界に入っていったのか。

リハーサルのあと、英紀は調布駅にきていた。

小松は失望したのか、一言二言会話を交わしただけで帰ってしまった。リハーサルはあと一回。このままでは何の印象も残すことができないだろう。それは正団員への道が、閉ざされるに等しい。すぐにでも帰って、練習をしなければならない。それなのに自分は、調布にきてしまっている。

自分は死んだ由佳に、依存しているのだろうか。

家に帰ったところで、できることなどない。なす術もなく、明後日の演奏会でギロチンにかけられるだけだ。先のことを考えたくない。由佳のことを考えていれば、考えずにすむ。だから。

――違う。

由佳の死の真相を、知らなければならない。

鵜崎の指導によって苦しみ、あの火事の日に突発的に自殺を図ったのなら、そのことを明らかにしなければならない。自分は学生のころ、由佳を守ることができなかった。もしも由佳が自殺したのなら、自分はその背中を押したひとりでもある。その罪を、償わなければならない。

行こう、と思った。英紀は腰を上げ、喫茶店を出た。

歩いていると、スマートフォンに着信があった。

「こんばんは。曳地です」

防音室から電話しているのだろうか。通話口の向こうには雑音が全くなく、声だけが浮き上がって聞こえた。

「どうしました。何かありましたか」

「黛のことで何か思い出したら連絡する。そういう約束だったよね」

「何を思い出したんですか」

「二年くらい前かな。鵜崎先生と黛が揉めてたんだよね」

「由佳が、勝手にコンサートに出ていた件ですか」

「ううん。揉めてた理由は……空き巣」

「は?」

何を言われているのか判らなかった。

「鵜崎先生の家に行ったときのことだった。先生の自宅は神奈川県の葉山《はやま》にあって、四重奏団の練習をよくそこでやっていたの。リハは和やかに進んで、休憩に入って——私は近くの森を散策してたんだけど、帰ってきたらリビングのほうから、鵜崎先生の怒鳴り声が聞こえた」

「何に怒っていたんですか」

「判らないけど……〈絶対に許さん〉って言っていたのは覚えてる。鵜崎先生からそんな言葉を聞くのは初めてで、驚いた。誰にも言ったことがないと思う」

〈絶対に許さん〉。確かに、相当強い言葉だ。

「由佳は何をしたんですか？　そこまでの怒りを買うなんて」

「右田に聞いたんだけど、あのとき、黛が鵜崎先生の書斎に勝手に入ってたみたいなの。それが先生に見つかって、何やら揉めはじめたみたいで。右田は、黛が何かものを盗《と》ろうとしてたんじゃないかと言っていたけど」

「でも、由佳は泥棒なんてしませんよ。何か思い出の品を壊してしまった、とかじゃないですか」

「私もそう思ったけど、変なんだよね。鵜崎先生の書斎は純粋な仕事部屋で、壊されて困るものなんかなかったし、私も何度か入ったことがあるけど、怒られたことなんかない。なぜお怒りになったのか鵜崎先生に聞いたけど、教えてくれなかった……思い出したのはこれくらい。これだけ教えたんだから、辞退してくれる？」

「……考えておきます」

呆れるような乾いた笑いを残し、電話は切れた。

気になるエピソードだったが、いまのところ意味は判らない。由佳は物盗りなどする人間ではないし、もしそうだったとしても、師でありパートナーである相手から何かを盗むなど、するだろうか。

〈絶対に許さん〉

とはいえ、そんな強い言葉は、物盗りでもしないと生まれない気もする。鵜崎は何を許せなかったのだろうか。特にものがあるわけでもない仕事部屋で、何が鵜崎の逆鱗に触れたのか。

またひとつ、迷宮の奥に引きずり込まれた。答えが判らないのに、謎だけが増えていく。

気がつくと、由佳の家の前まできていた。

以前は由佳の残滓《ざんし》を感じるために、足を運んでいた。焼け跡を見ると気持ちが塞ぐことは判っていたが、濃密な死の臭いの奥に、由佳の影を感じられた。あのころの自分は、紛れもなく由佳の死に依存していた。

いまは違う。由佳の死の真相を知るために、自分はここにきているのだ。

そう言い聞かせているだけで、本当は以前とたいして変わらないのかもしれない。英紀は、思考を止めた。そんなことは考えたくなかった。

「え――?」

そこで英紀は、息を呑んだ。

玄関先にあったはずのカラーコーンが、撤去されていた。

張られていた規制テープもなくなっている。ドアが燃え落ちた玄関が、奈落への入口のように黒々とした口を開けていた。

――警察の規制が、解けたのか。

犯人はもう逮捕されていて、警察としてはこれ以上調べることもないのだろう。コーンとテープが撤去されただけなのに、以前まであった事件現場としての禍々《まがまが》しさが消え去っていた。ただの空虚な空き家が建っているだけという感じだった。

英紀はそこで、身をこわばらせた。

家の中から、ひとりの女性が姿を現していた。

小柄な女性で、見たところ六十代くらいだろうか。白髪の多い髪をひっつめにして、額には深い皺《しわ》が何本も刻まれていた。

「……何か？」

声を聞いて、英紀は驚いた。高めの美しいソプラノに、聞き覚えがあった。

「もしかして……黛さんの、ご家族のかたですか？」

「ええ、母ですが……あなたは？」

由佳の母だ。由佳があまり話そうとしなかった、家族のひとり。

規制が解かれたあとに行われるのは、家族による後始末だ。由佳が残したものを片づけるために、母がやってきたのだ。

「私は、学生時代の友人です。坂下英紀と申します。この度は、お悔やみ申し上げます」

由佳の母は聞いているのかいないのか、虚《うつ》ろな表情のままだった。穴のように開いている玄関が、視界の片隅で重たい存在感を放っている。

「線香を、上げさせていただけませんか」

事件現場を見られるかもしれない。逸《はや》る気持ちを抑えつつ、英紀は言った。

「はあ……」

由佳の母の声は、力がない。目の前にいるのに、ここにいないかのようだ。

「どうぞ。仏壇はありませんので、手を合わせていただくだけになりますが……」

「ありがとうございます」

「何かいるものがあったら、持って行ってもらって構いませんから。チェロとかピアノとか、そういうものは業者に出しますけど、あとのものはお好きにしてください」

「いいんですか。娘さんの貴重な思い出だと思いますが」

「まああれは、娘であって、娘じゃないようなものでしたから」

突き放した口調だった。由佳が家族を避けていたように、家族も由佳を避けていたのかもしれない。

〈何を言っているか判らないと、よく怒られる〉――由佳はよく、そんなことを言っていた。

由佳の母が、家のほうに向かった。慌てて背中に続き、玄関のドアをくぐる。

その瞬間、ツンと、酢っぱい臭いが鼻をついた。

消火剤の臭いだろうか。酢を撒《ま》き散らしたような刺激的な臭いの中に、焦げ臭いざらざらとした臭いが、苦味のように混ざっている。この家が炎に包まれたことの刻印が、空気の中に色濃く存在していた。

玄関は、真っ黒だった。煤《すす》が固着したのか、濃密な黒が拭いようもないほどにびっしりとフローリングを覆っている。由佳の母は土足で床を踏み、家の奥に行ってしまう。

暗がりの中、英紀は玄関の一角に目を留めた。

黒々とした玄関の一部に、清らかなエリアがあった。フローリングの色がそこだけ、綺麗な木目を浮かび上がらせている。

その意味に、一瞬遅れて気づいた。

由佳は、ここに倒れていたのだ。

一瞬で、吐き気が込み上げてきた。胃の奥からせり上がるものを、英紀は必死で飲み込んだ。

――見なければ。

後ずさりしそうになる足を、英紀は止めた。目を逸らしてはいけない。由佳の死と向き合うために、ここにきたのだ。英紀は両手を合わせ、綺麗なフローリングの区画を見つめた。

由佳の母は地下に下りていったようで、足元から蠢《うごめ》くような音が聞こえる。何かいるものがあったら、持って行ってもらって構いません――捨て鉢な提案だったが、家の中を自由に見てもいいというお墨付きを得たということだ。英紀は強烈な臭いが充満する事件現場に、足を踏み入れた。

まずは、二階を見ることにした。

一階には廊下が伸びていて、中間あたりに二階と地下室へ続くふたつの階段が隣接していた。階段を上ると、横に伸びる廊下に、ふたつのドアが並んでいた。二階には通りに面したものと、その奥側、二部屋が存在しているようだ。

英紀は、奥の部屋のドアを開けた。中は寝室で、シングルベッドとクローゼットがあるだけだ。火事が起きたのは午前三時、由佳はその瞬間、ここで目が覚めたのだろう。寝室を覗くことに後ろめたさを感じ、英紀はドアを閉めた。

通り側に面した部屋のドアを開ける。火事の最中、由佳の影が撮影された部屋だ。

正面に、小さな本棚が見えた。本はほとんどなく、楽譜や教本が三段ほどにわたって詰まっている。この部屋は仕事部屋として使っていたのか、小さな机があり、ボールペンとメモ帳、観葉植物や読書灯が綺麗に置かれていた。

ウォークインクローゼットがあるので、中を覗く。高そうなコートや鞄が、整然と収められている。ファッションには詳しくないが、由佳は昔から質のいいものを着ていた。いい服はブランドが判らなくても、伝わってくるものがある。

本棚を見ると、楽譜がぎっしりと詰まっている。由佳が楽譜を捨てない人だったことを、思い出した。本棚に並んだ楽譜の量は相当なもので、鵜崎の門下生になってからも曲を集め続けていたことが窺えた。

――由佳はこの部屋で、何をしていたんだ？

隣の部屋で寝ていたはずの由佳は、火事の最中、なぜかこちらの部屋に移動している。だが、特に貴重品があるようには見えない。強いて言えば鞄や服なのだろうが、火事の最中にそんなものを持ち出そうとするだろうか。本や楽譜にしても、希少価値の高いものがあるようには見えない。

「何か、ありましたか」

背後に、由佳の母がやってきていた。

「その辺の本とか楽譜とかも、持って行ってください。どうせ捨てるだけですから」

「いいんですか、いただいてしまって」

「私には音楽はよく判りませんから」

英紀は、本棚を振り返った。大量の楽譜がそこにある。英紀の家は破滅的に圧迫されるだろうが、由佳は楽譜が捨てられることを望まないだろう。とりあえず一式、持ち帰ってもいいかもしれない。

「そういえば、この部屋に、財布やスマホはありませんでしたか」

「はい？　財布を差し上げるわけにはいきませんが――」

「いえ。黛さんが普段、財布やスマホをどこに置いていたのかを知りたいんです」

「はあ……」

財布など、緊急時に持ち出すものがこの部屋にあった可能性はある。

「そういうものは、一階のリビングに置いていたみたいです」

「リビング。間違いないですか」

「はい。財布やバッグ、充電中の携帯電話が、リビングにありましたから……」

あてが外れた。となると、由佳がこちらの部屋にきた理由がますます判らない。

火事が起きている最中だ。パニックになって意味のない行動を取ってしまった可能性もあるが、寝室を出たらすぐ目の前に、一階に下りる階段があるのだ。いくら混乱していたとはいえ、目的もなく隣の部屋に入ったりするものだろうか。

そして由佳は、一階に下りたあとに、燃え盛る玄関に向かっている。地下へ向かう階段は、一階へ下りる階段のすぐ隣にあった。そのまま駆け下りていれば、由佳は助かったのだ。リビングにあったという財布もスマホも、取りに行っていない。やはり由佳の行動は、何かがおかしい。

「地下室も、拝見させていただいてもいいですか」

厚かましい願いだと思いつつ、英紀は言った。由佳の母親は、困ったような表情になった。

「構いませんが……でも」

「やっぱり、入ってはいけませんか」

「入っていただくのは構いません。いまちょっと、先客がいらっしゃいまして」

「先客？」

「はい。もともとその人が、由佳に貸しているものを返してほしいと言っていて……それで今日、待ち合わせをしていたんです」

「誰かがこの家に、いるんですか？」

「失礼」

階下から、男性の声が響いた。

「貸していた弓が見あたらないのですが、二階を見てもいいでしょうか」

返事をする間もなく、階段を足音が上ってくる。ひとりの男が、部屋の中に入ってきた。向こうも英紀の姿を認め、驚いたように目を見開いた。

鵜崎顕が、そこに立っていた。

10

英紀は、地下室へ下りていた。

二十畳ほどの広い地下室だった。片隅にはグランドピアノがあり、その足元にカーボン製のチェロケースが置かれている。音を鳴らさずとも、この部屋が充分に防音されていることは判った。二十四時間、楽器が弾き放題だっただろう。

地下室に入って正面に、ガラス戸がある。その奥はベランダほどの狭いスペース――ドライエリアになっている。

クレセント錠を回し、ガラス戸を開ける。錠も戸もスムーズに動いた。外に出てみると壁の一角に梯子《はしご》がかかっていて、上ると地上に出ることができる。ドライエリアの隅にはバケツとモップがあり、日常的に掃除をしていた形跡があった。

――やはり、変だ。

ドライエリアは災害用の避難ルートとしても使われる。火事でパニックになっていたとはいえ、由佳の頭の中に、地下室からドライエリアを通って逃げるという選択肢が浮かんでいなかったとは思えない。それでも由佳は、燃えている炎のほうに向かっていった。

やはり由佳は、自殺したのだ。そうとしか思えない。

「あったよ」

背後から、鵜崎の声がした。振り返ると、細長い弓のケースを持っていた。

「仕事部屋のクローゼットにしまっていたようだ。これですべて回収できた」

鵜崎はキャリーケースを持っている。今日は由佳に貸していたスコアや演奏道具を、引き上げにきたのだという。

「鵜崎さん」覚悟を決めて、〈火神《アグニ》〉に対峙《たいじ》した。

「少し、お話をさせてもらえませんか」

由佳の母は、荷物を整理するためのテープやハサミを買いに、コンビニに行ってしまった。渇望していた鵜崎との対話の機会が、降って湧いたように唐突に訪れた。

「曳地舞から、君のことは聞いている。黛由佳のことを調べるために、四重奏団のオーディションに参加したそうだな」

「はい。すみません、不純な動機で」

「話をするのは構わない。とはいえ、黛由佳について語れることは少ないがね。私はビジネスパートナーと、私的な交流はしない」

「私が聞きたいのは、仕事のことです。由佳が鵜崎四重奏団に、どういうスタンスで参加していたのかということです」

「普通に参加していたよ。彼女の仕事は、申し分ないものだった」

「でも、由佳の音楽と鵜崎さんの音楽は、全く違います。学生時代の由佳のチェロは、自由なものでした。ひとつの曲を様々な方向から弾き分けたり、思いもつかない曲想を投入したりしていた。あなたのチェロは、正反対です。隅々まで徹底的にコントロールをして、客の感情を揺さぶるためのツールとして音楽を使っている」

「誰から聞いたか判らないが、その様子では〈模倣〉のことも知っているようだな」

「はい。由佳が鵜崎さんの方針と合うとは、どうしても思えないんです」

「だが彼女は、自ら私のもとにきた。私が拉致して連れてきたわけではない」

「由佳は当時、〈日本提琴コンクール〉で入選できず、落ち込んでいました。由佳は、自分のチェロを信じられなくなったのではないでしょうか。そこであなたのことを知り、正反対であるあなたのチェロに魅力を覚えたのだと思います。でもそれは、いいことだったのか」

三年前――と、英紀は言った。

「たまたま、路上で、由佳に会いました。由佳は刺々《とげとげ》しい雰囲気を纏《まと》っていました。少し世間話をして、私は〈楽しくやっているのか〉と聞きました。由佳は〈苦しいことのほうが多いかな〉と答えた。由佳はあなたのもとで、苦しんでいたのではないですか」

鵜崎は返事をしない。こちらを観察しているというより、話自体に興味がないように思えた。

「由佳は、自殺したのだと思っています」

ぴくりと、鵜崎のこめかみが揺れた。

「火事の日の由佳の動線を確認しました。由佳は二階から駆け下りて、地下室のドライエリアを経由して地上に出るなり、そこで鎮火を待つなりすれば、助かっていました。それなのに彼女は、炎が燃え盛る玄関に向かっている。明らかにおかしいです。由佳が〈顕気会〉の会員と親しくなり、プライベートのコンサートを開いていたことも聞きました。由佳は、あなたとの活動の中で、苦しんでいたのではないでしょうか。自分の音楽ができない苦しみをずっと抱えていて、炎を見た瞬間に、自殺願望として爆発してしまった」

「よく調べている。探偵としても上手くいきそうだ」

「はぐらかさないでください。状況を見れば、由佳が自殺したことは明白だと思いませんか」

「もしそうだとしたら、なんなのかね」

「謝罪をしてください」

口に出してみて、英紀は自分の望みに気がついた。自分は鵜崎の、謝る言葉を求めていたのだ。

「あなたは由佳以外にも、多くのチェリストを潰してきた。全員に謝ってほしい。そして、もう無理な指導はしないでほしい。それが私の望みです」

「判ったよ」

呟《つぶや》くなり、鵜崎は頭を下げた。

「申し訳なかった」

ただの謝罪ではなかった。深々と頭を下げた、罪悪感に溢れる態度だった。美しさすら感じるその佇《たたず》まいに、英紀は思わず心を揺さぶられた。

「黛由佳を苦しめてしまったのなら、申し訳なかった。私は私なりによいと思った指導をしていただけなのだ。自分の指導方法を、見直さなければならない。友人の君にも、申し訳なく思う」

「鵜崎さん……」

肩に乗っていた重荷が、消えてなくなるのを感じた。この言葉を聞くために、鵜崎四重奏団のオーディションに参加していたのだ。由佳に対して感じていた後ろめたさが、浄化されていく気がした。

ありがとうございます。

そう言おうとした瞬間、鵜崎は顔を上げた。

「これで、いいか」

もとの無表情に戻っていた。数秒前まで漂っていた真摯な空気はかき消え、鵜崎はもはや何も纏っていない。

「ちょっと待ってください。いまのは……演技だったんですか」

「演技かどうかなど、どうでもいい。君は私に謝罪を求めた。私は謝罪を提供した。感情の授受は成立している」

「何を言ってるんですか。謝罪が演技であっていいはずがない。気持ちこそが、もっとも重要ではないですか」

精神を黒く汚された気がした。彼がやっている音楽と同じだ。声色と態度とで、鵜崎は謝罪を作ってみせた。自分はそれに、心を動かされてしまった――。

「演技かどうか、君に理解できるのかね」

「何を言ってるんですか。気がついたでしょう」

「それは私が自白したからだ。そもそも――人間は人間のことを、本当に理解できるのか」

ようやく興味の向く話題が訪れたとでも言うように、鵜崎の口調が熱を帯びる。

「人間は他人の心を読むことなどできない。相手が本当は何を考えているかなど、最終的には判らない。判ったつもりになるしかなく、そこには必ず手前勝手な解釈や、錯覚が入ってくる」

「いきなり、なんですか」

「君は私の謝罪を本気だと受けとったのだろう？　私の中に、そんな気持ちは一欠片《ひとかけら》もなかったが、君は私から贖罪《しょくざい》の念を感じた。それでいいのではないのかね。黛由佳が私に対して何を思っていたかなど、興味がない。どうせそんなことは、判らないのだから」

「無惨ですね。ひとりで生きているつもりですか」

鵜崎は面白そうに、英紀を見つめた。

「では聞こう。君は黛由佳が死んだ理由を勝手に〈解釈〉しているが、それは本当に正しいのか？　そもそも君は、黛由佳という人間を、正確に〈解釈〉できていたのか」

「どういうことですか」

「君は都合のいい黛由佳の像を作り上げ、それを見ているだけなのではないか。私の指導に苦しみ、不本意な音楽をやらされ続け、悩み、もがき、とうとう自殺を選んだ――そう考えたいだけなのではないか」

「違う。私は、真実が知りたいだけなんです」

本当にそうか？　というように、鵜崎は笑みを浮かべる。頭にカッと血が上った。

「それなら、由佳はなぜあなたに黙ってコンサートを開いていたんですか。あなたのもとでやりたい音楽ができていたなら、わざわざそんなことをする必要はない。それ以外の理由は、考えられません」

「繰り返し言っているだろう？　私は考えても意味のないことは考えない。ただ――〈それ以外の理由は、考えられません〉というのは、暴論だな。いくらでも考えられる」

「なんですか」

「例えば、金だ。コンサートに出演すれば、金が入る」

「馬鹿な。由佳が金目的で動くわけがない。あの人は、マユズミピアノの子女なんですよ。お金には困ってない」

「そうかな？」

コツコツと、階段を下りる音が聞こえた。由佳の母が、帰ってきたのだ。

「黛由佳は、本当に金に困っていなかったのか……」

由佳の母が地下室に現れた。鵜崎が、そちらを向く。

「ひとつ、伺わせてください」楽しげな口調だった。

「あなたが夫と離婚したのは、黛由佳が何歳のときでしたか」

耳を疑った。想像もしていない単語が、突然現れたからだ。

――離婚？

由佳の両親は、離婚しているというのか？

「はい？　由佳が、大学三年生のときですが……」

由佳の母の声には、力がない。そのかすれたような小声に、頭を殴られたような気がした。

「ちょっと待ってください。あなたは、離婚していたんですか？　由佳はどちらが引き取ったんですか」

「私ですが」

いまさら話したくもないというような口調だった。

「あの子と一緒に家を出ましたが、音大をやめて働き出してからは、ほとんど会っていませんでした。元夫も、同じようなものだと思います」

車に乗っていた。葉山に住んでいる鵜崎は、新宿で一泊するという。譜面をすべて持って行くのなら自宅まで送ろうと言われ、同乗させてもらった。

由佳の両親は、彼女が大学三年のときに離婚していた。

それ以来、由佳への金銭的な援助はなかったと、由佳の母は言った。もともと由佳と両親は折り合いが悪く、母と一緒に家を出てからは、父方の稼業であるマユズミピアノの資金は全く当てにできなくなったらしい。そして鵜崎四重奏団で働き出してからは、母ともほとんど会うことはなかった。

大学三年生のときというと、由佳がコンクールに挑んでいた時期だ。

あのころの彼女は、英紀の家に入り浸っていた。

当時は自分に好意を持ってくれているからだと思っていたが、それは勘違いだったのだ。父と絶縁した由佳の家には練習室などなく、音大もやめる寸前で練習場所にも困っていた。英紀の家にきていたのは、練習場所の確保が目的だったのだ。

「人間は、何も判らない」

運転席から、鵜崎が語りかけてくる。

「音楽を理解できないように、親しいと思っていた他人のことも、何も判らない。身をもって知ったのではないかね」

「由佳は、金を目的に、あなたの活動に参加していたのですか」

「そんなことは判らない。黛由佳は私のもとで苦しんでいたのかもしれない。私を憎んでいたのかもしれない。そんなことはどうでもいいのだ。どうせ他人のことなど、判らないのだから」

夜の首都高は車がまばらで、テールライトが寂しげに舞っている。鵜崎の乗るメルセデスは静粛性が高く、ほとんど外の音が聞こえない。

「ただし、君のことには興味はある」

「なぜですか。あなたらしくない」

「君が二次予選で弾いたチェロは、面白かった。君は日常的に、模倣をしている——そんな痕跡を感じた。演奏に自我がない割に、演奏技術だけはその辺のプロよりも高い。人間が弾くチェロではない——そんな印象を持った」

「ずいぶん解釈をされるんですね。言っていることが違う」

「私は解釈はしないが、他人の解釈を聞くのは好きだ。君はなぜ、そんなチェロを奏でている？　君は君のチェロを、どう解釈しているのだ？」

鵜崎の中には、数多《あまた》の〈錯覚〉のコレクションがあるのかもしれない。人はどのような〈錯覚〉を作り上げ、囚われるのか——長年、そのことばかり研究しているのだ。

「君は何か、困っていることがあるのではないか」

心の隙間にすっと手を差し込むように、鵜崎が聞いた。

「君は何らかの原因で、チェロに感情を込めることを恐れるようになった。その結果、死骸のようなチェロを奏でるようになった。その原因の根底には、根深い懊悩《おうのう》がある」

「もう一度いいますが、あなたらしくない。解釈をしないと言いながら、しています」

「科学的な心理機序と、そこから演繹《えんえき》されるロジックの話をしているだけだ。君はチェリストとして上手くいっていない。大きな問題にぶつかった人間は、往々にして別の問題に目を向ける。〈先延ばし行動〉という人間心理だ。君が黛由佳に固執していたのは、そのためなのではないか」

その通りなのかもしれない。鵜崎の推測は、英紀が日常的に考えていたことに近い。

だが、不快ではなかった。鵜崎の言葉の中に、英紀を糾弾する色を感じないせいだ。むしろ、こちらに理解を示す雰囲気がある。

「意固地になる必要はない。君が抱えている根本の問題を解決すれば、黛由佳の問題も解決する。黛由佳の本心など、どうせ判らないのだ。どこかで見切りをつけ、切断する以外に解決法はない。それとも、一生出ることのできない迷宮を、自らの中に作るつもりかね」

英紀は、あることを思い出していた。

子供のころ、旅行先の田舎で、誘蛾灯《ゆうがとう》を見たことがある。闇夜の中、煌々《こうこう》と照らされる青白い灯に蛾たちが飛び込み、次々と灰になっていった。蛾たちが焼かれるバチバチという死の音が、不気味な音楽を奏で続けていた。

　こんなことを考えているのは、鵜崎に惹かれているからだ。死の炎に吸い込まれていた。あのときの蛾のように――。

「困っていることなどはありません。ただ――いま、オーケストラの入団試験を受けてはいます」

〈火神《アグニ》〉の引力に引きずり出されるように、言葉が口からこぼれた。

「トゥッティ奏者のエキストラなのに、流れで次席に座らされて……首席と合わずに困っているだけです。だからどうしたんですか。由佳の問題とは、全く別でしょう」

「どこのオーケストラだ」

「シンフォニア東京です」

「合わない首席とは誰だ？　業界の動向には疎くてね」

「片平周さんです。彼の説明もいりますか」

「いや、結構。片平なら知っている。確か私と、同年の生まれだ」

　ということは、鵜崎と小松も同級生なのか――小松が見せた拒絶反応は、そのことにも起因しているのかもしれない。

「もともといた次席は、バランスを取るのが上手い人でした。片平さんの音楽の出っ張りを瞬時に察知して、上手く全体に溶け込ませる……同じような演奏を目指しましたが、できませんでした」

「それがいまの、悩みかね」

「だったらなんなんですか」

「君ほどの力があれば、解決できるかもしれない」

　運転席に座る鵜崎を思わず見そうになり、慌てて動きを止めた。だが、鵜崎には動揺が伝わっているのだろう。ハンドルを握りながら、かすかに笑った。

「まず、基本的な戦略が誤っている。大間違いだよ」

「何が誤っているんですか」

「普段一緒に演奏している人間の芸風を真似るなど、愚の骨頂だ。劣化コピーが横にきたところで、あらが目立つだけだろう？　しかも向こうは最初から〈代役だ〉というバイアスを持って君のことを見ている。もとの次席よりもはるかに高いレベルで同じことをやらなければ、評価などされない」

「片平さんはトッププロです。そんな錯覚など、しないと思います」

「人間はみな〈自己中心的公正バイアス〉――自分の判断が正しいと思い込む心理的な偏りを持っている。プロフェッショナルであればあるほど、却《かえ》って自分の判断に疑問を差し挟むことは難しくなるのだ。結果的に自らの先入観に気づかず、相手を正当に評価できなくなる」

いつの間にか、レッスンの場となっていた。それでも英紀は、反発を覚えなかった。温かい炎にあたっているような感じすらした。

「でも私は、次席奏者のような芸当はできません。ましてや、はるかに高いレベルでやるなんて」

「だから、基本的な戦略が誤っているというのだ。〈錯覚〉を利用しろ。一流のチェリストであろうと、人間は〈錯覚〉から逃れられない」

「どうすれば、いいんですか」

「聞きたいかね」

あの蛾たちは、幸せだったのかもしれない――ふと、そう思った。

自ら死に飛び込んでいった蛾たちにとって、誘蛾灯はどれほど甘美なものに見えたのだろう。この世のものとは思えないほど美しく、飛び込めばすべての問題が解決する、神々しい光。誘蛾灯に飛び込んでいった蛾たちは、生涯で最高の幸福を感じていたのではないか。

由佳は、どうだったのだろう。

死の炎に飛び込むときに、由佳の見た景色は、美しいもので満たされていたのだろうか。

「はい」

答えた瞬間、自分を構成する重要な何かが、壊れた気がした。

第三章

1

オーケストラのリハーサル室は、音で溢《あふ》れていた。チェロパートにはもう半数の奏者が座っていて、一プルトには片平周がいる。片平は明日演奏するショスタコーヴィチではなく、プロコフィエフのチェロ・ソナタを練習していた。近々、リサイタルでもあるのかもしれない。

《《初頭効果》というものがある。行動心理学の用語だ》

昨日あれから、鵜崎に習ったのだ。

《人間は相手の評価を第一印象で決め、一度確定したそれを覆すのは難しい。片平が君のことを《できない奏者だ》と認識しているのなら、なおさらだ》

「……どうした？」

片平がチェロを弾く手を止めた。英紀の左手を見ている。

英紀は人差し指と中指の付け根に、テーピングをしていた。いずれもチェロの弦を押さえるときに、一番よく使う指だ。

「練習をしていて、ちょっと痛くなってしまって」

「腱鞘炎《けんしょうえん》か？」

「たぶんそうです。明日の演奏会に向けて、やれることはやろうと思いまして」

「日頃から充分な量の練習をしていれば、付け焼き刃で何かをやる必要はない。本番前にオーバーワークになれば、演奏にも悪い影響が出る」

「ほぼ治ってます。念のため、巻いてるだけなんです」

片平は興味を失ったように譜面台に向き合い、練習を再開した。英紀は隣に座り、チェロケースを開ける。

片平はオーケストラに入ったばかりのころ、猛練習をして腱鞘炎になってしまったことがある。当時のチェロ首席にひどく怒られたらしく、それ以来過度な練習はしないようにしている。

このエピソードは、彼がインタビューで語っている。以前、購読している音楽雑誌で読んだことがあった。

〈人間は、自分と同じものに好感を持つ〉鵜崎が言っていた。

《《類似性バイアス》と呼ばれるものだ。片平に《こいつは自分の同族だ》と思わせれば、初頭効果を打ち消すこともできるかもしれない。片平のことを知れ。やつの弱点を探るんだ〉

行動心理学の話をする鵜崎は、それまでとは打って変わって熱がこもっていた。

〈我々の仕事は、すべて同じだ。相手の中に、錯覚を作り上げること。対人関係も音楽も、そうすれば、すべて上手《うま》くいく〉

英紀はテープをほどき、チェロを取り出した。もちろん怪我などはしておらず、指を開閉すると滑らかに動く。

指慣らしをしていると、ユーリ・ゴルベフが入ってきた。全員が一斉に音を止め、立ち上がる。ゴルベフは若干ナーバスになっているのか、やや乱暴に手を振って応じる。昨日のリハーサルに、あまり納得していないのかもしれない。

指揮棒を構える。巨匠が振るときには、オーケストラの側も緊張している。振り出す前の沈黙の質が、指揮者の格をそのまま表す。

槌《つち》を振り下ろすように、ゴルベフが一拍目を振る。

英紀は全力で、チェロを弾いた。

片平が驚いたようにこちらを見た。反対側にいる首席ヴィオラの川井奈津子も、想定外だったのか、びくりと身体を震わせた。英紀は構わずに、チェロを軋《きし》むほどに弾いた。自分が首席になったつもりで、大きく身体を動かした。

シンフォニア東京によるショスタコーヴィチの五番の映像は、調べた限りふたつ存在する。片平はそのどちらでも首席チェロを務めていて、ここまでのリハーサルを含め、彼がこの曲をどう弾こうとしているのかはすべて把握した。

片平はショスタコーヴィチを〈過剰な作曲家〉と考えているのではないか。

突出した独創性と、旺盛な創作意欲。作曲家に求められるすべての才能を持ちつつも、ショスタコーヴィチはスターリン政権下のソビエトという独裁国家で育った。権力側から作品の内容に干渉され、ときにはスターリンを礼賛するような曲を書く屈辱も味わった。だが創作の不思議で、そういった抑圧が、彼の作品にオリジナリティと異様な迫力を与え、より高いレベルの芸術に押し上げられた側面もある。

片平は過剰なまでにオーケストラを振り回す男だ。だがチャイコフスキーやストラヴィンスキーを弾くときには、ここまで激しく弾かない。片平はショスタコーヴィチの過剰性に、共感しているのではないか。

いや、内心はどうでもいい。重要なのは〈片平がそのように弾いている〉ということだ。

英紀は最初の四小節のフォルテを、激烈に弾いた。

ゴルベフが咎《とが》めるようにこちらを見たが、いまは片平のための時間だった。打ちつけるように激しく、打楽器のようにチェロを弾く。

その後、静かな部分に入ってからは、〈模倣〉に徹した。小松はダニエル・ヤマシタのような演奏を求めていたが、そのプランは放棄した。片平の影に徹し、一緒に音楽を進めていく。全体がどうとかは関係ない。片平の心に〈類似性バイアス〉を形成することだけを考えた。

冒頭で驚いたようにこちらを見ていた片平は、もう自分の演奏に集中していた。

ヴァイオリンによる悲歌がはじまる。昨日は鳴瀬がひとりで突っ走っていたが、今日は統一感があった。ヴァイオリンセクションの後方の人々が、鳴瀬の出方を理解し、合わせているのだ。片平は、こうなることを予期して放置していたのかもしれない。あるいは、過剰に弾き込む鳴瀬の音楽に、自分のショスタコーヴィチ像を重ね合わせていたのかもしれない。どちらでもよかった。片平が何を考えていようが、関係はない。

英紀は、譜面をめくった。映像を見て、彼が好む譜めくりのタイミングを何度も練習した。片平は一切反応を返そうとしない。英紀を無視しているのではなく、演奏にストレスなく入り込んでいるのだ。優秀な次席奏者は、〈消える〉と聞いたことがある。すぐ隣にいても存在していることすら気づかないほどの奏者が、優れたフォアシュピーラーなのだ。

皮肉なものだった。

自分が冒頭からやっていたことには、音楽的な行為はひとつもない。片平を研究して、ひたすら彼の心を操作しようとしていただけだ。自分の内面から湧き上がる音楽をもって説得したのではなく、自分の内側には存在しない音楽を模倣することで、片平はこちらに気を許してくれた。

〈人間は、何も理解できない〉

鵜崎の言葉がリフレインする。狂乱の度合いを増しはじめるショスタコーヴィチの音楽に、英紀は身を預けた。

2

諒一に久しぶりに会ったのは、ゴルベフの公演の二週間ほどあとのことだった。

「よかったみたいだな、ゴルベフ。最近のシンフォニア東京は、いい評判が多い」

喫茶店で会うなり、そう言ってくれた。

くだんの公演は話題となり、多くの批評が出た。できる限り目を通したが、〈侵略戦争を続けるロシアから距離を置いたゴルベフが、スターリンの圧政への抵抗とも言われるショスタコーヴィチの交響曲第五番を振ったことで、自由の勝利を高らかに宣言した〉という論調で書かれているものが多かった。

手前勝手なものだ。

ゴルベフはリハーサルの指揮台では、戦争の話など一切していなかった。むしろショスタコーヴィチの交響曲を〈思想色を排した絶対音楽〉として捉えていたようで、自身の公演がイデオロギーの側面から切り取られることに対して嫌悪感を見せていた。実際にゴルベフが前半で取り上げたのは、思想色のないストラヴィンスキーの曲だ。多くの批評では、その部分は無視されていた。

そもそもショスタコーヴィチの交響曲第五番にしても、スターリンに対するアンチテーゼとして書かれたのかどうか、本当のところは判らないという。曲にちりばめられた様々なモチーフを深読みした、誰が言いはじめたかも判らない俗説が広まっているだけなのだ。

錯覚だ。作曲家も演奏家も想定していなかったであろうメッセージを多くの人が受けとり、何重もの錯覚を塗り重ねた油絵を描き上げ、勝手に感動している。ならば自分があの舞台で弾いたものは、なんだったのだろう。絵を描いていたつもりだったが、観客に絵の具をひとつ渡しただけにすぎなかったのだろうか。

英紀は、ハッと息を吞《の》んだ。

自分が〈火神《アグニ》〉の考えに染まっていることに気づき、愕然《がくぜん》としていた。

「来月、神山多喜司のブル九があるよな」

諒一の言葉で、我に返る。

来月の定期演奏会は、桂冠《けいかん》名誉指揮者である神山の卒寿記念公演だった。演目は、ブルックナーの交響曲第九番。神山がベルリン・フィルを振ったときに取り上げた十八番《おはこ》で、あまりの名演に満場のスタンディングオベーションが止まなかったという伝説が残っている。

「ヒデさんも出るのか?」

「ああ。エキストラで呼ばれてる」

「チケット取ろうと思ったんだが、瞬殺で取れなかった。金を出せば買えるだろうが、転売屋を儲けさせたくないしな。定価で買えたら、聴きに行くよ」

「すまん。俺のつてじゃチケットが用意できない」

「大丈夫だよ。それよりも」

諒一が、腕時計を見せてくる。そろそろ行こうと言いたいようだ。

今日はこのあと、〈龍人祭〉のコンサートを聴きに行くことになっていた。

会場は、港区にある白銀《しろがね》ホールだった。本当は龍人教の関係者しか入れないらしいが、諒一が会員のひとりを探し出してチケットを手配してくれたのだ。

館内に入るなり、諒一が呟《つぶや》く。

「すげえな」

見慣れたクラシックコンサートとは、明らかに雰囲気が異なっていた。客層がそこまで違うわけではないが、ホワイエに出ている出店の数が段違いだ。普段のコンサートではCDやDVDや簡単なグッズを売っている程度だが、今日は服や本、お札《ふだ》にお守り、酒、水、食品、フレグランスやペット用のおやつまでが売られている。

そのすべてに人が群がり、大量の商品を紙袋一杯になるまで買っていた。龍人教の母体であるドラゴン・カンパニーは、怪しげな健康食品を売ることでのし上がった会社だ。あちこちで奇怪な商品が売られ、大量に買われていく光景は、知らない土地の奇祭のようにも見えた。

ホールに入る。

外の異様な光景とは異なり、中は一転して静かだった。むしろ静寂が深すぎるほどで、誰もが物音ひとつ立てることなくステージを見つめている。宗教的なほどの沈黙だった。

「やっぱ、鬼龍院が振るんだな」

諒一がプログラムを開いて、呟いた。ステージ上には指揮台があり、扇状に大量の椅子が配置されている。このあとオーケストラが登場し、鬼龍院が指揮台に上るのだ。

プログラムを見る限り、今回の〈龍人祭〉は十五回目の公演らしい。年に三、四回程度開催されていて、もう四年ほどやっているようだ。過去に何をやったのかまでは書かれていない。

鬼龍院玲司は、かつて小さな音楽事務所を運営していた。こんなコンサートをやっているくらいだから、音楽に造詣が深いのだろう。欧米にもギルバート・キャプランのように、資産家が自らオケを雇って指揮台に上がるパターンもある。キャプランはその後研鑽《けんさん》を積んで、ウィーン・フィルを振るところまでいった。

今日のプログラムは、前半にベートーヴェンの交響曲第六番「田園」、後半にストラヴィンスキーの大曲『春の祭典』をやるという本格的なものだった。オーケストラは〈ドラゴン・オーケストラ〉とクレジットされているが、フリーランスの集まりか、アマチュア団体だろう。

「田園」の前に、『海路のためのラプソディ』という曲があった。作曲は鬼龍院玲司とある。指揮も振り、自作の曲も演奏する。そんな公演を定期的にやっている指揮者は、プロにもほとんどいないだろう。

「ヒデさん。鶫崎四重奏団は、どうするんだ」

諒一が、唐突に聞いてきた。

「鶫崎と話すという目的は達成しただろ。辞退したのか」

「ああ……まだしてないけど、するよ」

「本当だろうな。このまま入るとか言うなよ」

「当たり前だろ。最初から行くつもりはない。シンフォニア東京のオーディションに、集中するよ」

諒一はこちらを見ようともしない。何かを考えているようだが、何を考えているのかは判らない。

「ならよかった。応援してるよ」

諒一が呟いた瞬間、客電が落ちた。

静寂に満ちていた客席が、にわかに熱を帯びる。舞台上のスポットライトが、一気に光量を増した。普通のコンサートではありえない、直視できないほどの眩《まぶ》しさだった。

下手《しもて》から、鬼龍院玲司が現れた。

通常のオーケストラの公演では、最初に奏者たちが入場し、指揮者は最後に入ってくる。だが、鬼龍院はたったひとりで入場してきた。舞台を横切り、足音を鳴らして中央に歩いていく。燕尾服《えんびふく》姿ではなく、軍服を思わせる真っ黒な上下を着込み、ブーツを履いている。

異形。

でっぷりと腹が出ていて、タイトな服のウエストが、猫が入っているのではないかと思うほどに膨らんでいる。長い白髪。白粉を塗りたくっているのか、刻み込まれた皺《しわ》の割にやけに白い肌。老いを感じさせる体軀《たいく》と相反し、目だけがエネルギーを抑えられないようにギラギラと輝いている。

人間の形をした人間ではない何かが、そこに立っているような気がした。本能的な危険のようなものを感じて、目が離せない。諒一も、身動きすらできなくなっている。

鬼龍院から一言あるのかと思いきや、彼はまっすぐひな壇の最上段に上がっていく。舞台の下手から、クラリネットを持った女性が入場してくる。鬼龍院はひな壇の最後方に座り、舞台を見下ろすようにこちらを向いた。玉座から、芸者を見下ろすような構図——ネットで見た、由佳が演奏していたものと同じだった。

『海路のためのラプソディ』

プログラムの冒頭に書かれていた曲は、クラリネットの独奏曲だったらしい。舞台上には、クラリネット奏者しかいない。由佳は譜面台を置いていたが、彼女は暗譜で演奏するようだ。

女性がマウスピースをくわえ、おもむろに演奏をはじめる。

切り裂くような高音域から、曲ははじまった。両手の指が目まぐるしく動き、光が多面体の鏡にぶつかって出鱈目《でたらめ》に反射するように、音が撒《ま》き散らされる。

完全な現代音楽が出てきたことに、英紀は驚いた。現代音楽には詳しくないが、単にめちゃくちゃに書かれた曲と、文法を踏まえて書かれた曲との区別くらいはつく。鬼龍院の音楽は、後者だった。激しく乱舞するクラリネットからは、音楽の中に確固として横たわる背骨の存在が感じられた。

激しく動き回っていたクラリネットは、冒頭のひとくさりを終えたところで、静かなパートに入る。調性感を排した、透明な無調の音楽だった。長調か短調かもよく判らない旋律には、独特の冷たい手触りがある。『海路』と題名にあったが、冷たくたゆたうような旋律から、英紀は海を想像した。

五分ほどの、短い曲だった。速い部分とゆったりした部分を繰り返しつつも、冷たい水に浸かっているような独特の手触りが最後まで続く。曲はどんどん静けさを増し、終盤に入っているようだった。クラリネット奏者が、突如現れたフォルテッシモからの長いデクレッシェンドをかけ、音が空気に解けるように消えていく。

クラリネット奏者は静かにマウスピースを口から離し、余韻を味わうように動きを止めた。やがて、客席に向かって頭を下げる。いい曲だったと思い、英紀は拍手をはじめる。

その瞬間、地鳴りのような拍手が巻き起こった。

絶叫している人間もいた。オーケストラの公演で現代音楽が演奏されることはあるが、ここまで熱狂的な反応があることはまずない。狂乱の渦の中、クラリネット奏者は戸惑ったように微笑んでいた。

「やばいな……」

諒一は面食らったようだった。クラリネット奏者が退場しても拍手は鳴り止まず、指笛までが飛んでいる。異常な客席の反応を、鬼龍院は退場しながら納得したように見つめていた。

鬼龍院は色物であるという前提は、英紀の中ではなくなっていた。

それほどに見事な曲だった。相当なクラシックの素養の持ち主だ。英紀は希望を感じはじめていた。由佳が〈龍人祭〉に参加した理由は、鬼龍院が現代音楽家として優れていたからではないか。由佳が音楽家としての好奇心から参加していた可能性が、五分の前菜から生まれはじめていた。

結局拍手は鳴り止まず、そのままオーケストラが入場してきた。やはりフリーランスの寄せ集めのようで、奏者たちの中にちらほらと見たことがある顔が交ざっている。

舞台袖から、指揮棒を持った鬼龍院が現れた。

拍手の音量が、ひときわ高まった。鬼龍院が礼をし、指揮台に上ったところで、それが一瞬で深い静寂に変わる。長い時間拍手で満たされていた聴覚が突然の静寂にさらされ、酔ったように揺らいだ。

鬼龍院が指揮棒を掲げる。

――この人は、どんな指揮を振るのだろう。

未知なる才能に対し、わずかに期待している自分がいることに、英紀は気づいた。もしかしたら、素晴らしい演奏が聴けるのではないか。

指揮棒が振り下ろされ、ベートーヴェンがはじまった。

「田園」はベートーヴェンの交響曲の中で、もっとも優美な作品だ。一部に激しい舞曲や嵐の場面があるものの、全編が自然描写と祈りに彩られていて、彼が愛していたハイリゲンシュタットの美しい田園風景が目に浮かぶ。

このオーケストラが奏でるベートーヴェンは、美しかった。冒頭から深い森を思わせる豊かな音響が鳴り、柔らかいヘ長調の響きがホールの中を優しく満たす。シンフォニア東京の熟成したワインのような響きには及ばないが、各楽器が綺麗に調和していて、充分金を払う価値のある演奏だと感じた。

だが——。

英紀は、舞台を見ていて、むず痒《がゆ》さに襲われていた。

指揮とオーケストラが、全く合っていないのだ。

鬼龍院は舞台上で指揮棒を振っているのだが、打点がコンサートマスターの弓と全く合っていない。指揮が刻むテンポよりも速くオケが進んでしまうので、途中で拍が足りなくなったりもする。アマチュアオーケストラでも見ないような光景だった。

真の問題は、それでも演奏が滞りなく進行していることだ。オーケストラが、指揮者を無視しているのだ。全員がコンサートマスターに合わせていて、指揮者だけが舞台上で音楽とは関係のない踊りを踊っている。それでも冒頭の一音目から混乱がないのは、最初からオケの中でそういう合意がなされているからだ。

鬼龍院は、自分が無視されていることに気づいていない。指揮を振り続ける姿には、音楽的な確信のようなものすら感じさせる。演奏の美しさに反し、舞台上で行われていることは醜悪だ。嚙《か》み合っていない歯車の中から、綺麗なものだけが生まれ続けている。

諒一と顔を見合わせる。彼も、同じことを考えているようだ。

鬼龍院玲司には、音楽の素養など、全くない。

作曲者が皆指揮を振れるわけではないが、あのレベルの曲を書ける人間がここまで無惨な指揮をすることはありえない。『海路のためのラプソディ』は、ゴーストライターが書いたのだろう。このコンサートは、信者の結束を深めるためのパフォーマンスとしてやっているのではないだろうか。

心の奥がどんどん冷えていく。曲が進行するとともに、由佳がこのコンサートに出ていた理由が確定していく。

――金。

彼女は学生のころ、富豪の両親と袂《たもと》を分かった。それまで何不自由なく生活していた彼女は、初めて経済的に困窮した。その反動として、由佳は金を求めていたのではないか。勝手に色々な公演に出ていたというのも、金が目的だった。

そもそも、鵜崎のもとに通い出したのも、金が理由だったのではないか。コンクールに落選し、自分の音楽的な将来にもある程度の目処《めど》がついた。そこで鵜崎の弟子となり、音楽を使って人々を〈錯覚〉させるビジネスをはじめた。

由佳はそんな自分に、心の底で失望していた。ゆえにあの火事の日、炎を見た瞬間、自殺へと向かってしまった――。

〈人間は人間のことを、本当に理解できるのか〉

鵜崎の言葉を思い出す。反発しか感じていなかった冷たい言葉に、すがりつきたくなる自分がいた。かつて自分の音楽を救ってくれた由佳の姿は、錯覚を塗り重ねた油絵だったのか。自分はそんなものに救われていたのだろうか。

第一楽章が終わった。

聞いたことがないほどの爆発的な拍手が、会場を覆い尽くした。

3

鵜崎四重奏団の三次オーディションは、横浜にあるホールが舞台だった。客席が五十ほどの、サロンと呼んでもいいくらいの会場だ。

「今日は、〈顕気会〉の会員各位をご招待しています」

客のいないホールに、受験生が集められている。説明する右田の横には、ハンディカメラを持った若い男性がいた。一連のオーディションは最初から撮影されていたのだろうが、もうそのことを隠すことはやめたようだ。

「客席は満席になります。三次オーディションの審査員は、お客様がたです」

「客審査？　アンケートでも取んの？」

梅木が手を挙げた。反抗的な態度を取り続けているのに、なんだかんだと今日も参加している。

「アンケートではありません。選考にはこちらを使います」

右田はマイクを掲げた。よく見るとそれは、騒音計のようだった。マイクの根元に液晶モニターがついていて、空間に流れている音のボリュームを表示してくれるものだ。

「騒音計を舞台の上手《かみて》、下手、中央後方に設置します。三つの数値の合計点が多かった二名に、最終選考に進んでいただきます」

舞台上に集められたチェリストは、英紀を含めて八名だ。さすがにもうお互いの顔は把握しているが、打ち解けている人はいない。全員が周囲に壁を作り、その壁越しに顔を覗かせている感じ——オーディションとはこういうものだったなと、英紀は思い出していた。

「演奏する順番は都度、くじで決めます。あたった人が、そのまますぐにステージに立ちます」

「過酷やなー。聞いたことないで、そんなオーディション」

「当団は普通の室内楽団ではないので、オーディションもこのようになります。ステージに立った皆さんは、課題曲、自由曲の順番で演奏をしてください。もうひとつ——課題曲の前に一分ほど、スピーチをしていただきます」

「曲目の紹介ってこと?」

「何を話していただいても構いません。自己紹介でも、曲の説明でも」

「〈演奏が終わったら全員絶叫して、数値を上げてください〉って頼もかな。それでも勝ちなんやろ?」

右田が鼻で笑う。あれだけ揉《も》めていたのに、ふたりの息は意外と合っている。相性がいいのかもしれない。

「今日の客層は、どういう人々なんですか」

背の高い、若い男性が手を挙げた。名札には〈近藤和弘《こんどうかずひろ》〉と書かれている。組が違っていたのか、ここまでのオーディションでは見たことがない。自信ありげで、不敵な印象だった。

「〈顕気会〉の会員の皆様です」

「それは聞きました。もう少し詳しい情報をください。〈顕気会〉の皆さんはクラシック全般に詳しいのか、鵜崎先生の演奏しか聴かないのか。年齢層、〈顕気会〉に入ってからの年数、住まい、収入など。それによって演奏スタイルを変えますから」

「個人情報は教えられませんが……クラシックに詳しいかたは多いと思います」答えたのは、右田の横にいる曳地だった。

「色々な音楽を聴かれてきた結果、鵜崎先生の音楽が一番だと思い、入っているかたが多いかと。年齢層は、五十代から六十代がボリュームゾーンです」

「〈顕気会〉に入るのに、資格は必要なんですか。審査があるとか、収入の縛りとか」

「ありませんが、会員人数に上限があります。欠員が一定数出たら、随時募集をする形で新規会員を補充します。ほかには何かありますか」

「いえ、参考になりました。ありがとうございます」

眼鏡をかけた、頭のよさそうな青年だった。きっと理知的なチェロを弾くのだろう――と思ったところで、自分が〈初頭効果〉に囚われていることに気づく。己の中の〈錯覚〉を、心の中から消した。

このところ、自分が様々な錯覚に囚われていることに気づくようになった。普通に生活をしているだけで、錯覚が心の中に入り込んでくる。そのたびに、膿《うみ》を出すように心の外に出しているが、すべての錯覚を心から追い出したときに世界がどう見えるのかは、判らなかった。

「では皆様、ご準備を」

英紀は、楽屋へと向かった。


今日はステージ上でのリハーサルはなく、いきなり本番を迎える。先ほど立った感じでは響きは悪くなさそうだったが、慣れない音響の中でいきなり弾くのは怖い。

「鵜崎は、きてないんですかね」

二名でひとつの楽屋を使うとのことで、英紀は近藤和弘と同部屋だった。近藤は準備に抜かりのない人間のようで、チェロのコンディションを念入りに確認したのち、手を冷やさないようにニットのグローブをしている。

ルール説明のときに、鵜崎はきていなかった。楽屋に流れる客席の映像にも、その姿はない。

「今回は、音量で判定するって話でしたもんね。鵜崎がこなくても、審査はできる」

確かに彼の言う通りだが、英紀は、鵜崎が会場のどこかに潜んでいる気がしてならなかった。ホールのどこかでカメラ越しに会場を見ていて、蟻塚《ありづか》を観察するように演奏者たちを見ているのではないか。

英紀が話に乗ってこないと見るや、近藤は楽屋の隅で目を閉じてイヤホンを耳に差し込んだ。曳地と話しているときは自信満々に見えたが、意外とナーバスなのかもしれない。やはり、第一印象などあてにならない。

開演ベルが鳴った。

くじ引きは、別室にいる右田と曳地が随時行い、楽屋に通知してくる。平常心のつもりだったが、ベルとともにさすがに緊張してきた。

「一番」楽屋のスピーカーから、右田の声がした。

「近藤和弘さん。舞台へ」

「マジかあ。トップバッターかよ」

近藤が天を仰いだ。「落選確定じゃん、こんなの。っざけんなよ……」。ぶつぶつと言葉を撒き散らしながら、楽屋を出て行く。最初に見た堂々とした印象は、もはや欠片《かけら》も残っていない。

コンクールにおいても、あとに演奏するほど勝ち上がりやすい心理バイアスがあると聞いたことがある。音楽コンクール、オリンピックの体操演技、お笑いのコンテスト……それらすべてにおいて、あとに出てきた人間が勝つという純然たる統計が出ているのだ。近藤が当たり前のようにトップバッターを嫌がっていたのは、そういう評価の偏りを、経験的に知っているからだろう。人間は、正当に評価できないのだ。

モニターには、正面から舞台を捉えた映像が映し出されている。近藤が登場し、拍手が鳴った。椅子に座りエンドピンを刺す姿は、どこかやけくそ気味に見える。

「今日はご来場くださり、ありがとうございます」

演奏前のスピーチがはじまる。

「近藤と言います。鵜崎先生のことは、以前からすごく尊敬していて……一番尊敬している奏者です。あの圧倒的なテクニックと、大胆な解釈は、ほかの奏者にはないものです。鵜崎四重奏団に入って、日本の生ぬるいクラシック業界に風穴を開けるお手伝いをしたいと思っています。皆さんともまた、カルテットのコンサートでお会いできることを楽しみにしています」

鵜崎のファンが集まるということもあって、同族意識をアピールすることにしたようだ。それはある程度成功したのか、温度の高い拍手が客席から返ってくる。

三次オーディションの課題曲として、バッハの無伴奏チェロ組曲第一番から、どこかの楽章を——という指定がなされていた。

近藤が弾きはじめたのは、四曲目の「サラバンド」だった。郷愁をかき立てる古い舞曲のフレーズが、スピーカーから流れてくる。

一聴して、素直なチェロだと感じた。音程がよく、音も艶やかに鳴っている。英紀の脳裏には、水量の多い綺麗な池のイメージが浮かんでいた。

ただ、大きな特徴のないチェロとも言えた。鵜崎への憧れを表明した割に、解釈も特段変わったものではない。バッハはコダーイやヒンデミットなどとは違い、奏者が自由にいじれる部分が少ない。楽曲から逸脱しすぎると曲そのものの雰囲気が壊れてしまうし、譜面を正確に音にするだけでは凡庸な演奏になってしまう。近藤の演奏は、後者に陥っているように聴こえた。

ふと、英紀は学生のころに聴いた、巨匠のバッハを思い出した。

七十歳にもなる高齢のチェリストで、引退前に無伴奏チェロ組曲を全曲やるとのことで、全席が即完売したコンサートだった。そのときに披露されたバッハは譜面をそのまま音にしただけのような何の作為もない演奏で、才気走った演奏をさんざん行ってきた老チェリストがこのような境地にたどり着いたのかと、震えるほどに感動したものだった。その後出た批評も同じようなものが多く、〈あらゆる無駄が削《そ》ぎ落とされた、究極のバッハ〉という一文を覚えている。

だがあのバッハは、果たして本当に素晴らしいものだったのだろうか。

凡庸で退屈なバッハと、何が違ったのだろうか。

あのときは、弾いているのが巨匠であり、引退前に弾く最後のバッハという情報があった。出てきたものが才気走った演奏だったとしても、英紀はそこに〈いつまでも枯れない巨匠〉といったイメージを見出し、感動していただろう。完成度が高ければ〈老いてなお、圧倒的な技術を誇る巨匠〉、完成度が低ければ〈ボロボロの自分をあえてさらけ出そうとした勇気ある巨匠〉、どんな演奏であってもそこに意味を加えることはいくらでもできる。音楽だけを分離して取り出し、近藤の演奏と聴き比べてみたら、そこまで大きな差があるものなのだろうか。

判らなかった。そんなことをする意味があるのかどうかも、判らない。鳴っている音そのものと、音から導き出されたストーリー、どちらが音楽なのだろうか。

巨匠の最後の演奏だという前提でバッハを聴き、それがあのときの感動と根深く関わっていたのだとしたら。

あの巨匠がやっていたことは、鵜崎のやっていることと、結果的にそう大きく違わないのではないか——。

モニターの中から、拍手が起きた。近藤の演奏は、いつの間にか終わっていた。拍手の温度が高いのか低いのか、英紀にはよく判らなかった。

ひとつ演奏が終わると次の奏者が呼ばれ、曲を披露していく。流れ作業のように、そのサイクルが続いた。ただし、客席の温度は下がっている。演奏前のスピーチで、全員がいかに鵜崎を尊敬しているのか、鵜崎四重奏団に入って活動したいかをアピールするばかりなため、飽きてきているのだ。

――これじゃ、駄目なんだ。

同じような挨拶と演奏を繰り返す応募者たちを見て、英紀は確信を深めていた。

観客たちはプロの審査員ではなく、一般の客だ。圧倒的に優れたものならさすがに判るかもしれないが、どんぐりの背比べを聴かされても判別などつけられないだろう。

〈人間は、何も理解できない〉

翻って言えば、応募者たちはすべて、〈人間は、何かが理解できる〉という前提で舞台に立っているのだ。いい演奏をすれば、鵜崎への思慕を訴えれば、自分の納得のいく音楽をすれば、きっと観客は理解してくれる、共感してくれる、拍手をしてくれる。人間を信じているが故に、彼らは次々と裏切られ、討ち死にしていく。

「七番手」

いつの間にか、あとふたりになってしまった。誰かが呼ばれるたびに身体が緊張するので、さすがに疲れてきてしまっている。

「梅木美穂さん」

軽く舌打ちが出た。トリになるのは想定外だった。インパクトを残しやすいとも言えるが、観客もここまで二時間近くチェロばかりを聴かされており、疲弊しきっているだろう。

梅木が舞台に登場する。改めて見ると手足がすらりと長く、舞台映えのするプレイヤーだと思った。

「ええと……」恥ずかしそうに、梅木は口を開く。

「私はあんま、鵜崎さんの四重奏団に入ることには、興味がないんです」

客席に、ピリッとした緊張感が走った。奇を衒《てら》って言っているのではなく、本心から口にしている ように見えた。

「我が家の家訓に『大きな流れに逆らうな』ってのがあります。逆流に向かって自分を貫こうとしても、前に進まないことが多い。それよりは、流れに任せて泳いでいたら、思いも寄らない遠くに流れ着くこともある。ここまでオーディションを受けてて、正直、鵜崎さんたちのことがメッチャ嫌だと思った瞬間もありました。でも、私のことを選んでもらって、先の選考に進ませてもらえている。なら、この流れに逆らわないほうがいいのかなって思って、今日はこさせてもらいました」

客席の雰囲気が、先ほどまでとは変わっている気がした。梅木の話に、観客が聞き入っているのだ。

「以前、鵜崎さんの演奏を聴いたことがあります」

梅木は言った。

「さっきはあんなことを言いましたが、ここでの活動に、興味がないわけではないんです。というのも……私が鵜崎さんの演奏を聴いて、感動したからです。すごく精密で、それでいて温かみというか、人間味を感じる演奏で……だから今回も応募しようと思ったわけです。鵜崎さんのファンの皆さんに、失礼なことを言ってたらごめんなさい。精一杯演奏しますので、楽しんでってください」

嘘だ、と感じた。鵜崎は〈顕気会〉の会員向けにしか個人演奏をやっていない。朴訥《ぼくとつ》そうでいて、意外と狡猾《こうかつ》なことをやると思った。

梅木は、座席に腰を下ろした。弓の張りやチェロの位置を調整して、演奏をはじめる。

彼女が選んだ課題曲は、二曲目の「アルマンド」だった。

明るく開放的な性格と相反し、梅木のチェロはかなり繊細なものだった。チェロは表板の奥が空洞になっていて、そこで音が増幅されることを計算して弾いていくものだが、梅木の音色は弦の生の音だけで聴かせるように、細く、艶やかだ。音楽自体も緻密《ちみつ》で、勢いに任せて適当に弾き飛ばすような箇所は一箇所もない。ひとつひとつのフレーズを精密な部品として削り出すような、腰のすわった演奏だった。

丁寧なのはいいが、その分推進力が大幅に犠牲になっていた。ひとつひとつの箇所が細密に描き出されるものの、それが巨大な何かに結びついていかない。

自由曲で選ばれたシベリウスの『主題と変奏』にもその傾向は受け継がれていて、上手なのだが、やはり流れが悪い。シベリウスという内向的な作曲家を選んだことも、選曲ミスだと感じた。コダーイのような激しい曲を持ってきて、自らの芸風とぶつけ合わせて化学反応を狙ったほうが、面白いものになったのではないか。

梅木はそんな欠点を自覚していないのか、曲の中に深く沈み込むように、目を閉じて演奏を続けている。その弾き姿に、わざとらしい演技の要素はひとつもない。ただまっすぐ、己の肉体ひとつで音楽と向き合っているような、清らかさすら感じた。

シベリウスの音楽は、静かな収束に向かっていく。小さなハープのように鳴らされるピチカート。笙《しょう》が鳴っているような、高音域での美しい重奏。再びピチカートを弾き、梅木は演奏を終えた。目を閉じ、舞台上で余韻に浸っている。拍手は鳴らない。観客もまた、固まっていた。

水底から浮上するように、梅木は目を開け、背もたれに身体を預けた。

その瞬間、熱のこもった拍手が巻き起こった。

楽屋の隅で寝ていた近藤が、弾かれたように起きた。拍手の温度は、先ほどまでよりも明らかに高い。近藤は憎々しげな表情でモニターを睨《にら》みつけている。自分が負けたことが、判ったのだろう。

演奏のクオリティが、ほかの奏者とそこまで差があったようには思えなかった。ひとつだけ大きく違ったのは、演奏前の挨拶だ。鵜崎は反骨の音楽家であり、ファンはそんな気質も含めて愛しているのだろう。彼への思慕を表明した六人ではなく、反発をそのまま言った梅木を支持したのだ。

だが――。

それすらも、英紀の〈解釈〉にすぎない。自分の好みと異なるだけで、観客は素直にいい演奏だと評価したのかもしれない。錯覚について考えると、何が錯覚で何が錯覚でないのか判らなくなってくる。出口のない迷宮をさまよい続けることになる。

「八番手。坂下英紀さん、ステージへ」

英紀は思考をシャットアウトした。チェロを持ち、楽屋を出た。

無伴奏を客前で演奏するのは、いつ以来だろう。以前はひどく緊張していた気がするが、いまはなんとも思わない。

英紀の内心にあるのは、緊張とは別の感情だった。自分はこれから、引き返せない一線を越えるかもしれない。決定的な破綻の予感を抱えつつ、足が止められない。

舞台袖には、曳地がいた。英紀を見て、薄い微笑みを浮かべてくる。梅木と同じ手は、もう使えないよ――そう言っているような気がした。

曳地の合図で、英紀は舞台に出た。

思いのほかスポットライトが強く、客席はよく見えなかった。狭いホールなのに、響いてくる拍手の音がやけに遠くから聞こえる。自分とは関係のない世界から鳴る拍手だからだと、思った。

椅子に座り、軽く弦のチューニングを合わせる。

英紀は、立ち上がった。軽く唇を舐《な》め、乾いた表面を湿らせた。

「このチェロは――」

そこまで話したところで、言葉が止まった。

良心が囁《ささや》きかけていた。いまならまだ、引き返せる。

このオーディションに参加する理由は、もうない。鵜崎とはすでに話をした。結局由佳のことは、よく判らなかった。調査を終え、日常に帰るべきだ。それでも。

一線を、越えてみたい。

越えてはいけない線を越えた先に何があるのかを、見てみたい。自分の中に、そんな動機が生まれている。自分が信じてきた音楽の正体とは、一体なんなのか。それを知りたがっている。

しばらく英紀は、黙っていた。客席から当惑の空気が漂ってくるのを、全身で感じた。

「このチェロは、グァルネリ・デル・ジェスという工房の、オールド・チェロです」

言った瞬間、自分が自分でなくなった気がした。

「三大ヴァイオリンをご存じでしょうか。ストラディヴァリウス、アマティ、そしてデル・ジェスです。これらの工房では主にヴァイオリンが作られていましたが、ヴィオラやチェロも少しだけ製作されていました。もっとも数が少ないと言われるデル・ジェスのよいオールド・チェロは、いまは二、三挺《ちょう》程度しか現存していないと言われます」

自分が話しているのに、自分の言葉だと信じられなかった。言葉を紡ぐごとに、自分が汚れ、壊れていく。同時に、言葉にし難い快感がそこにあるのも、事実だった。

「本来は財団などから貸与されるものですが、私の兄弟子につてがあり、本日特別にお借りすることができました。オールド・チェロの音色は格別で、誰が聴いても違いが判るものです。バッハが無伴奏チェロ組曲を書いた年代よりも、前に作られた楽器——中世から鳴り響く悠久の響きを、お楽しみください」

拍手が鳴る中、英紀は座った。罪悪感が追いついてくるよりも先に、演奏をはじめた。

バッハの無伴奏チェロ組曲第一番より、「プレリュード」。

奇しくも、由佳と出会ったときに、彼女が弾いていた曲だった。あのときの衝撃は、よく覚えている。伸びやかな音。自由な解釈。適当に弾き飛ばしているようでいて、最終的にはひとつの音楽世界にまとめ上げてしまう、天性のバランス感覚。

あの音楽はもう、失われてしまった。由佳は死に、二度と聴くことはできない。

だが由佳が生きていようと、彼女の音楽はもう、失われていたのだ。由佳が自らの才能を、ドブに捨ててしまったからだ。由佳がその後も、この曲を弾いていたのかは判らない。だがきっと、あのときのような心を動かすようなアルペジオは、聴こえてこないだろう。

余計なことを考えている間に、曲は終盤に入っていた。ひどい演奏だった。何も考えずに譜面を音にして並べているだけで、弾かれている音には意味も意思も込められていない。だが、自分が弾きたいように弾こうとすると、身体は動かなくなるだろう。英紀は弦を弓でこすり、単なる空気の振動を撒き散らす。

序盤は変則的なアルペジオが続くが、途中からは音階をなぞるような展開に入る。シの持続音と音階とがパズルのように組み合わさる難所を抜け、再びアルペジオ音形が頻出する。さんざん弾き込んできた曲だ、すべて手癖で弾くことができる。ドとソの、緊張感のある完全五度の重音。英紀はほとんど脊髄《せきずい》反射に近い感覚で、バッハを一曲弾ききった。

客席が、沸騰した。

拍手に込められた熱量くらい、これだけ舞台に立ってきたのだから判るつもりだ。響いているのは、音量と質量を伴った、本物の拍手だった。希少な名器を聴くことができた喜びが、拍手の中に詰まっている。無数の石に打たれているような気分になった。

これが、自分が見たかった光景か。

越えてはいけない一線の先には、拍手と承認があった。英紀は微笑んだ。演技なのか自然と漏れたものなのかは、自分でも判らなかった。

4

「坂下さん」

シンフォニア東京のリハーサル室でチェロを弾いていると、突如話しかけられた。顔を上げると、次席チェリストのダニエル・ヤマシタが立っていた。右足にギプスが巻かれていて、松葉杖をついている。心配されていた手は、なんともなかったらしい。

「ダニエルさん。もう、表に出て大丈夫なんですか」

「車椅子生活ですけど、チェロはなんとか弾けます。〈私はあんたの運転手じゃない〉と妻が怒っていて、そのほうが大変です」

「それは何よりです。無理しないでください」

「ピンチヒッター、本当にありがとうございました」

白人系アメリカ人とのミックスであるダニエルは、胸に手を当てて謝意を示す。

「とてもよいフォアシュピーラーだったと、みんな言ってます。素晴らしい代役を、ありがとうございます」

「いえ……周囲に迷惑をかけてしまいました。やはりダニエルさんがいないと駄目です」

「私よりも優秀な人はたくさんいます。プリンシパルも満足していると言っていました。ありがとうございます」

ダニエルからは謝意以外の感情は読みとれない。自分が欠席したコンサートで代役が結果を残したなど、焦りを感じてもおかしくない局面だろうに、負の感情は一切出さない。根本的に性格がいいのだろうが、自分のパフォーマンスに自信があり、英紀が何をしても安泰だと思っているのかもしれない。自信がある人間は、よい性格を保つこともできる。

——片平に、認められていたのか。

彼が英紀の代役をどう評価したのかは、いままで判っていなかった。だが気を許しているダニエルに漏らしたのなら、社交辞令ではないだろう。

英紀は練習に戻った。チェロを弾きながら、自分の気持ちを冷静に見つめる。首席から評価をされた——喉から手が出るほど欲しかったはずの結果を手にしたのに、心の奥は醒めている。

チェロを弾きながら、周囲に目を配る。

気のせいではない。いつもの練習風景の中に、棘《とげ》と綿の両方が混ざっている。シンフォニア東京の弦楽セクションには、いつも二から三割程度のエキストラが参加している。彼らから放たれるやっかみの感情が、棘となってこちらに向けられている。一方で、正団員の人々からは、綿のような柔らかさを感じる。片平がふっかけてきた無理難題を見事にこなした英紀への、敬意があるのだろう。

——いや。

それもすべて、錯覚なのかもしれない。

ダニエルから感じた包容力も、こちらに向けられたささやかな敵意も、敬意も、結局は自分が勝手に解釈しているものにすぎない。他人の本心は判らない。〈人間は、何も理解できない〉。

——俺は、どうなってしまったんだ。

このところ、何かを感じたときに、〈それも錯覚かもしれない〉と瞬時に高いところから囁く声がする。直感が直感だけで独立しておらず、直感に対する疑義が不可分に入り交じっている。〈火神《アグニ》〉に近づきすぎたせいで、深い火傷を心に負ってしまったようだった。どうすればこれを取り除けるのか、全く判らない。

「よう。今日もよろしくな。楽しくやろうぜ」

小松が声をかけてきた。上機嫌だった。弟子が試用期間への道に近づいたことが、嬉しいのだ。

——はは。

高いところから、声がした。

——ちょろいな。

こんなことを、小松に対して感じたくなかった。

声を打ち消すように、英紀はチェロを弾きはじめた。

〈錯聴〉という言葉がある。

人間の目がしばしば錯覚を起こすのは有名な話だ。白い背景に格子状に黒の正方形を並べると、正方形の合間がうっすらと黒く見える〈ヘルマン格子錯視〉、同じ長さの線に外向きの矢印と内向きの矢印をつけると、後者が長く見える〈ミュラー・リヤー錯視〉。耳にも同様の錯覚があり、〈錯聴〉と呼ばれる。

例えば〈カクテルパーティー効果〉だ。これは雑音が満ちているパーティーのさなか、知っている人の声が聞こえると、スポットライトがあたったようにくっきりと聞こえるというものだ。人間の聴覚はいい加減なもので、恣意《しい》的に特定の音に惹《ひ》かれる。ということは、オーケストラを聴いているときも、同じように聴いているということだ。人は、目の前で音が鳴らされているのに、それを聴いていない。複雑な音響の中から、手前勝手に抽出したもののみを聴いている。そして、なんとか聴くことができた一部を、膨大な先入観やバイアスによって〈解釈〉する。音楽とは、そうやって出来上がった謎の構造物にすぎない。

〈キング〉のカウンターに座りながら、英紀は錯聴に関する本を読んでいた。読めば読むほど、自分が音楽に携わっていることに虚しさを感じる。

三次オーディションで受けた、熱量のこもった拍手を思い出した。

あのとき、自分は、否定されたかったのだ。

一線を踏み越えたその先で、英紀は、面罵されたかった。グァルネリ・デル・ジェスの楽器を弾いているなどという大嘘を観客に看破され、嘘つきだと呼ばれ、ブーイングを浴びたかった。オーディションを受け終えてから、そのことに気づいた。

だが自分は、一線の先で拍手を浴び、向こうから押し返されることはなかった。いまも、線の奥に立っている。

「暇だねえ」

バックヤードから、店長の増島が顔を覗かせる。老眼鏡をかけ、分厚い文庫本を持っていた。

「最近まあまあ調子よかったんだが、ここのところメタメタだな。坂下くん、貧乏神だったりして」

今日の〈キング〉は大学生客ひとりの貸し切りだった。その学生もオープン席で熟睡しているので、ほとんど売上になっていない。

「もう潮時かもしれんね」

独り言のように呟く声が、カウンターに流れてくる。

「もともと、漫画喫茶なんかやりたくなかったんだよな。こんな商売をやってると、この国の文化レベルの下落に、一役買ってる気がしてくるよ。もっとこう……漫画なんか読む前に、読んどくもんがあるだろう？　ドストエフスキーとかプルーストとかピンチョンとか……」

嫌なことがあったのか、増島の声はやさぐれている。

「坂下くんはクラシックに関われていて羨ましいよ。低俗なＪ－ＰＯＰやらＫ－ＰＯＰやらを聴いてる暇があるなら、国民全員モーツァルトやベートーヴェンを聴くべきだよな。君らチェリストも、もっと金を儲けてしかるべきだろう？　人類はどうしてこう愚かなのかね？　本物に金を払わないせいで、偽物ばかりがはびこってる」

「いえ……私も、よく聴きますよ。ポップスも」

「バランスが大事だって言ってんのよ。音大で専門教育を受けてきた人間が、こんな店で働いてることがおかしいと思わない？」

「増島さんは、どうしてそんなにクラシックが好きなんですか」

声がやや、攻撃的になってしまった。増島は下から見るように、じろりと見つめてくる。

「いえ……私は、漫画も小説も、等しく素晴らしいものだと思ってます。文化レベルを低下させてるなんて、そんなに自己卑下しないでいいんじゃないですか」

「俺はね、バカが嫌いなわけ」

増島は、分厚い文庫本をパンパンと叩いた。

「例えばドストエフスキーなんかを読むと、毎回新しい発見があるわけよ。『カラマーゾフの兄弟』なんか何周してるか判らないけど、読むたびに登場人物の気持ちとか、ロシア正教会のこととか、気づかされることが多い。漫画みたいに、一度読んでおしまいとはならないのよ」

「漫画でもそういう重厚なものは、あると思いますけど。一度読んでおしまいの漫画も、素晴らしいと思いますし」

「だからバランスが大事って言ってるだろ？　あるかもしれないけど、文学的な重厚さのある漫画なんか数えるほどでしょ？」

「そうですかね……」

「そうだよ。ロックにしても何にしても、ベートーヴェンやワーグナーの域まで達した曲なんか、歴史上ひとつもないんじゃないの？　人類はどんどん馬鹿になってるよ。判りやすい作品、短いコンテンツ、そんなものばかりがはびこって、巨大で複雑なものはどんどん隅に追いやられている。結果的に君はこんな店で働く羽目になる」

「言ってることは判りますけど……でも、クラシックの観客も、そんな大層なものですかね」

「何？」

「クラシックの観客も、曲のことなんか理解できていない――そう感じることも多いですよ。そもそも弾いている私ですら、そうなのかもしれない。勝手な解釈をしている音楽家が弾き、観客もまた勝手な解釈をする――クラシック文化の大部分は、そういうものなのでは？」

「それは、君の技術が足りないだけじゃないの？」

面と向かって侮蔑を投げつけられたことで、英紀は我に返った。

読むたびに毎回解釈が違う――それは、毎回異なる〈錯覚〉を作り上げているに等しいが、それを指摘したら増島はさらに怒るだけだろう。こんなことで喧嘩《けんか》をしても、何のメリットもない。どうせ理解などされないのだ。

言うべき言葉が、英紀には判っていた。

「そうですね。もっと練習します。私が間違っていました」

三次オーディションに合格した。

帰宅して一眠りしていると、そんな連絡がスマートフォンに入っていた。

5

鵜崎顕に呼び出されたのは、その翌週だった。

英紀は、京急《けいきゅう》本線というローカル線に揺られ、鵜崎の自宅へ向かっていた。

〈最終試験は、鵜崎四重奏団の中に入り、お客様の前で演奏していただきます。つきましては事前に三時間程度のリハーサルを行いたく、練習会場のある葉山までお越しいただけますでしょうか〉

メールには、そう書かれていた。葉山は、鵜崎の自宅がある、神奈川の高級住宅地だ。

——俺は、何がしたいんだ。

オーディションの誘いなど断り、シンフォニア東京のリハーサルに全力を注ぐべきだった。今月は神山多喜司のブルックナー九番という、重要なプログラムがある。桂冠名誉指揮者として権勢を誇る神山は、新入団員の採用にも助言を仰がれる立場だろう。ここで下手《へた》なことをしては、正団員への道は閉ざされる。

――だが。

このままシンフォニア東京に、入団するべきなのだろうか。

オーケストラに入り、活動を続ける。長年見ていた夢の輝きが、英紀の中でくすんでしまっている。

電車は、金沢八景《かなざわはっけい》駅のホームに滑り込んだ。最寄りの逗子《ずし》・葉山駅までは、この駅で支線に乗り換えるとのことだった。電車を降りると、爽やかな風が頰を撫でる。三浦《みうら》半島の入り口に差し掛かっているのだ。

ふと、前方にチェロケースを背負った人間がいた。

彼が振り返ったところで、目が合った。右田高彦だった。

「やあ、坂下サン。こんなところで会うとは」

彼とはオーディションの最中も、会話らしい会話はしていない。唯一やりとりがあったのは一次オーディションで、問答無用で落とされそうになったときだ。

「お会いできて嬉しいなあ。今日はきていただいてありがとうございます」

右田の友好的な態度には、卑屈な色が混ざっていた。当初の居丈高な感じとは、別種の嫌らしさがある。

「一緒に行きましょうか。顕サンの家、ちょっと判りづらいところにあるんですよ」

「ありがたいお申し出ですが……いいんですか。応募者と仲よくしているなんて、不公平になりそうですが」

「いいの、いいの。オーディションはね、どうせ顕サンがひとりで選ぶんだから。僕が何をしようが、何の影響力もないから」

「そうですか……」

　支線の電車がやってくる。どの道、最寄り駅まではこの電車に乗るしかない。英紀は、右田のあとに続いた。

「……坂下サンは、由佳サンの親友だったそうで」

　並んで座るなり、右田が切り出してきた。雑談を持ちかけているようで、何かを探ろうとしているのは明白だった。

「ええ。学生時代に出会いまして」

「四重奏団のオーディションを受けたのも、由佳サンについて知りたいからだそうで？」

「曳地さんから聞いたんですか」

「いえ、まさか。彼女から聞いた顕サンから、聞きました」

「右田さんと曳地さんは、仲が悪いんですか」

「ええ、悪いですよ」

　少し危険球を投げてみたが、右田は易々《やすやす》と応じた。

「舞サンと僕は、根本の思想が合わないんです。僕は多様性を愛する人間なので、合わないこと自体は尊重したいと思ってますが、舞サンはそうじゃない。僕のことを正そうとし、ときには攻撃してくる。おっかない全体主義者です」

「四重奏に関するスタンスが、合わないんですか」

「というよりも、顕サンに対するスタンスですね。舞サンは、顕サンの狂信者です。僕は無宗教ですから」

「右田さんはどういうスタンスで鵜崎さんと付き合っているんですか」

「主人と、犬」

すっと言葉が出てくる。〈ビジネスパートナー〉などの言葉が返ってくることを想定していたので、卑屈な語彙《ごい》に意表をつかれた。

「僕はねえ、それはそれは冴えないチェリストだったんですよ」右田は言った。

「コンクールでは落選続き、オーケストラのオーディションでも不採用。小さな音楽教室に雇ってもらって、子供たちにチェロを教えていましたけど、これも全然向いてなくてね。だってさあ、向上心がなくて、レッスンの最中に帰りたいとか抜かすガキに無理やり芸を仕込むなんて、何の意味もないでしょう？　そうこうしているうちに、気がついたら三十歳。音楽家としての展望はないし、一般企業に就職するのも無理。頓死、というやつです。将棋は打ちますか、坂下サン？」

「いえ……」

飄々《ひょうひょう》とした口調と反し、本当は苦しい状況だったのだろう。英紀はいつの間にか、彼の話に引き込まれていた。

「顕サンのことを知ったのは、そんな折でした。もう十五年前くらいかな。孤高の〈火神《アグニ》〉が、何を思ったのかチェロ・カルテットを作るということで、少し話題になったんですよ。彼の演奏は聴いたことがなかったけど、業界と距離を置いたところで成功している点には興味があった。そこでオーディションを受けたら、受かったわけです」

「長年の下積みが、報われたってことですね」

「はは、そういう『継続は力なり』みたいな凡人の成功譚、好きですよね皆サン……。単純に、顕サンが僕の性格を気に入っただけですよ。運です、運。あの人は、どん詰まって選択肢がない人が好きなんです。追い詰められた人間は、犬にもなれますから」

「私のことを言っているんですか」

「というより、ほとんどのチェリストは、どん詰まってるでしょ」

乾いた笑いが漏れる。楽しくてたまらないという感じだ。

「子供のころから大量の金と時間をチェロに費やし、人生をかけて必死に練習してるけど誰からも見向きもされない。才能や強運を持った人間が次々と現れて、自分が座りたい椅子を根こそぎ奪っていく。評価が正当に行われているのか？　世間は僕の演奏を理解できているのか？　みんな疑心暗鬼に陥りながら、そうでないような振りをしている。よく知ってるでしょ、坂下サンも」

右田は表現者の鬱屈《うっくつ》を、あっけらかんと言語化していく。ここまであけすけにこんなことを語っている人は、見たことがない。

余裕があるからだ、と思った。もう右田は、彼なりの〈上がり〉を迎えたのだ。傷も治って痕になっているのなら、触っても痛くない。

「ま、そんな僕を雇ってくれたわけだから、犬になったわけですよ。いまは〈顕気会〉関係の公演で弾いてるだけですけど、いまさらサラリーマンなんかに戻れるわけないし、この生活を手放したくない。一生ついていくつもりです。それに……なんだかんだと僕は、顕サンのことが好きなんです」

「なぜですか」

「坂下サンは、なぜ顕サンがいまみたいな過激思想になったと思う？」

「なぜって……」

〈鵜崎先生は若いころ、作曲家でもあったのよ〉

そういえば、以前曳地から聞いたことがあった。

「作曲家を目指していたけれど芽が出なかったと聞いてます。それで世間に対する不信感を持って、いまの演奏体系を作り上げたとか」

「あ、そう聞いてるんだ?」

「違うんですか」

右田は嬉しそうに口角を上げた。オーディションでの振る舞いもそうだったが、他人より優位に立つことが何よりも好きなのだ。

「まあ、実際はもっと、エグい話なんですよね……。顕サンには当時師がいたんですよ。曲ができたら見てもらって、アドバイスや指摘をしてもらっていた。でもある日、そこで決定的に揉めてしまって、顕サンは作曲家をやめた」

「え? なんでですか。先生と揉めたくらいで?」

「そう。なぜそんなことになったのか?」

〈エグい話〉と言いながら、それを語る右田の表情は楽しそうだ。誰かを試すことが嬉しくてたまらないというように、満面の笑みになっている。

鵜崎はなぜ作曲家をやめたのか——。

師弟関係が決裂することなど、よくある話だ。小松とは良好な関係を結んでいるが、彼のもとを去っていった弟子が多くいたことも知っている。ただ、その程度のことでチェロまでやめてしまう人は聞いたことがない。

〈決定的に揉め〉、〈作曲家をやめた〉ほどの〈エグい話〉。そんなことがあるのだとしたら——。

「盗作?」

右田は、あからさまにつまらなそうな表情になった。

「ハイ、正解。顕サンは、師匠に曲を盗まれたんだよね。もちろんそのまま借用されたわけじゃなくて、あちこちからパクって作られた曲の中に顕サンのものが混ざっていたんだって。顕サンは師匠に抗議したけど、取り合ってくれなかった。いまの顕サンは鉄面皮だけど、十代の少年がそんな仕打ちを受けたんだから、さぞショックだったろうよ。彼は盗作の件を作曲家の組合みたいなところに持ち込んだけれど、そこでも相手にされなかった。業界って怖いよねえ」

「それで、いまの思想になったんですか」

「まあそれをきっかけに、錯覚のこととかを調べはじめたんだろうね。確かなのは、その師の曲は発表されていまでも演奏されていることと、顕サンが一切の作曲活動をやめてしまったこと。譜面も、全部捨てたんだとさ。まさに〈人間は、何も理解できない〉」

「その師は、誰なんですか」

「貞本ナオキ」

結構な大物だった。現代音楽の巨匠で、一時は大作映画の劇伴《げきばん》などもやっていたが、数年前に急死したはずだ。それよりも――。

「そう。顕サンの名前が広まったコンクールで、課題曲を書いていたのが貞本だよ。顕サンはその曲を弾くことを拒否して、落選した。まあおかげで名前が広まったわけだから、人生は不思議なもんだね」

そうだった。鵜崎はバッハ、ヒンデミット、ペンデレツキを弾いたあと、貞本ナオキの『橅《ぶな》のカリカチュア』の演奏を拒否したのだ。自分の作品を盗んだ――少なくとも、鵜崎がそう思っていた相手の曲を、コンクールで弾かなければならなかった。そのときの彼の絶望は、どれほどだっただろうか。

鵜崎が直面していたのは、思いのほか過酷な境遇だった。曳地も〈鵜崎先生は曲を全部破棄〉したと言っていた。精魂込めて書いた譜面を捨てるときの気持ちは、どれほどのものだっただろうか。

由佳と鵜崎。相反するように見えたふたりが、初めて自分の中で重なった。目指していたものを掴《つか》めず、深い挫折をし、その後全く別の方向に走った。少年期の鵜崎の逸話は、大学三年生のころの由佳と響き合っている。

いまの自分の、姿とも。

電車はいつの間にか、逗子・葉山駅に到着していた。ホームに降りると、向こうに改札口が見える。

——由佳も、この電車に、幾度となく乗ったのだろう。

そこを通っていく由佳の姿が、見えた気がした。自分が知っている彼女とは、別人に思えた。

鵜崎の自宅は、逗子・葉山駅から二十分ほどバスに揺られた先だった。

バス停を降りると、高台に大きな家が建ち並ぶ別荘地だった。さらに十分ほど歩き、森がやや深くなってきたところで、先導していた右田が「あそこ」と指差した。高い塀で囲われている、大きな一軒家だった。

「あら」

門の前に、梅木美穂が立っていた。案の定、合格したのは彼女だったようだ。車できたのか、傍らには赤いクーペが停まっている。

「最終オーディションに残ったの、坂下さんやったんや。まあ、ヨロシクな。どっちが勝っても、恨みっこなしやで」

彼女とは最初の相良ホールで会話を交わし、ここまでの異常なオーディションをともに勝ち抜いてきた。深い話まではしていないが、どこか戦友のようにも思える。

門から見える庭は、ちょっとしたパーティーができそうなほどに広い。白木の外壁で覆われた二階建ての家が、敷地の奥に建っている。美しい家だった。

「のどかやねえ」

右田のあとに続き、敷地の中に入る。別荘地に流れる時間は、どこか緩やかだ。

「チェリストも成功したら、こういうところに住めるんやね。ウチも成功してみたかったわ」

「まだ諦めるような年齢じゃ、ないんじゃないですか」

「諦めるよ。音楽家は才能を持って生まれないと、どうにもならん。生まれた初日に、成功するかどうか決まってる。成功できない人間は……まあ、なんとかやっていくしかないもんな」

梅木は梅木なりに、苦労の多いチェロ人生を歩んでいるようだった。過度な希望を持たずに、それでも前向きにチェリストを続けていることが、言葉の端々から伝わってくる。

「坂下さん。ひとつ、聞いてもええ？」

改まったように言う。

「三次オーディションで弾いたチェロ、本当にデル・ジェスだったん？」

「どう思います？」

不意に、試すような言葉が口をついて出た。予想外の答えだったのか、梅木は嫌そうに口を歪《ゆが》める。

「デル・ジェスなわけ、ないやん。たいした実績もないフリーランスが触れる楽器じゃないわ」

「私はシンフォニア東京にエキストラでよく乗っています。有名な奏者とのつながりも、それなりにある。誰かが大切なオーディションだからと、貸してくれたのかもしれない」

「そんなわけあるかい。気軽に貸せるもんじゃないわ。万が一壊されたり盗まれたりしたら、弁償できんよ」

「私が聞きたいのは、そういうことじゃないです。あの楽器がデル・ジェスなのかどうなのか、梅木さんの耳にはどう聴こえたんですか」

自分ではない何者かが話している気がした。最近頻繁に心の中で鳴る、高いところから囁きかける声が、英紀の口をついて出ている感じだった。

「一介のフリーランスが、デル・ジェスを扱えるわけはない――そういう物語が聞きたいわけじゃない。私はあの舞台で、チェロを弾いた。梅木さんはそれをデル・ジェスだと感じたのか、否か。どう思いますか」

「……なんやねん。気色悪い」

梅木は右田のほうに足早に行ってしまう。気味が悪いと同時に、判ってもいないのだろう。自分が聞かれても判るはずがないと思った。

玄関の前まで歩くと、ドアの奥から曳地舞が現れた。

目が合った。以前は〈なぜ辞退しないのか〉と暗に言っていた彼女が、もう何も訴えかけてこない。こうやって鵜崎に取り込まれてきた人間を、何人も見てきたからなのかもしれない。

家の中に入る。造りがしっかりしているのだろう、もともと静かな別荘地の空気から、さらに音の成分が失われた気がした。

「今日はおふたりに、カルテットのリハーサルに参加していただきます」

入るとすぐに、吹き抜けになっていた。曳地の低い声が、高い天井に反響して上から降ってくる。

「持ち時間は、ともに三時間です。その間に何曲かを一緒に仕上げていき、後日の最終オーディションに備えます。最終審査の合格者を決めるのは、鵜崎先生です」

「なぜ、私たちを同じ時間に呼んだんですか」英紀は言った。

「ひとりは三時間待たされることになりますよね。違う時間に呼んでいただいたほうが……」

「うちが、早めにきたんよ」梅木が、即座に言った。

「今日は特に予定もないし、家の中で演奏していいって言われたからね。狭い防音室で弾くより、葉山で練習したいやん。好きに使っててええんやろ？」

「はい。一階のリビングが一番いい響きがしますが、お好きな部屋を使ってください」

「判った。坂下さん、先にリハしててええよ。楽しんでな」

梅木は、曳地が示したリビングに向かって歩いていく。右田は曳地が現れてからは、存在しないかのように大人しい。

エントランスに、地下室へ向かう階段があった。曳地が先導して、下っていく。どうしても、由佳の家にあった防音室を思い出さざるを得ない。由佳は物件を借りるとき、この別荘をイメージしていたのかもしれない。

地下室は、小さなコンサートが開けるほどに広かった。床はフローリングで、天井が高い。木造りの壁には屛風《びょうぶ》のように緩やかなV字の角度がつけられていて、大きさがバラバラの吸音シートがあちこちに貼られている。音響を細かく調整していることが、パッと見ただけで判る。音楽室の域を超え、もはや上等なホールだ。

「ようこそ」

正面にはグランドピアノがあり、その前に四つの椅子が置かれている。向かって右、フォースチェロの席に、鵜崎がいた。

「今日はご足労くださり、改めて、御礼申し上げます」

曳地が言いながら、サードチェロの席に座った。いつもは彼女がファーストを務めているが、オーディションではサードを弾くようだ。右田は、セカンドチェロの席に座る。

「いまから三時間ほど、私たちと一緒にリハーサルをしていただきます。リハーサルでの印象も審査の対象になる可能性がありますが、肩肘張らずにご参加いただけますと幸いです」

「判りました」

英紀は、向かって左のファーストチェロの席へ向かった。

突然――音楽が流れた。

三人が、何の予兆もなしにチェロを弾きはじめていた。

モーツァルトの『アヴェ・ヴェルム・コルプス』だった。キリストによる救済をテーマにした三分程度の小品だが、その完璧な美しさから〈神童の最高傑作〉と呼ばれることもある曲だ。

二小節の短い、たゆたうような前奏。そして、本来は合唱のパートが入ってくる。

――すごい。

チェロ三本で奏でられているとは思えない豊かな響きが、英紀の全身を包み込む。音響設計されたホールが、彼らの美音をさらに増幅させる。

どこにも引っかかりのない、完璧な球体のようなハーモニーだった。同じ音色。同じ音程。同じテンポ。同じ音形。三つのコップに入った水を、大きな器で混ぜ合わせたようなアンサンブルだった。こんなにも透明で溶け合った響きなど、聴いたことがない。

人間に、こんな演奏が可能なのか――ふと、そんなことを思ったが、ロボットにこそこんな芸当は絶対できないだろう。楽器、弓、体格――それぞれの微妙な癖を三人が微調整しているからこそ、この響きが生まれるのだ。人間が奏でられる、上限の響き。

——いや。

三人の奏者というが、実質は鵜崎ひとりだ。曳地と右田は鵜崎と同化し、彼の手として動いているだけだった。どこまでも美しい音楽の向こうに、グロテスクで巨大な徒花《あだばな》が一輪咲いている。極限まで澄み切ったモーツァルトは、頭がひとつで肉体が三つの怪物のみが奏でられる音楽だった。


貫かれたその脇腹から、血と水を流し給いしかたよ。

我らの臨終の試練を、あらかじめ知らせ給え。


『アヴェ・ヴェルム・コルプス』は、音大生のころに歌ったことがある。記憶しているラテン語の歌詞が、警句のように響く。〈我らの臨終の試練〉——それは、これから受ける最終審査を示唆しているように思えた。

曙光《しょこう》が差すようなニ長調の明るい響きが、ホールを埋め尽くす。会場が、音楽によって輝いているようにすら見えた。〇・〇一秒の誤差もないほどに揃った動作で、三人は完全に同時に演奏をやめた。

「エグい」

ホールの入り口のほうから、声がした。梅木がいつの間にか、そこに立っていた。

「こんなにすごかったんですね、鵜崎四重奏団。音源で聴くよりも、はるかにすごい。人気が出るのも判るわ」

「梅木さん、困ります」曳地が咎めるように言う。

「これから坂下さんのリハーサルですから。入ってこないという約束だったはずです」

「ちょっとくらい、ええやんか」

「勝手なことをしていると減点になりますよ」

「や、それは勘弁してよ。すぐに出て行くから」

梅木は降参したように両手を上げ、外に出て行く。相変わらず飄々とした雰囲気だったが、その感想の中に、これまでの言動とは違うものを感じていた。

——私は、このアンサンブルの中に入れるのだろうか。

あまりにも統制された合奏に対する恐れが、梅木の言葉の中にある気がした。いやひょっとしたら、それは自分が勝手に彼女の中に、内心を投影している結果かもしれない。

鵜崎四重奏団の一員として活動するとはどういうことなのか、ようやく理解できた。比喩ではなく、鵜崎と同化するということだ。思考を止めて、音楽のすべてを鵜崎に手渡すということだ。自我の境目をなくし、巨大な炎の中に飛び込む。自らが存在しなくなるまで、そこで焼かれる。

由佳もそれを、やったのだ——。

「恐れることはない」

鵜崎の声は、優しかった。

「私たちは異端だ。正統の道を外れる際は、誰しもが迷う。だが、そのうちに葛藤はなくなる。あとはもう、悩むことはない」

諭すような声に、思わず心を動かされた。

——騙《だま》されるな。

英紀は、なんとか自制した。ここまで鵜崎には、敵対的な顔を向けられ続けてきた。名前は判らないが、厳しい面を見せておいて不意に優しさを提示することで、こちらを取り込むテクニックがあるはずだ。油断してはいけない。取り返しのつかないところまで引きずり込まれる。

「まず、『アヴェ・ヴェルム・コルプス』からやろう。楽譜は、譜面台の上に載っている」

「どう弾けばいいんですか。いきなりあんなアンサンブルは、できません」

「模倣しなさい」

鵜崎の教えは、師のようだった。

「私の音楽の中心にあるのは、〈技術〉と〈模倣〉だ。〈どう弾くか〉などいらない。私の音楽を模倣すればいい」

鵜崎は、チェロを英紀のほうに向けた。ファーストと、フォース。扇の両端で、師弟のように向き合った。
ド、レ、ミ。
小学生でも弾けるような音階を、鵜崎は弾いた。

英紀は、弓を取った。ド、レ、ミ。形を似せ、同じように弾いてみる。

「違う」

鵜崎は再びド、レ、ミを弾く。彼のチェロからは、工場のラインで削り出したような全く同じドレミが現れる。二次オーディションで曳地がやったように、いつでもできるのだ。
ド、レ、ミ。
同じパーツを製造するようなつもりで、英紀は弾いた。今回は自分でも、違うと判った。音程も音色も音の長さも、鵜崎が削り出したドレミとは違う形をしていた。

「普通の奏者は、この程度の模倣もできない」

鵜崎の口調には、こちらを責める色はない。

「皆、模倣の技術など習得しようとしないからだ。プロのチェリストであろうと、たった三音すら模倣することができない。機械的なテクニックを高め、模倣の練習を続ければ、あらゆるチェロをコピーできるようになる。〈物語〉を紡ぎ〈錯覚〉を操れる」

ド、レ、ミ。

鵜崎が弾く。英紀は木霊のようにド、レ、ミを返す。もう鵜崎は、何もコメントしなかった。自分で学び取れとでもいうように、ただただド、レ、ミを弾き続ける。

鵜崎の響きは、ソリッドだ。よく研がれた日本刀のような、指先が触れただけで皮膚が切れそうな鋭さを持っている。英紀は、音を砥石《といし》にかけるつもりで、チェロを弾いた。

傍《はた》から見ていたら、奇妙な光景だっただろう。リハーサルが行われるはずの舞台上で、ふたりの奏者が延々と単純な音形を交わしている。残りの奏者はそれを、大切な儀式のように見守っている。

いつの間にか、英紀の世界には、模倣だけが存在していた。

繰り返せば大切な何かに到達すると信じているように、英紀はド、レ、ミの音形を鳴らし続けた。

ド、レ、ミ、ファ、ソ。

どれほど繰り返しただろう。鵜崎が突然、音をふたつ足した。英紀の全身に、ぶわっと鳥肌が立った。まだまだ、鵜崎と同じ音を削り出せているとは思えない。だが、認められたのだという思いが、英紀を貫いた。

ド、レ、ミ、ファ、ソ。

ド、ミ、ソ、ミ、ド、ミ、ソ、ミ、ド。

ド、ミ、ソ、ミ、ド、ミ、ソ、シ、ソ、ミ、ド。

自分の中に、真っ白な領域がある。

踏まれていない白銀の新雪が積もった場所が、そこに広がっている。二十年以上チェロを弾き、自分の無意識をだいぶ開拓したつもりだったが、未知の領域があったのだ。いままで足を踏み入れなかった場所。模倣の技術。

ド、レ、ミ、ファ、ソ。
ド、ミ、ソ、ミ、ド、ミ、ソ、ミ、ド。
ド、ミ、ソ、ミ、ド、ミ、ソ、シ、ソ、ミ、ド。

子供のように無邪気に、英紀は模倣を続ける。

ふと、我に返った。

いつの間にか、鵜崎は弾くことをやめていた。

あれほど濃厚な音の交換をしていたというのに、英紀は鵜崎のほうを見てすらいなかったのだ。どれくらいの間沈黙が続いていたのか、よく判らなかった。

曳地と右田が、ゆっくりとチェロを構えた。

鵜崎がブレスを取る。それに合わせ、英紀も息を吸った。

モーツァルトが、ホールに流れはじめた。

自分でも気がつかないうちに、英紀はチェロを弾いていた。

完璧な球体のような響きだった。混ざりものひとつない、鵜崎四重奏団のハーモニー。その中に、英紀は溶け込んでいた。

それまでの音楽人生で感じたことのないものが、英紀の中から溢れていた。

恐怖と快感。自分という存在が蒸発し消えていく、昏《くら》い甘美さ。

チェロを弾く行為は、表現だ。それまで何もなかった空間に主体的に音を表し、音楽を現す。そんなものは〈表現〉行為以外の何物にもなり得ない。

だが、英紀がいまやっている行為は、表現の反対だった。自分を切り刻み、大きな流れの中に捨てていくように音を出していた。表現をすることが、そのまま自分を殺す作業に反転している。音楽ではない〈反音楽〉とも言うべきものを、英紀は生まれて初めて弾いていた。

——でも。

英紀は、周囲を見回した。

右田は特に感情を浮かべていない。淡々と、仕事をこなすように弾いている。

曳地は、獣のようにアンテナを研ぎ澄ませている。自分が何をすればいいのかを敏感に察知し、修正する作業を続けている。

鵜崎は、音楽の底辺で、四重奏を支え続けている。英紀は彼の低音に、安息を感じていた。自分を導くものがそこにいることに、泣きたくなるほどの安心を覚える。

心地いい。

自分の音楽。自分の表現。面倒くさいことを何も考えずに、巨大な流れの中をたゆたい、すべてを任せてしまえる深い安息。〈反音楽〉の快楽。

英紀は目を閉じた。

何も境目はなかった。視界がなくなると、世界から自分がいなくなっていた。

地下室を出る。

呆然《ぼうぜん》としながら、階段を上る。案内役の曳地はついてこなかった。三時間ぶっ通しのリハーサルを終え、彼女もさすがに疲れた様子だった。

〈梅木さんを呼んできてください〉

と、言われていた。それが終わったら、このまま帰ってもいいと。

階段を上がるごとに、英紀は冷静さを取り戻していく。

――なんてことを、してしまったのか。

自分のことが怖かった。〈火神《アグニ》〉の炎に魅入られるように、鵜崎の世界に足を踏み入れてしまった。屈服してしまったという感覚が、べっとりとこびりついている。その事実を拭い去るように、ことさらに音を立てて階段を上がる。

この二ヶ月で、ずいぶん遠くまできてしまった気がする。由佳がもし生きていたのなら、自分は鵜崎と関わることなくシンフォニア東京の正団員を目指し、まっすぐな道を歩んでいただろう。だが自分の道は曲がり、ついには音楽とも呼べない何かを楽器に弾かせてしまった。

――俺は、どうなるんだ。

階段を上がりきった。芯から疲れていた。英紀は、思考することをやめた。

「梅木さん」

曳地は〈一階のリビングが一番いい響きがします〉と言っていた。リビングを探し、中を覗いてみたが、梅木美穂の姿はなかった。

耳を澄ませる。だが、梅木が弾くチェロの音は、どこからも聴こえてはこない。まさか、帰ってしまったのだろうか。梅木は、鵜崎たちのアンサンブルに度肝を抜かれたようだった。とてもついていけないと考えて、去っていった――。

一階のすべての部屋を見て回ったのち、英紀は二階へ向かった。

「梅木さん、皆さんが呼んでますが」

そう言いながら、一室のドアを開ける。

中は書斎のようで、向かって左の壁沿いに背の高い本棚があった。正面の窓際には作業用の机があるだけの、がらんとした部屋だ。梅木はここにもいなかった。

「梅木さん、どこにいるんですか」

呟いた瞬間、英紀の脳裏を、影がよぎった。

鵜崎の家の書斎。この単語を、どこかで聞いた覚えがある――。

〈空き巣〉

そうだ。曳地が言っていた。

〈黛が鵜崎先生の書斎に勝手に入ってたみたいなの。それが先生に見つかって、何やら揉めはじめたみたいで……〉

鵜崎が由佳に対し、一度だけ激高したことがあったと聞いた。由佳が書斎に入り、何かを盗もうとしたという疑惑がかけられたときだ。

その書斎は、ここだ――。

階下の気配を探る。鵜崎たちはまだ地下室にいるようで、物音は聞こえない。ひとつ、深呼吸をした。まだしばらくは、ひとりでいられる。

英紀は、中に足を踏み入れた。

質素な書斎だった。パッと見るだけでは、特別なものは何もない。正面に大きな窓があり、作業机がその前にある。引き出しのない机で、上には何も置かれていない。使われてすらいないのか、うっすらと埃《ほこり》が積もっている。

あとこの部屋にあるものは、左側の壁の本棚だけだった。

古い本棚だった。前面がガラス戸になっていて、手をかけたが施錠されていて開くことができない。音楽関連の本が多いようだった。一面に並ぶ分厚い楽理書が目を引くが、楽譜の類はないようだ。スポーツ医学の本や、ヨガ、ストレッチといった肉体的なアプローチの本も多い。そしてなんと言っても、心理学の本が山のようにある。人間心理を研究し尽くそうとする、鵜崎の執念を感じる。

あとは目につくのは、大量に並んだDVDやビデオくらいだろうか。本棚の一角をビデオテープが占拠していて、これほどの量のVHSを見るのは久しぶりだ。恐らく、演奏動画だろう。鵜崎の〈模倣〉の元ネタが詰められているのかもしれない。

書斎にあるのは、その程度のものだ。金庫、怪しげな書類、秘密にしておきたい写真――乏しい想像力の中から出てくる〈見られては困るもの〉は、何ひとつない。一応、覗き込むように本棚を見回してみたが、奥に何かが隠されているというようなこともなさそうだ。

〈絶対に許さん〉

鵜崎は激高していたらしい。だがそれはもう、二年前のことだ。鵜崎の怒りを買う原因となった何かは、もうないのかもしれない。それとも鵜崎の怒りは、書斎とは関係ないのだろうか。〈私も何度か入ったことがあるけど、怒られたことなんかない〉と曳地は言っていた。今日も梅木に〈お好きな部屋を使ってください〉と言っていた――。

「こらっ」

突然、背後から鋭い声が飛んできて、英紀の全身はこわばった。

「こそ泥みたいな真似、すなよ。何してんの」

振り返ると、梅木美穂が険しい表情で立っていた。英紀はため息をつき、本棚のそばから離れた。

「あなたを探してたんですよ。私の番は終わりです。どこにいたんですか」

「どこって……隣の部屋で寝てたわ。何時間待たすねん」

「予定通り、三時間で終わりましたよ。泥棒とは失礼だな。私が何を盗んだというんですか」

「あ、そうやったの……。それは、堪忍な。なんか、雰囲気が泥棒っぽかったから、つい」

梅木が片手を立てて謝罪してくる。覚えた苛立ちが、彼女の仕草を見て鎮まる。梅木には多少の粗相をしても水に流して許してしまえる、不思議な愛嬌《あいきょう》があった。

この人は、鵜崎四重奏団に入っても上手くやっていくだろう。持ち前の愛嬌で曳地や右田とも上手くやり、鵜崎の教えにもなんとか順応していくはずだ。ふと、そんなことを思った。鵜崎はそんな梅木の資質を、最初から見抜いていたのかもしれない。

由佳は、四重奏団の中で、どういう顔をしていたのだろう。

想像してみたが、上手くできなかった。

6

神山多喜司の卒寿記念コンサートということもあり、リハーサルの空気は、いままで味わったことがないほどに張り詰めていた。

今回のプログラムは、ブルックナーの交響曲第九番の〈一曲プロ〉だ。クラシックの曲には一時間を超える長大なものも多く、八十分前後の曲になってくると一曲だけで演奏会が行われる場合も多い。

ブルックナーの交響曲第九番は、通すとちょうど一時間ほどだ。作曲途中でブルックナーが亡くなり、構想されていた第四楽章は丸ごと未完となっている。八十分ある交響曲第八番はよく一曲だけで演奏会をやるが、一時間に収まる九番で〈一曲プロ〉をやることは少ない。そこには神山ならではの理由があった。

指揮台に、神山多喜司が上がった。

オーケストラのメンバーが一斉に立ち上がる。あの片平ですら、神山の前では緊張を隠せない。コンマスの鳴瀬に合わせ、「よろしくお願いします」と挨拶をする。神山は無言で軽く頷《うなず》いただけだった。

神山は昨年癌を患ったばかりだというのに、立って指揮をする。〈座って指揮をするようになったら、引退する〉とまで言うくらいに、こだわりを持っているポイントらしい。長年の指揮活動で体幹が鍛えられているのだろう、ただ直立しているだけのシルエットが美しい。

卒寿記念コンサートのリハーサルをはじめるにあたり、神山は口上のひとつも言わない。いきなりタクトを振り上げ、指揮をはじめる。

ブルックナーの特徴のひとつである〈ブルックナー開始〉――弦楽合奏の囁くようなトレモロから、交響曲第九番は幕が開く。最初の一音を聴いただけで、英紀は息を呑んだ。いつものシンフォニア東京の音とは、一線を画していた。弱音のトレモロは迂闊《うかつ》に物音を立てられないほど張り詰めていて、同時に、深い森の中に満ちる葉擦れの音に包まれているような、美があった。緊張感と解放感、相反する要素が同時に存在している。

神山のブルックナーは、遅い。普通の指揮者が六十分で振り終わる交響曲第九番を、七十分ほどかけてたっぷりと振る。〈神山のブルックナーは、神の音楽だ〉などと好事家《こうずか》の間では言われている。

ただでさえ重厚なブルックナーをじっくりと演奏するので、ほとんど神話的な壮大さすら感じさせるのだ。

ホルンの合奏が鳴る。木管楽器がホルンの合奏に呼応する。大聖堂《カテドラル》が見えるようだ。オルガンが鳴り、大人数の合唱団が聖歌を歌いはじめる――そんな光景を思わせる冒頭は、交響曲というよりも宗教音楽のように荘厳だ。

ピアニッシモではじまった楽曲は、十七小節目でようやくクレッシェンドの指定が現れる。チェロパートの先頭で、片平がギアを上げた。八本のホルンが、上昇音形に合わせて一斉に咆哮《ほうこう》した。鳴瀬がいつも以上にオーバーアクトで、トレモロを弾く。弦楽器の全員が、憑《つ》かれたようにそのあとに続く。

今日、英紀とプルトを組んでいるのは、小松だった。どんな指揮者がきても上から査定するように見る彼も、今日だけは、学生に戻ったような必死さを見せている。英紀は師を模倣するように、全身を使ってチェロを弾いた。

英紀は、神山を見た。

神山の棒は、アクションが小さい。ピアニッシモもフォルテッシモもほとんど差はなく、ミュートして映像だけを見ていたら何の曲をやっているか判らないだろう。

打点は、かなりあやふやだ。ときにはなんとなく棒を漂わせているだけで、完全にオケにイニシアチブを預けている部分もある。若い指揮者が神山と同じことをやったら、オケは指揮者に失格の烙印《らくいん》を押し、以後は話すら聞こうとしないだろう。

神山だから、オーケストラがついていくのだ。モスクワ指揮者コンクールで日本人初の優勝を果たし、シンフォニア東京の音楽監督としてオケの礎《いしずえ》を作り、ベルリン・フィルの指揮台に五回招かれた彼だからこそ、このような曖昧な指揮でもオーケストラから素晴らしい音が引き出される。神山とブルックナーを奏でられる恍惚《こうこつ》と歓喜が、上質な音に変換されて空間に解き放たれる。

リハーサルの最初の通しから、このまま本番に乗せてもブラボーがくると思えるほどのクオリティだった。曲が進むほどにオケは集中力を増し、全員でブルックナーの深奥へ分け入っていくような気さえした。間違いない。名演が生まれる。自分がこのオーケストラに乗るようになってから、もっとも優れた演奏が。

だが。

音楽の喜びそのものを具現化したようなブルックナーに包まれながら、英紀の心の奥はどんどん冷えていった。

英紀が思い出していたのは、一ヶ月前に聴いた鬼龍院玲司のベートーヴェンだった。指揮者としては比較するのもおこがましいほど圧倒的な差があるふたりに、共通点が見えた。

錯覚だ。

〈龍人祭〉の観客たちは、あの悲惨なベートーヴェンに歓喜し、大喝采を送っていた。翻って自分たちは、神山の曖昧な指揮に感化され、鬼気迫るほどの演奏を引き出されている。相手の中に幻想を見て、それに感化され、何らかのアクションを返す——自分たちと龍人教の信者たちの間に、どれほどの差があるのだろう。

「おい」

隣から、小松が低い声を飛ばしてくる。

「ぼんやりするな。この時間を一秒も無駄にするなよ」

小松は、神山の信奉者だ。以前、神山に否定的な団員と殴り合い寸前にまでなったことがある。そんなところも〈龍人祭〉での信者を思わせた。

指揮者は、技術職ではない。ロボットのように正確な打点を出していればいいわけではなく、オーケストラを心理的に巻き込み、奏者から良質の音楽を吸い上げるのが仕事だ。極端な話、その作業ができるならば、タクトを振る必要すらない。

指揮者はある種の、催眠術師なのかもしれない。奏者の中に〈錯覚〉を作り出し、音を弾かせることが仕事だ。今日のシンフォニア東京は神山多喜司という一流の催眠術師の手にかかり、集団幻想にかかっているだけではないのか――。

「すみません」

そんなことを口にしようものなら、今度殴りかかられるのは自分だろう。

冷たい思いを飲み込み、英紀は大人しく、譜面をめくった。


今日は夜から〈キング〉でのアルバイトが入っていた。

以前は週に三日ほどは出勤していたが、このところ忙しくて一日しかこられていない。収入が上がっているわけではないので、預金通帳の残高がかなり減っている。

出勤してからは、英紀は音楽のことを一切頭から追い出した。陳列されている漫画本を並べ直し、床を隅々まで清掃する。リハーサルの件。鵜崎四重奏団の件。由佳の件。そういったことは、頭の片隅にも残っていなかった。

「坂下くん」

二時になろうとしていたところで、増島がカウンターにやってきた。バックヤードで経理作業などをやっていたようだった。

「男子トイレの清掃、二時の分をやってない。いますぐやってきて」

「いますぐ、ですか」

「バカが使ったのか、汚れてるんだよ。いま行ってきて」

何か嫌なことがあったのか、増島の声は荒れていた。

「こういうのは、自主的に気づいてほしいな。みんなが使うエリアなんだから」

時計を見ると、二時一分になったところだった。わずかに過ぎてはいるものの、もともとそこまで厳密に動いているわけではないのだ。注意されるほどのことではない。

〈キング〉ではトイレの清掃は一時間に一回に設定されていて、客からクレームが入らない限り巡回に行くことはない。このレベルの話を〈自主的に気づ〉くのだとしたら、休憩を置かずに延々と巡回し続ける必要がある。

「……すみません。いま行きます」

とはいえ、それをそのまま口に出すほど愚かではなかった。だから、謝罪の言葉の中に棘が混ざってしまったのは、無意識だった。

「何、ずいぶんふて腐れた態度じゃない」

増島は、威圧するように腕を組んだ。いままでも苛立ちをぶつけられることはあったが、ここまで高圧的になられたことはなかった。

「トイレが汚ければ、お客さんに迷惑がかかるだろう？　サービス業をやる以上、こういう細かいところで手を抜くと、全部がガタガタになっちゃうのよ」

そのお客さんとやらは、いまは店内にふたりしかいない。そもそもこの仕事自体、増島は軽蔑し、適当にやっていたはずだ。

戸惑っている英紀に向かい、増島は呆《あき》れたようにため息をついた。周囲を見回し、客がそばにいないのを確かめる素振りをしてから、英紀の肩に手を置く。

「どうしたの。最近の坂下くん、ちょっと変じゃない」

「変、ですか」

「前はそうじゃなかったよ」

カウンターの中、英紀の正面に腰掛ける。物わかりの悪い部下をなだめるような雰囲気だった。

「前の君は、もっと真面目に働いていたよね。最近の勤務態度、よくないと思うな」

「すみません、普通にやっているつもりだったんですが」

「休みも多いし、バックヤードにこもっていることも多いし。トイレ掃除なんかも、前までは言われたらすぐにやってくれたし」

確かに、最近は音楽の仕事が日中に入っているせいで、出勤は減っている。ただ、それは最初から伝えていたことだ。〈キング〉を選んだのは、日中いつ音楽の仕事が入るか判らず、シフトの調整をしやすいからだった。いままでもオケの仕事が忙しいときはあったし、そもそも出勤日は相談した上で決めている。きちんと筋を通して働いているという自負が、英紀の中にはあった。

「もう、やる気がなくなっちゃった？」

「はい？」

「シンフォニア東京だっけ？　そこに入団するんでしょ？　もうウチの仕事はいいってこと？」

増島の目の中に、汚く淀んだ色があった。

「そりゃあ、クラシックみたいな仕事に比べたら、うちの仕事なんて低俗にもほどがあると思うよ。でも、転職先があるからいまの仕事の手を抜くってのは、違くない？」

「手を抜いているつもりはありません。きちんとやっているつもりですが……」

「君がどういうつもりなのかは聞いてない。実際に仕事が甘くなってるんだから、それがすべてでしょ」

「甘くなっている……？」

「トイレの一件を取っても、そうでしょ？　こういう言い争いも、やめない？　こうやって口論している最中も、給料は出ているんだよ？」

増島は心底困ったような顔をしている。変わってしまった従業員を、ひとりの大人として諭すような表情だ。

変わったのは、増島のほうなのだろう。

休みがちだからこそ、勤務時間中は真面目に働いているつもりだった。だが、そんな努力は無駄だったのだ。彼の中にいる坂下英紀は、クラシックの仕事を選び、腰掛けの仕事を蔑《ないがし》ろにしている人間なのだ。そういう〈錯覚〉を作り上げ、それを見ている。

だが、自分が作り上げたそんな増島の像も、虚像なのかもしれない。ふたつの〈錯覚〉が、鏡面を挟んだように対峙《たいじ》している。虚しい空間だった。両者の間で言葉が飛び交っているが、何ひとつ伝わらない。

——すみませんでした。

伝わるであろう言葉は、それだ。

——オーケストラの入団試験を前に、少し浮かれていたかもしれません。申し訳ありませんでした。同じことが二度とないよう、心を入れ替えて勤務します。

〈注意されて殊勝になった従業員〉を演じ、相手の中の〈錯覚〉を塗り替える。そうすれば問題が解決することを、いまの英紀は知っていた。

「すみませんでした」

英紀は、その態度を取った。問題は、解決した。

7

神山多喜司の卒寿記念コンサートは、シンフォニア東京のホームグラウンドである、松濤アートヒルズで開かれる。日曜日の昼公演《マチネ》。朝、ホールの楽屋口に向かうと、当日券を求めるファンがすでに大行列を作っていた。

あれから二度のリハーサルが行われ、演奏の精度は極限まで磨き抜かれている。名演は本番の舞台で突如生まれるのではなく、開演前からそうなると決まっている。楽屋口からホールの袖に入ると、いつもは緩い空気のステージに、程よく澄んだいい緊張感が充満していた。

スマートフォンが震えた。

見ると、諒一からのラインが入っていた。〈今日チケット譲ってもらえたから、聴きに行くよ〉と書いてある。

〈打ち上げがないなら、終演後軽く飲みにでもいかないか？　近くにいいバーがあるんだ〉

英紀は返信をせず、スマートフォンをしまった。

「三十分後にリハーサルをはじめます。各自、十分前には舞台に乗っていてください」

ステージマネージャーがマイクを使って呼びかけている。英紀はチェロを担ぎ直し、楽屋へ向かった。

オーケストラにおいて、チェロの後方のプルトは、舞台のちょうど真ん中あたりに位置する。前方からは弦楽合奏がうねる波のように押し寄せ、後方からは強い個性を持つ木管楽器やホルンや、貫くような金管や打楽器の音が飛んできて後頭部に突き刺さる。

プロオーケストラといえど、百人近い人間がいる集合体であり、常に一糸乱れぬ演奏をしているわけではない。中心にいると、前方と後方で音のタイミングがずれていることが多いのが判るし、音程もほとんどの時間でわずかに濁っている。カオスとしか思えない何かが演奏されている瞬間も、二時間の公演の中では何度か現れる。

それでも、時折、すべてが嚙み合うときがある。

百人全員の縦糸と横糸が精緻《せいち》に絡み合い、完璧な音楽のタペストリーを空間に描く。たまらない瞬間だ。わずかな時間描かれた黄金の絵は、次第にほつれ、もとの混沌《こんとん》に帰してしまうが、それでも、こんな快感はオーケストラでしか味わえない。

ブルックナーは、三楽章に突入していた。

ここまでの楽章で、オーケストラの歯車が隅々まで嚙み合う瞬間が幾度も訪れた。闇に落ちた客席からは、観客が感動していることが肌で伝わってくる。〈錯覚〉がどうとかは関係ないレベルの、正真正銘の名演。

第三楽章は、叙情的なアダージョだ。未完成で終わった本曲は、華やかなフィナーレを好むブルックナーとしては異例の、静かな楽想で幕を閉じる。九十歳を迎えた神山は、あまりにも遅い〈巨匠テンポ〉で三楽章を振っている。独楽《こま》が回転を失い、倒れ込んでしまう寸前のギリギリの進行を、オーケストラが全神経を投入してなんとか前に進めている。その限界の駆け引きの中から、深遠な響きが生まれる。どこまで計算されたものなのか判らないが、神山多喜司が振ることでしか、こんなことは成立しない。

プルトの横で弾いている小松は、泣いていた。まとまった休みがやってくるとハンカチで目元を拭っているが、次々に涙が溢れて止まらないようだ。周囲を見ていないので判らないが、同じ状態の団員も多いだろう。

ワーグナーテューバの四重奏が、ホールに響き渡る。音程を取るのが難しいとされる特殊楽器が、完璧なバランスでホールに芯の強い和音を響かせる。上部のベルから放たれた音が天井にあたり、降ってくる。神の声だと思った。

曲が終幕に向かっていく。

ホルンの合奏が最後の旋律を吹き、すべてがまとまる。弦楽器も、木管楽器も、金管楽器も、何もかもが溶け合い、シンフォニア東京はひとつの楽器になった。神山は永遠とも思えるほど長く、最後の音を引き延ばしている。

手にしていたタクトをそっと置くように、神山は指揮を振り終えた。

ホールが静まり返る。

重たい沈黙が、ホール全体に下りた。神山は振り終えた姿勢のまま、微動だにしない。千二百人近い観客が、空咳ひとつ立てない。この神聖な静寂に一切の不純物を混ぜないのだという強い意志に、この場にいる全員が貫かれている。

神山が、ゆっくりとタクトを下ろした。

ささやかな拍手が鳴る。散発的にはじまったそれはすぐに音量を増し、爆発的なものになった。観客も、奏者も、名演の誕生を寿《ことほ》いでいる。神山の渾身《こんしん》のブルックナー、その時間に立ち会えた喜びが、力強くホール中に渦巻いている。

——これが。

英紀はチェロの最後方、舞台の中心にいた。全方位から降り注ぐ拍手の渦の中心で、呆然としていた。

——これが、〈名演〉と呼ばれるものの正体か。

英紀の心は冷えていた。

オーケストラに参加していて、今日以上の演奏ができることは、もうないだろう。何かが、終わった気がしていた。


音楽とはなんなのか。名演とはなんなのか——。

神山の指揮は本番でもあやふやな部分が多く、オーケストラと合っていない箇所もあった。若手が神山のように振ったら、曲は崩壊していただろう。それでも曲を成立させてしまうのが神山の凄みと言えばその通りだが、反面、神山がいま指揮コンクールに出たとしても、一次審査すら通ることはできないのではないかとも思った。

それでも今日は、神山のタクトから掛け値なしの名演が生まれた。全員が神山のもとでひとつになり、曲に食らいつき続けていた。あの演奏の根底にあったものは、なんだったのか。

〈錯覚〉だったのではないか。

団員たちは本当に、神山の指揮を見ていたのだろうか。神山と一緒にブルックナーができるという〈物語〉のほうを見ていたのではないか。

今後手が届かないかもしれないほどの名演は、〈錯覚〉から生まれていたのではないか——。

指揮者とはそういうものだという公平な判断も、自分の中にはある。バトンテクニックやリハーサルでの指摘内容がすべてではなく、存在感だけでオーケストラを引っ張ってしまう人間も多くいる。だがそれならば、音楽はどこから生まれてくるのか。演奏者たちの〈錯覚〉が、優れた音楽を生むのだろうか。

判らなかった。何が判らないのかも判らない。ただ何かに溺れ続けているような感覚だけがあった。楽屋に向かう廊下は、祭りのようだった。百戦錬磨のプロたちが、楽器を持ったばかりの子供のようにはしゃいでいる。高揚感が充満するハレの空間を、英紀は灰色の気持ちを抱えたまま歩いた。

「坂下」

背後から、小松に呼び止められた。

嫌な予感がした。振り返ると、小松は厳しい表情を湛《たた》えていた。

「疲れてるところ悪いが、話がある。顔を貸してくれ」

「なんでしょうか」

「チェロをしまったら、駐車場にこい」

それだけを言って、小松は去って行く。彼は言葉遣いこそ乱暴だが、気遣いは繊細だ。有無を言わせずに要求だけを突きつけてくることなど、過去になかった。

楽屋に戻り、弓についた松脂《まつやに》をタオルで落とす。毛箱《フロッグ》の汚れを乾布で拭いてから、チェロ全体を素早く拭い、ケースにしまう。

地下の駐車場まで、エレベーターで下りる。小松の車は、黒いセンチュリーのセダンだ。見覚えのある車種は、駐車場の奥にあった。

チェロをトランクに入れさせてもらい、助手席に乗り込む。運転席の小松は、こちらを見ようともしない。

「坂下」

怒られているときの声ではなかった。機械が発しているような色のない声は、聞いたことがなかった。

「今日は、祝杯を挙げて帰るつもりだった。こんないい日に……お前には愛想が尽きたよ」

怒られたことは数え切れないほどある。だが、見放されるようなことを言われるのは、初めてだった。

後部座席のドアが、開いた。

片平周が乗り込んできた。小松は片平のことを見ようともしない。

小松が、エンジンスタートボタンを押した。センチュリーのエンジン音は、低音域が多めでチェロのようだ。初めて乗せてもらったときに、小松らしい車だなと思った記憶がある。

セダンが発進する。小松と片平は、一言の会話も交わさない。何らかの話し合いがすでになされているのは、明らかだった。

「坂下氏」

背後から、声が飛んでくる。

「鵜崎四重奏団のオーディションに参加していると聞いたが、本当か」

何の件で呼び出されたのか、すでに英紀には判っていた。「はい」と、即答した。

「なぜ?」

色々な意味を含んだ「なぜ?」だった。鵜崎の音楽に傾倒しているのか? シンフォニア東京と鵜崎四重奏団を天秤《てんびん》にかけているのか? なぜ、そんな愚かしい行動を取っているのか?

「少し、試したいことがありました。その件はもう、終わっています。鵜崎四重奏団に入団するつもりはありませんし、向こうにもそう伝えています」

「おや？　小松氏からは、別の理由を聞いているが」

「最初は、友人のことを調べるために、オーディションを受けました。死んだ鵜崎の弟子が、私の大学時代の友人だったのです。そのときには、シンフォニア東京の正団員の話は、まだありませんでした。その後、少しずつ目的が変わってきました」

「腕試しがしたかったのか？　入団の意思もないのにオーディションを受ける──漁場荒らしみたいな真似は、感心しないな。君が気まぐれに魚を釣ったせいで、誰かが飢え死にするかもしれない」

「そういうことではないです。もう少し、根本的なことを試したかったんです」

片平は怪訝《けげん》な表情を向けてくる。運転席の小松は、何も言わない。彼の内面がこんなにも読めないのは、初めてだった。

「うちのオーケストラが、かつて鵜崎顕とトラブルを起こしたことは知ってるな？」

「小松先生に聞きました。協奏曲の本番をキャンセルしたとか」

「うちだけじゃない。首響も、ニューフィルも、鵜崎とは仕事をしないことにしている。俺個人も、鵜崎のことは軽蔑している。あれはチェリストじゃない、ただの宗教家だ。邪教の信徒は、俺のパートにはいらない」

「私はもう、シンフォニア東京に乗ることができないということですか」

「鵜崎の息がかかった人間を、まかり間違っても正団員などにするわけにはいかないということさ。日本の法律上、雇ってしまった人間を退職させるのは難しい。やつが弟子を通してシンフォニア東京に介入してきたりすることになったら、悪夢だ」

「鵜崎四重奏団には入団しません。信じていただけないでしょうか」

「信じてもらえなくても、構わない――そんな風に聞こえるな」

バックミラーの中、片平が軽く口角を上げた。運転席の小松は、それでも何の反応もしない。

「この場で、鵜崎に電話をしろ」

車は国道に入っていた。騒がしい夜の渋谷の中、車内だけが静かだった。

「オーディションを辞退すると、いまこの場で先方に伝えろ。今回はそれで不問とする。すでにあちこちに小火《ぼや》が出てるが、俺と小松氏で消火しておく」

「ありがとうございます」

小松が言った。首席とはいえ、同じ年の片平にこんな言葉を使うのを聞くのは初めてだ。そこまで、自分がさせてしまったのだ。

――だが。

「……どうした？　スマホを出せ」

片平が、怪訝そうな声を出す。バックミラー越しに合う目には、わずかな困惑が浮かんでいた。

「どうしたんだ？　ウチよりも、鵜崎の団体を選ぶということか？　なんなんだ君は。言っていることとやっていることが違うな」

「違いません」

七十分間、至高のブルックナーを浴び続けた。今日地球上で奏でられたあらゆる音楽の中でも、恐らく最高のものだっただろう。そんな神聖なものに身を包まれながら、英紀は己の中に毒を孕《はら》んでしまったことを感じた。口を開くと漏れてしまうほどの、大量の毒を。

「鵜崎四重奏団に入るつもりはないです。でも、オーディションを受けて、色々なことを考えてしまったのも、事実です」

「なんだ、〈試したいこと〉って」

問いかけたのは、小松だった。視線を前方に固定したまま、こちらを見ようともしない。

「お前はさっき、〈試したいことがありました〉と言った。なんだそれは」

「私たちがやっていることは、なんなのか」

毒を撒き散らせばどうなるのかは、判っている。それでもやらざるを得ないところまで、追い込まれていた。

「今日の演奏会、小松先生はどう思われましたか」

「名演だ。カミサマのブルックナーは数え切れないくらい弾いてきたが、ベストだよ。今年のウチの公演でも、間違いなく最上位だろう」

「神山先生の指揮については、どう思いましたか。優れた指揮だったと思いますか」

「何が言いたい」

小松の声に、怒気が混ざる。指導のときに漂う、戦略的な怒りではなかった。神を侮辱された信徒の、根源的な怒りだった。

「私には神山先生の指揮は、優れているとは思えませんでした。打点は曖昧で、テンポキープも怪しかった。今日の演奏はむしろ、オーケストラ側が神山先生に勝手に思い入れを抱き、名演をやってしまったように感じました。私たちは今日、舞台上で、何をしたのでしょうか」

「巨匠とはそういうものだろ」

片平が慌てたように言う。

「ドイツにいたころ、ショルティやマゼールの指揮で弾いたことがあるが、あのレベルに行った指揮者はガチャガチャ振ったりしない。そこに立ってるだけでオケが従う。それが本物の指揮者だ」

「つまり、私たちが指揮者の中に、勝手な幻想を見ているということです。巨匠が指揮台に立っていることに感動し、心を動かされ、演奏が引き出されていく。名演は〈錯覚〉から生まれているんです」

「立ってるだけじゃない。ショルティもマゼールも、リハーサルは鬼のように細かかったぞ。神山先生のリハもそうだ。あそこまで追い込むから、オケはいい演奏をする」

言いながらも、片平は自らの言葉の説得力を疑っているようだった。確かに神山のリハーサルは細かかったが、ほかの指揮者が同じことをやっても同じ結果にはならなかっただろう。〈錯覚〉なくして、あの演奏は生まれ得なかった。

——私たちがやっていることと、鵜崎がやっていること。

——そこに、大きな違いはあるのでしょうか。

さすがに、そこまでは口にしなかった。

「坂下、自分の言ってることが判っているのか」

小松が言った。静かな口調だった。先ほど見せていた怒りは、どこかへなくなっている。

「お前は俺たちだけではなく、今日ステージに参加していたすべての奏者を侮辱している。あのホールにいた観客全員もな。聞き流せる言葉じゃない」

「申し訳ありません」

「肯定するということか」

何を返事するべきなのかは、判っていた。自分が間違っていたことを告げ、謝罪し、鵜崎に断りの電話を入れる。小松と片平の中に〈錯覚〉を作り出し、赦《ゆる》しを得る。そしてシンフォニア東京の試用期間に進み、合格を目指す。培った模倣の技術があれば、オケの仕事に対応していくことは可能なはずだ。

判ってはいた。それでもその行動を取らなかったのは、小松が自分にとって大きな存在だったからだった。彼を操るなど、できるはずがない。

「判った」

小松は言った。

「自由にすればいい。俺たちも自由にする。それでおあいこだ」

「小松氏。いいのか」

「構わない。もともとこいつには警告をしていた。鵜崎と関わっている限り、うちに入ることはできない。こいつは鵜崎を選んだ。それだけの話だ」

「鵜崎四重奏団には入らないと言っているが」

「同じだよ。もうこいつは駄目だ」

吐き捨てるように言う。厳しくとも、冷たくはない――それが小松研吾という人間だった。いまの小松は、何よりも冷たい。

ちらりと、運転席に目をやる。小松は前を見つめていた。その乾いた目を見て、もう自分たちは師弟ではないのだと感じた。

8

チェロは一日触らなければ、二日分技術が後退する。だから、たとえ五分でもいいから、ケースを開けて触ること。

子供のころ、チェロを習いはじめたときにそう教わった。その教えが本当なのかどうかは知らない。それ以来、風邪を引いても旅行に行っても、必ず何らかの形でチェロに触るようにしていたからだ。

英紀は電車に揺られながら、スマートフォンのカレンダーを見ていた。

鵜崎四重奏団の最終オーディションは、一週間後。そこから先は、チェロを弾く予定はない。来月のシンフォニア東京の定期演奏会には呼ばれておらず、このままシーズン終了となる。九月からの来シーズンには、まず声はかからないだろう。

一旦身につけた技術がすっかり剝《は》がれ落ちるまで、どれくらいの時間がかかるだろう。

二十年以上、毎日こつこつと練習を積み上げてきた。自分にとってチェロの技術は、人格と分離できないほど魂と強く癒着してしまっている。これから二十年以上、一切弾かなくなったとしても、それが消滅するとは思えない。深い部分まで、チェロに侵食されている。

スマホが振動した。

〈おい、無視すんなよ。別に怒ってないから連絡くれ。一言でいいから〉

諒一からのラインだった。昨日の〈終演後軽く飲みにでもいかないか?〉という連絡に返信をしないまま、丸一日。諒一は心配してくれているのか、何度かメッセージを送ってきている。一度通話のリクエストがきたが、出なかった。

英紀は、スマホをしまった。

電車は目的地に着いていた。チェロケースを担ぎ、電車を降りた。

今日は、結婚式場でのアルバイトだった。

昨日の今日でチェロを弾く気分では全くなかったが、入っている仕事は消化しなければならない。英紀は式場の控え室で、ブライダル業者からの進行の説明を待っていた。

「あなたは――」

集合場所に、見覚えのある顔がやってきた。

二ヶ月前に一緒になった、若いヴァイオリニストだった。酔っ払った伴大史のひどいクライスラーが、聴覚に甦《よみがえ》った。今日の英紀の出番は一組だけで、彼と二重奏をするようだ。披露宴での演奏はなく、結婚式の入場に花を添えるだけの仕事だった。

事前に譜面は配布されているので、楽屋で軽く音を合わせることになった。この会場は何度も使っているので、いまさら音響を確認する必要はない。ふたりで控え室に入り、渡されたタキシードに着替える。

前回気まずい別れかたをしてしまったせいか、ヴァイオリニストはよそよそしい空気のまま話しかけてこない。別に仲よくならずとも支障はない。チェロを、譜面通り弾く機能を提供するだけの仕事だ。

「軽く、合わせておきましょうか」

ヴァイオリニストが声をかけてくる。譜面はワーグナーの歌劇『ローエングリン』より、「エルザの大聖堂への行進」だった。簡単な譜面で、旋律を終始ヴァイオリニストが弾き、チェロはそこに和音を足すだけだ。合わせるまでもないが、一度通しで合わせてみた。

「では演奏隊の皆さん、そろそろスタンバイお願いします」

会場に呼ばれるまで、彼との間に会話はなかった。

結婚式場に備え付けられた教会に入り、祭壇の脇にスタンバイをする。

入場した正面が一面のガラス張りになっていて、五月の庭園は鮮やかな緑を湛えている。だが今日はあいにくの雨で、雲が重くたれこめている。

ヴァイオリニストは黙々と譜面台を組み立て、譜面を置く。こちらを見ようともしない。天候に負けじと、重たい雰囲気だった。

前回、彼には余計なことを言ってしまった。落ち込んでいた彼に音楽そのものを否定するような言葉を吐いてしまい、余計に傷つけたと思う。嫌われていても仕方がない。

だが、今日の彼が纏《まと》っている陰の空気は、それだけが理由ではない気がした。

先ほどの音合わせは、前回とは別人だった。颯爽《さっそう》と四重奏を仕切っていたあのときに比べ、演奏に覇気がない。音を出しているだけという感じだった。

――折れたのか。

前回会ったときは三月で、青年はまだ音大生だった。その後社会に出ていまは何をしているのか知らないが、音楽への情熱が冷める何かがあったのかもしれない。

参列者が、集まってくる。

新郎新婦の素性は知らないが、友人席に座っているのは二十代後半くらいの人々だった。皆ドレスやスーツが板についていて、所得が高そうな雰囲気を感じた。音楽家は、いつの世も大体同じだ。金を持っている人に向け、そうでない芸者が弾く。

全員が着席し、教会が静まる。英紀はそっと弦に弓を当て、チューニングの最終確認をした。いきなり冷房の効いたホールに入ったので、弦が収縮している。ペグを回して微調整をし、弓を膝の上に置いた。

静けさの中、英紀は出番を待つ。

だが、いつまで経っても、何も起きなかった。

神父が最初に入場してくるはずだが、扉の奥からはその気配すら伝わってこない。そのまま十五分ほどが経った。静かだった教会が、わずかにざわめき出している。

「申し訳ありません」

突如、会場後方の扉から、スーツ姿の年配男性が入ってきた。

「当会場の責任者です。ご参列者の皆様、申し訳ありません。その……本日の結婚式は、中止となりました」

ぽかんとした空気が流れる。そんな中、納得したように笑みをこぼす人が、わずかにいた。

「新婦の純子《じゅんこ》様が、帰りたいから帰る……とのことでした。申し訳ありません。説得を試みたのですが、駄目でした。本日はご列席いただいた中、大変申し訳ありませんが、散会とさせてください。大変申し訳ありません」

責任者の背後に、新郎と思《おぼ》しき男性が立っていた。ホワイトゴールドの美しいタキシードが、痛々しいほどに光を放っていた。新郎は泣きそうな表情のまま、それでも背筋を伸ばして立っていた。参列者たちに向けた真摯な態度を取っているようだったが、自分こそが被害者であると主張しているようにも見えた。

「ありえないよな」

新婦側の友人席から、男の声が上がった。酒の入った声音だった。

「なんだよドタキャンって。あいつ、純子に何したんだ」

「おい、やめろって」

「何やったらそんなことになるんだ。もしかして……殴った？」

「うるせえ」

新郎側の友人席から、別の男性の声が上がる。「いま誰が言った？」。最初に声をあげた男性が、立ち上がるのが見えた。

会場の外から、警備員が飛んでくる。ヴァージン・ロードをまたいで反対側に行こうとした新婦側の男性の前に立ちはだかり、口論をはじめる。

気がつくと、静謐だった教会は汚い音で満ちていた。顚末《てんまつ》の邪推をするざわめき。揉めはじめている親族たちの刺々《とげとげ》しい声。退席する人間の苛立ったような足音。聞くのも嫌な音がそこかしこから立ち上がり、空間を埋め尽くしている。

混沌と化した結婚式場を見ながら、英紀は不思議な感慨に囚われていた。

この式場は、自分だ。

混乱し、様々な感情がぶつかり、渦を巻いている。それでもひとつだけ間違いがないのは、これ以上式を続けることができないということだ。決定的な破局はすでに訪れていて、それを修復することは誰にもできない。騒いでも何も解決しないのだ。

——もう、やめよう。

ふと、思った。チェロを弾くのは、終わりにしよう。

最初の数日は弾かないことに強烈な罪悪感を覚えるだろうが、それも徐々に慣れるだろう。人生の中心にチェロがあったことで、様々なものを諦めなければならなかった。チェロをどかせば、その空白に色々なものを詰められる。自分にできるのは、壊れたものを直すことではなく、騒ぎをやめることだけだ。

「帰ろうか。今日はもう終わりだ」

青年に向かって言った。

「しかし、みんな、そんなに怒ることもないのにな。怒ってもどうしようもないだろうに」

嫌悪、疑念、怒り、蔑み。教会中に交錯する負の感情に、うんざりしていた。英紀は弓のネジを回し、張力を開放した。早くこんな場所からは遠ざかりたかった。

「なんで怒ること、ないんですか」

青年が聞いてくる。

不思議な生きものを見つめるような目で、英紀のことを見ていた。

「みんなにとって、大切な結婚式だったはずですよ。怒るほうが普通でしょ。なんでそんなに、冷静？」

「別に、よくあることだろう。親しいと思っていた人に裏切られることくらい」

「よくは、ないと思いますけど」

「あるよ。君はまだ若い。親友だと思っていた相手だって、何も判っていなかったりする。他人のことなんか、結局は判らない」

自分の中に、鵜崎が住み着いている。

以前から聞こえていた、高所から囁いてくる声。あれは、自分が飼っている鵜崎の声だったのだ。

鵜崎と出会い、彼の思想が魂の深い部分にまで根を張ってしまった。

いや、そうではない。この思想の種は、もともと自分の中に埋まっていたのだろう。由佳が何を考えていたのか判らない。人のことなど判らない。鵜崎の炎にあぶられることで、もともと抱えていたものが萌芽《ほうが》してしまったのだ。

まあ、どうでもいい。

もう自分は、チェロを弾くことはないのだから。

「帰ろう。こんなところには、いたくない」

チッと、音がした。青年が、舌打ちをする音だった。

「……ひとりで帰っていいよ、あなた」

青年が言った。彼はヴァイオリンを持ち、群衆に向かって立ち上がっていた。

「俺はやっぱり、あなたが嫌いです。あなたみたいになりたくない」

「何をするんだ？」

「他人のことが判らない？　ダサいんだよ、言うことが」

先ほどまでの淀んだ雰囲気は、もうなかった。敵意と嫌悪の塊に向き合うように、青年はヴァイオリンを構えた。

「判るまで向き合ったのかよ。どうせ途中で諦めたんだろ？　俺は……」

弓を掲げる。青年は、ヴァイオリンを弾きはじめた。

騒然としていた教会が、ぴたりと静まり返った。

青年が弾きはじめたのは、エリック・サティの『ジムノペディ第一番』だった。

美しい音だった。馬の尾の毛を張ることでできた弓が、羊の腸を乾燥させて作られたガット弦をこする。身も蓋もない物理現象から神秘的な音が立ち上がり、高い天井にあたって雲のように拡散する。

教会全体が、彼の音に染まった。

〈ゆっくりと、苦しみをもって〉

サティがこの曲につけた副題だ。サティの音楽は甘美でありながら、それでいてどこか憂鬱な影が差している。光と影が両方含まれた、沈鬱な耽美《たんび》。青年は細心の注意を払って、ヴァイオリンを弾き進めている。音の隅々にまで、神経が張り巡らされている。

二ヶ月前の披露宴で聴いた伴大史の演奏とは、やっていることの次元が違った。余興として耳触りのいい曲を取り入れただけの伴とは違い、青年は意図をもってこの曲を選んでいる。教会の喧騒《けんそう》をなだめること。皆が知っている曲を弾き、耳目を引くこと。

甘美さの中に、一滴の毒を混ぜておくこと。

この場にいる全員が味わった苦しみが、サティの影の中に溶け込んでいる気がした。音楽に垂らされた一滴の毒が、参列者全員の痛みを吸い取ってくれている。気だるい音楽が進行するごとに、世界が正気を取り戻していく。

すべては自分の〈解釈〉にすぎないのかもしれない。

所詮自分は〈錯覚〉しているだけなのだろう。人間には、何も判らない。

だが英紀には、そういう気がしたのだ。

曲が終盤に向かっていく。音楽は判りやすい解決を取らず、短調の不穏な音を残して突然幕を下ろす。最後まで己の力を注ぎ込むように、青年は弓の先まで使って音を伸ばしていた。

演奏が終わる。

しんとした静寂が、教会を包み込んだ。ことが起きる前の静謐な空間が、戻ってきた気がした。

「……だから、何？」

観客の中から、声がした。最初に怒り出した男のようだった。

青年はそちらを見ようともしない。弓のネジを回し、乾布でヴァイオリン本体を拭きはじめる。

「邪魔すんなよ、大切な話をしてるときに」

男の声は大きかったが、弱かった。同調する人間は、誰もいない。

青年は淡々とヴァイオリンの掃除を終え、椅子に深くもたれかかった。撤収の合図を、待っているようだった。

9

漫画喫茶〈キング〉には夜勤以外で入っていなかったので、くるときはいつも夜だった。昼に見る雑居ビルの外観はすっきりと健全で、同じ店だとは思えない。

「いままでご苦労さん」

ロッカーにおいてあった英紀の荷物は、増島がすでにまとめてくれていた。

——退職してほしい。

そう告げられたのは、三日前のことだった。親戚の若者が上京するらしく、彼を夜勤で使いたいからだと言われた。もともと無理を言って、かなり変則的なシフトにも対応してくれた店だ。労働基準法を盾にごねるつもりはなかった。

「それで、専業のチェリストになるの？」

「判りません。仕事がどれくらいあるかも判らないですし」

「仕事がないなら、作りなさいよ。いまの時代、金を稼ぐ方法はいくらでもある。ユーチューバーになるとかさ」

「あの世界は大変ですよ。クラシックの演奏家よりも大変かもしれない」

「とにかく、志を失ったら終わりだよ。俺みたいになるなよ」

増島と接してきた中で、もっとも爽やかな笑顔だった。諒一の笑顔に似ていると思った。自分のことを完全に見限っているからこそ、こんなにも曇りのない笑顔ができるのだ。

「増島さん。ひとつ、いいですか」

「ん？　何」

「前にドストエフスキーの話をしましたよね。覚えてますか」

増島は同じ本を何度も読むと言っていた。『カラマーゾフの兄弟』なんかは何度読んだか判らないが、読むたびに新しい発見がある——その言葉を思い出し、ここ数日頭から離れなかったのだ。

「あれって、どういう感覚なんですか」

「なんでそんなことが知りたいの？　うーん、感覚ねえ……長くて難解な文学作品って、とても複雑なものだろ？　一度読めばストーリーは追えるけど、それだけでは理解したことにならないっていうか。まあ、それを言い出すと理解って何？　って話になるわけだよな。作者の意図を読みきることが、必ずしも理解ではないというか……面白い、この話？」

「はい」

「まあ、何度も読んでいるうちに、だんだん理解が進んでくるってことだよ。その過程では誤解も曲解も混ざるけど、徐々に自分の中にその作品の像が、あぶり出されてくるっていうか。錯覚かもしれないけどさ」

「錯覚……」

「言葉は不自由なものだろ。そんなもので書かれた小説なんて、不完全にしかなりえない。何度も何度も繰り返し読まないと、何が書いてあるかなんて判らんのよ。音楽も、そうなんじゃないの？」

「漫画もたぶん、そうだと思いますよ」

「まあ、ねえ……」

増島は、トートバッグに詰めた英紀の私物を渡してくる。文房具や食べかけのお菓子など、英紀が〈キング〉で働いてきた痕跡は、その程度のものしかなかった。

「まあ、応援してるよ。他人に負けるのは仕方がない。自分にだけは負けるな」


「諒一」

夜。麻布十番の改札を出ると、諒一はすでにやってきていた。英紀のほうを見て、威圧的に腕を組む。

「ずいぶん都合がいいな、あんた。丸一日俺のことを無視してたくせに、急に連絡をよこしやがって。後輩になら何をしてもいいと思ってんのか」

「悪かった。申し訳ない」

英紀は頭を下げた。

あの結婚式のあと、英紀はすぐに諒一に連絡をした。無視していたことを謝罪し、連絡できなかった理由を打ち明けた。勝手なことをしている。縁を切られても仕方がないと思った。

三日後に、麻布十番までこい。諒一からきた返事は、それだけだった。

「小松先生から、連絡があったよ」

許してもらえるまで、頭を下げ続けるつもりだった。意外な名前が出たことに、思わず顔を上げてしまう。

「あんたの様子がおかしかったから、話を聞いてやってくれって。小松さん、心配してたぞ。あんた、ひとりで生きてるつもりなのか？　どんだけの人に迷惑をかけてる？」

「小松先生は、なんて言ってた……？」

「知るか。自分で聞け」

諒一はうんざりしたようにため息をついた。

「今度、うちの会社の創立記念パーティーがある。あんた、そこでただ働きしろ。それで許してやる」

「もちろんだ。皿洗いでも受付でも、なんでもやる」

「あ？　生まれてからチェロしか弾いたことのない人間に、皿洗いや受付なんて高等な仕事ができると思ってんのか？　うぬぼれやがって」

「諒一……」

「あんたにできることは、ひとつしかないだろう？　無能人間」

ハッと、英紀は息を呑んだ。

チェロを弾け。やめることなど許さない。

苛立ったような口調の中に、諒一は救済の糸を垂らしてくれていた。

「舐めるなよ」英紀は言った。

「チェロ以外にもできるよ。就職していたこともあるし、ずっと漫画喫茶で働いていた。ほかに仕事はたくさんあるんだ」

諒一の眉間に、わずかに皺が寄った。

「だけど、一番得意なのは、チェロだ」

言った瞬間、大切な支えが自分の中に入った気がした。諒一は鼻を鳴らし、踵《きびす》を返す。

涙を堪《こら》えるように、英紀は鼻をこすった。

「俺は由佳に、真正面から向き合ってこなかったのかもしれない」

諒一の自宅に上がり込み、ダイニングテーブルを挟んで座っていた。きちんと話し合いたいと言ったので、アルコールは用意されていない。

〈他人のことが判らない？　ダサいんだよ、言うことが〉

〈判るまで向き合ったのかよ。どうせ途中で諦めたんだろ？〉

結婚式場で青年に言われたことが、胸に突き刺さっていた。ここ三日間、その痛みに突き動かされるように、由佳のことを考え続けている。

「由佳のチェロを最初に聴いたとき、なんて自由なんだと思った。ひとつの曲をあらゆる方向から弾き分けて、毎回魔法のように見事にまとめ上げる。俺はあのころ、解釈をギチギチに固めすぎていた。由佳の演奏は、俺の心に風穴を開けてくれた」

「覚えてるよ。あのころのあんたの演奏、よくなってたよな」

「由佳は自由な人間だ。言っていることもよく判らないし、とにかく人と違う感覚を持った天才肌だ。俺は由佳を、そう〈解釈〉していた」

それが、間違いだったのかもしれない。

「牛の話を覚えてるか？」

「牛……？　なんだっけ」

「由佳の演奏を最初に聴いたときに、彼女が言っていた。昼ご飯にステーキを食べて、そこに音楽を感じたっていう」

私たちは牛一頭を食べることはできない。牛を食べるなら、切ってステーキにする必要がある。でも牛には色々な部位があって、切ってステーキにしてしまうと、ほかの部位を味わうことはできない。これは音楽に似ている。

正確な言い回しまでは覚えていないが、そんなことを言っていた。英紀はそれを、よく判らない話だとしか〈解釈〉していなかった。独特の感性を持つ天然ボケの女性が、不思議なことを言っているのだと。拙い言葉を持つ人間の、妄言だと。

「由佳は、こう言いたかったんじゃないのか」

〈解釈〉を、〈解釈〉で塗りつぶす。

「音楽はとても複雑なもので、様々な解釈が許される。牛一頭を丸ごと食べられないように、複雑で巨大な音楽を、そのまま味わうことはできない。ステーキのように、ひとつの解釈に切り出すことでしか、我々は音楽を味わえない」

諒一は怪訝そうな表情になる。

「確かにそう捉えることはできると思うが、だからどうしたんだ？」

「以前、由佳に言われたんだ。〈君の自由な個性は、誰にも真似できない〉と言ったときに、〈何も判ってない〉と。つまり由佳は自分の音楽の本質を、〈自由なチェロ〉だと捉えてなかったんじゃないのか」

由佳は——。

「思うがままに自由にチェロを弾いていたんじゃない。由佳は、舞台上で、様々な解釈を試していたんじゃないのか」

増島の言葉が、ヒントになっていた。長大な文学作品を何度も読み返すことで、徐々に作者の真意が判ってくると。

由佳が〈モレンド〉の舞台でやっていたのは、何度も文学作品を読むようなものだったのではないか。色々な方向から曲を語り直し続け、その曲の中心に何があるのかを探り続けていたのではないか。

〈同じ時代に生きている人が何を見て、何を考えているのか……それを知りたいんです〉

由佳がそう言ったとき、英紀には意図が判らなかった。それは由佳の自由なステージとは、対極にある思想だったからだ。だが、彼女の本質はこちらだったのではないか。作曲者の魂に触れたい。音楽という言葉を使って、多くの人と対話がしたい。

由佳は、弾かれるべき一点を探っていたのではないか。様々な〈解釈〉を並べることで、その曲の正体を知ろうとしていた。だから。

〈私と坂下さんは、同じなのに〉

由佳は、ああ言った。

自分は彼女の言葉に耳を傾けてこなかった。由佳の言っていることはよく判らない。由佳は話すのが苦手だから。天然ボケだから。由佳の〈解釈〉を作り上げ、そちらばかりを見ていた。彼女はそうではないと、言い続けていたのに。

「自由なチェロを持つ由佳が、なぜ鵜崎のもとに通い出したのか、俺は不思議だった。でも、彼女の中では一貫していたのかもしれない。由佳は当時、親の離婚によって困窮し、練習場所にも困っていた。鵜崎四重奏団に入れば、チェロの仕事を得ることができるし、徹底的にテクニックを磨くこともできる。由佳にとって、必然的な選択だったのかもしれない」

そして由佳は鵜崎のもとに通いながら、〈顕気会〉の会員と組んで、プライベートなコンサートを開催していた。鵜崎の音楽に埋没するつもりなど、最初からなかったのだ。鵜崎四重奏団の仕事をこなしながら、自分のやりたい音楽活動をそちらで行っていた――。

「ちょっと待て、ヒデさん」

〈俯瞰《ふかん》〉を得意とする男が、歯止めをかけるように言う。

「それもあんたの〈解釈〉にすぎない。何の根拠もない、希望的観測に聞こえるぞ」

「だが、由佳が言っていたことに向き合うと、そうなると思う」

「〈龍人祭〉のことはどうなる」

あ、と声を上げそうになった。

「由佳ちゃんが崇高な理念で活動していたと思いたいのは判るが、〈龍人祭〉はそんなまともなイベントじゃなかっただろ。クラシックを宗教のために利用する俗物のコンサートだ。なんであんなもんに出ていたんだ？」

「それは、確かに……」

「生まれつき裕福だった由佳ちゃんは、親の離婚により困窮した。金がなくなることに怯《おび》え、手っ取り早く稼げる鵜崎四重奏団に入った。それだけに留まらず、隠れてコンサートを開催し、単価のよさそうなコンサートにも出演していた。そう〈解釈〉したほうが、〈龍人祭〉に出ていたこととの整合性は取れるんじゃないのか」

認めざるを得なかった。このところ積み上げてきた思考が、音を立てて崩れ落ちていく。

〈人間は、何も理解できない〉

鵜崎の言葉が、警句のように響いた。他人の気持ちなど、最終的には判りようがない。由佳の全行動を把握しているわけではないのだ。いくら調べても、考えても、他人について知ろうとすることなど、無駄にすぎないのだろうか。

緊張の糸が解けたのか、どっと疲れが出た。諒一が申し訳なさそうに目を伏せる。

「鵜崎四重奏団のオーディションは、どうするんだよ」

諒一がジントニックを作り、英紀の前に置いてくれた。喉は渇いていたが、これを飲むと今日が終わってしまいそうな気がして、手はつけなかった。

「……小松先生に頭を下げれば、シンフォニア東京には戻れそうなのか」

「無理だと思う。片平さんにも失礼なことを言ってしまったし」

「だからって、鵜崎のもとに行くなんて言わないよな」

「鵜崎は、俺のことを買ってくれてはいるんだけどな」

諒一が睨みつけてくる。冗談のつもりだった。大体あの団体の中で演奏していたら、自分は遠からず潰れるだろう。

「最終オーディションを争っている女性がいる。色々な意味であのカルテットらしくない人だが、鵜崎は彼女のほうを選ぶと思う。彼女もきっと、上手くやるはずだよ」

「鵜崎の家、行ったんだよな。豪邸だったか」

「麻布のタワマンには負けるよ。地下室に大きなホールがあるのはよかったが……」

あのホールに響き渡っていた、完全な球体のようなハーモニーを思い出す。歪《いびつ》な音楽だった。歪な形でしか表現し得ない美があるのだと、実感させられた体験でもあった。

——ん？

何かが、引っかかった。

あの日、英紀は梅木よりも先にリハーサルをはじめた。最初に鵜崎たち三人による演奏が行われ、完璧に調和した『アヴェ・ヴェルム・コルプス』を聴いた。

あの場に、梅木もきていた。あのとき、彼女が言っていたことは——。

「どうした？」

諒一が問いかける声が、遠くに感じられる。思考をしながらも、思考の沼に沈んでいることを遠くから眺める自分がいる。懐かしい感覚だった。ひとつの楽曲に沈み込み、突端を探っているときと、同じ回路が動いている。

「……あの日、俺は、鵜崎の書斎に入ったんだ」

しばらく思考を巡らせてから、呟く。

「由佳は鵜崎と、一度だけ揉めたことがあるらしい。そのとき由佳は、鵜崎の書斎に入っていたそうだ。そのあと何かがあって、鵜崎は怒った。〈絶対に許さん〉とも言われたそうだ」

「ずいぶん強い言葉だな、そりゃ」

「ただ、書斎に入ってみたところ、特段変わったものはなかった。机と本棚がある程度のがらんとした部屋で、鵜崎が怒るようなものは、なかった」

「由佳ちゃんと鵜崎のトラブルは、いつのことなんだ」

「二年くらい前だと聞いた」

「なら、とっくに模様替えをしてるんじゃないのか。由佳ちゃんは何か金目のものを盗もうとして、鵜崎の逆鱗に触れた……？」

「でも、由佳がそんなことをするかな。そもそもあの部屋への立ち入り自体、別に禁止されてはいなかったと曳地さんから聞いた」

「ただ〈許さん〉って言葉は強いよな。よっぽど怒ってないと出てこないワードだと思うぜ。俺は言ったことがない」

「それは確かに……」

鵜崎と由佳は、上手くやっていたようだ。そんな彼が、なぜ由佳に対して激怒したのか。

由佳は書斎で何を、探していたのか。

「……探していた」

はからずも、その言葉が英紀の中で、こつんと衝突した。

探していた。由佳が何かを探していた。

別の場所で、その言葉を聞いたことを思い出した。

「諒一。判ったらでいいんだが……鵜崎と小松先生って、同じ年か？」

「あ？　いきなりなんだよ」

「前に、片平さんと鵜崎が同じ年だと聞いた。ということは、小松先生も同じだ。それは確かかな」

「検索くらいしろよ」

諒一はスマホを取り出し、調べてくれる。指先を動かす余裕すらないほど、英紀の思考は深く潜行していた。

〈片平なら知っている。確か私と、同級生だ〉

そうだ。ほかならぬ鵜崎がそう言っていた。そして、片平と小松も――。

「小松さんは一九六八年生まれだよな。同じ年だよ。それがどうかしたのか」

諒一はスマホをテーブルの上に置いた。鵜崎もまた、一九六八年の生まれだ。

突端に、向かっている。

イップスを患ってから、行けていなかった自分の場所だった。弾かれるべき一点が、見えつつあった。

10

指先の感覚が、ほとんどなくなっていた。

自宅の防音室にこもり、英紀はチェロを弾き続けていた。もう何時間弾いているのかも判らない。指先だけでなく、チェロの音を聴き続けた耳も、完全におかしくなっていた。

鵜崎四重奏団の最終オーディションは、明後日に迫っている。時間はあまりない。

防音室の中には、大量の譜面が積まれていた。由佳の家から持ってきた楽譜たちだった。由佳がため込んでいた譜面のうち、現代の作曲家の曲は、実に百二十曲ほど。短いものは三分程度だが、中には六楽章形式で書かれた重厚なチェロ・ソナタもあり、これは音に出すだけで一時間もかかる。

古典的な曲と違い、現代音楽ならではの特殊な奏法を用いるものも多い。譜面自体が絵や暗号のようになっているパターンもあり、読み解くにはネットで調べたり、ユーチューブで模範演奏を聴いたりしなければならなかった。時間は、いくらあっても足りない。

朦朧《もうろう》とする意識の中、英紀はひとつの曲を弾き終わった。マリア・アルバレスの『スデスターダ』という曲で、アルゼンチンの作曲家のようだった。躁うつ病のような激しい起伏の中に独特の冷たさと哀愁が漂う曲で、〈南極から吹く風のように〉〈タンゴのように激しく〉といった独特の注釈がスペイン語で書かれている。由佳による書き込みは、一切ない。気の赴くままに曲を弾き、本質を摑み取ろうとする意思が、余白の中に漂っている気がした。

譜面の向こうに、由佳が立っている。

楽譜を音にすることで、これを弾いていた由佳の思いに触れられる気がした。この曲を見つけたときの由佳の嬉しさを、曲に飛び込み深い部分まで潜る由佳の勇敢さを。どう弾けばいいのかは、譜面が教えてくれた。譜面の向こうから導かれるように、英紀は曲を弾き続けた。

アラームが鳴った。

時刻は、正午になっていた。

巨大な疲労が、背中からのしかかってくる。手が震えている。床に置いた水筒を拾い上げなんとかひと口水を含むと、震えはわずかに収まった。軽い脱水症状になっていたのだと気づいた。

覚束《おぼつか》ない足取りで防音室の外に出て、置いてあるおにぎりをかじる。コンビニで売られている塩と米だけの握り飯が、砂糖の塊を食べているかのように甘い。

防音室の外にも、まだ弾かれていない楽譜の山がある。すぐにでも弾き進めたいが、今日は出かけなければならないところがあった。

全身が汗まみれになっている。このまま外出するわけにはいかない。英紀は、バスルームに向かった。

「よう」

一週間ぶりに小松に会い、英紀は驚いた。何歳か老いてしまったように力がなかった。

喫茶店。小松に師事してから、こんな風にテーブルを挟んで向き合ったことなどほとんどない。彼と会うのはレッスン室か、緊張感の漂うオーケストラの現場ばかりだった。音楽に立ち向かう小松はいつも雄々しくて、彼の老化に気づけていなかったのだと思った。

「今日はありがとうございます、小松先生」

「よく俺の前に顔を出せたな。どういう神経してるんだ、お前」

「諒一から聞きました。小松先生が、私のことを気に掛けてくださっていたって」

小松は不快そうに顔をしかめた。この手の無粋を、彼は嫌う。苦虫を嚙みつぶしたようなその顔を見ながら、彼らしいなと思った。

「先日は失礼なことを言ってしまい、申し訳ありませんでした」

「呑気《のんき》な謝罪だな。一度吐いた唾は、飲み込めない。いまさらシンフォニア東京に入りたいとか、言うんじゃねえぞ」

「はい。判っています」

「お前なあ……」

突然手が伸びてきて、胸ぐらを摑まれた。

「判るな、そんなこと」

「は、はい……？」

「判ってます、じゃねえんだよ。欲しいものがあったら、無様でも、這いずり回ってでも、何がなんでももぎとる……そういう泥臭さがお前にはねえんだよ。何をそんなに達観してる？　かっこ悪いんだよ、その諦めのよさが」

正面から睨まれる。拳を握り、絞り出すように言う小松の姿は、必死で、泥臭く、無様にも見えた。

それに、応えなければならない。

「すみません……」

「シンフォニア東京は、素晴らしいオーケストラだと思っています。でもその前に、私には、確かめなければならないことがあるんです……」

「何をだ」

「由佳のことです」

「お前、まだ彼女に執着しているのか」

「三年ほど前のことです。私は由佳の演奏を聴いてから、チェロが上手く弾けなくなりました」

あの冷たく完璧な『BUNRAKU』を聴いてからだ。

「私は学生のころ、由佳の音楽に救われました。彼女の演奏を聴くことで、がんじがらめになっていた自分のチェロが解放された気がしたからです。でもそれは私の勝手な〈解釈〉だったのかもしれません。由佳は、全然違う意図をこめて演奏していたのかもしれない」

「何を言ってる?」

「もうすぐ、判ると思うんです。それを確かめないと、先に進めないいんです」

絞り出すように言った。胸を摑む小松の手に、力がこもっていく。

「シンフォニア東京は、素晴らしいオーケストラだと思っています。だからこそ、いま、入団させてくださいと言うわけにはいかないんです。先に、やるべきことをやらなければ……」

「お前は、甘いよ」ため息まじりに言う。

「チャンスの神には前髪しかない。うちに入団できる可能性が、いつまでもあると思うな。ライバルを殺してでも席に座りたい人間が、列をなして待っているんだ」

小松は睨《ね》めつけるように英紀を見ると、ゆっくりと拳をほどいた。

「お前のことは、ずっと心配していた」ポツリと、呟く。

「ここ数年のお前からは、音楽をやる意志が感じられなかった。やめられないという理由だけで、ずるずるとチェロを続けているのかとも思った。オーケストラのトゥッティ奏者でやっていく分には、それでも上手ければなんとかなっちまう。だからこそ、お前をトラで呼んでいいのか、悩んだこともあった」

小松はそこまで、自分のことを考えてくれていたのか——。

鼻の奥がツンとした。身近な人間のことすらも、自分は判っていなかった。

「信じていいんだな。何がやりたいのか知らんが、それが終わったら、音楽に本腰を入れると」

「はい。そのつもりです」

「それで、今日は何の用なんだ」

小松への謝罪が、主な目的だった。だがもし許してもらえるのなら、もうひとつ頼みごとをしようと思っていたのだ。

「二年前に、由佳から小松先生へ、メールがあったんですよね」

「ああ……意味の判らないメールだったな。気味が悪かった」

「あれの意味が、判った気がするんです」

〈小松先生は学生のころ、日本提琴《ていきん》コンクールに出演されていましたか?〉

由佳の送ってきたメールには、ふたつのキーワードがある。〈学生のころ〉〈日本提琴コンクール〉。

なぜ〈学生のころ〉で、なぜ〈日本提琴コンクール〉だったのか。

小松と鵜崎は、同じ年だ。そして鵜崎は大学生のころに〈日本提琴コンクール〉に出て、貞本ナオキの曲を弾くことを拒否している。

鵜崎が問題を起こした回に、小松が出場していたか否か。

由佳はそのことが知りたかったのではないか。

「どういう意味だ。なんで彼女は、そんなことを聞きたがっている」

「いま説明します。その前に……お許しを、いただきたいことがあって」

英紀は、覚悟を決めた。全身が恐怖で、自然とこわばった。

「明後日、鵜崎四重奏団の最終オーディションがあります。そこに私は、出る予定です」

小松はぽかんとした表情を見せたが、それは一瞬のことだった。みるみるうちに顔が紅潮し、怒気に染まる。

「何を考えてるんだ、お前は？　俺と会う時点で、そんなものとっくに蹴ってきたと思っていた」

「申し訳ありません。まだ、蹴ってはいないです」

「わけが判らん。宇宙人と話してるみたいだ。お前、そっちに受かったら入団するつもりなのか？　なら勝手にしろ。俺の前に顔を出すな」

「入団はしません。確かめたいんです」

「またそれか」

「はい、そうです。調べること、確かめることは、私の演奏の根本なんです」

小松が、言葉に詰まるのが判った。彼の怒気が、わずかに和らいだ気がした。小松にとっても、坂下英紀とは、調べ、確かめる——そういう奏者なのだ。

小松の目を見た。

学生のころは怖いだけだったその目の中に、色々なものを解釈できるようになったと思う。小松は怒りながらも、同時に、心配してくれている。呆れたようなことを言いながらも、見放したりはしない。最終的にはこちらの味方をして、寄り添ってくれる。

この〈解釈〉はきっと、独りよがりなものではないはずだ。

「鵜崎四重奏団に入るつもりはありません。でも、明後日その場に向かうことは、私にとっては重要なことなんです」

小松は、呆れたようにため息をついた。

「……全部が終わったら、必ず報告しろよ」

「はい。ありがとうございます」

「出来の悪い弟子を持つと、苦労するよ。教員なんてやるもんじゃない」

小松は、心底不愉快そうに言った。

11

鵜崎四重奏団の最終オーディションは、一・二次オーディションの会場と同じ、東京都杉並区の相良ホールで行われる。これまではリハーサル室だったが、今日は小ホールだ。七十席の小さなホールに、観客を入れた公開演奏会形式の審査をするらしい。

演奏会は、十八時開演の夜公演《ソワレ》だった。ステージリハーサルは、十六時からだ。三十分程度の簡単な合わせを行い、そのまま本番となる。

英紀がホールに入ったのは、十四時だった。

ステリハまで二時間もあるので、まだ誰もきていない。楽屋でゆっくりと、最後の準備をする予定だった。

「……よっ」

地下にある楽屋の前に行くと、梅木美穂がいた。彼女とは横並びの別の楽屋が割り振られていたが、まだ鍵が開いていないようだ。

「今日はよろしくな。正々堂々と勝負しようや」

「ええ。よろしくお願いします」

周囲を見回すが、誰かがくる気配はない。好都合だった。梅木にも、聞かなければならないことがあったのだ。

「梅木さん。ちょっと、いいですか」

「ん？　何よ」

「いままでの梅木さんの言動で、少し気になるところがあったんです。少しお話を聞かせてもらえませんか」

「なんやねん。怖いな」

最初に違和感を覚えたのは、三次オーディションのときだ。

〈以前、鵜崎さんの演奏を聴いたことがあります〉

〈私が鵜崎さんの演奏を聴いて、感動したからです。すごく精密で、それでいて温かみというか、人間味を感じる演奏で……〉

「梅木さんはそう言っていましたね。これは、本当ですか」

「いきなり、何？　本当よ。デル・ジェスを持ってきたとか大嘘こいたあんたに、本当かとか聞かれたくないわ」

「鵜崎さんは現在、公の演奏活動はしていないですよ」

梅木は、言葉に詰まったように固まった。

「聴くことができない彼の演奏を、どこで聴いたんですか」

「それは……いや、公開でやってる演奏もあるんやで。そんなことも知らんの？」

「確かに鵜崎さんは、四重奏団での活動はオープンにしています。でも」

〈こんなにすごかったんですね、鵜崎四重奏団。音源で聴くよりも、はるかにすごい……〉

鵜崎の家の地下室。カルテットの演奏を聴いた梅木は、そうも言っていたのだ。

「あなたは四重奏団を、生で聴いたこともない。あなたが鵜崎さんの演奏を聴いたというのは、嘘ですよね」

英紀の指摘に、梅木は気まずそうに舌を出した。

「ばれたか。勘が鋭いんやな、坂下さん。でもまあ、面接で多少盛ることなんか、普通にあるやんか。堪忍してよ」

「咎めてるわけじゃないんです。それよりも、聞きたいことがあって……」

拳を握る手が強くなるのを、英紀は感じた。

「あなたが聴いたのは、もしかして——黛由佳の演奏だったんじゃないですか」

梅木は驚いたように目を見開いた。

「よく判ったな。ほんまに鋭いんやね」

梅木が言っていたことが一から十まで出任せという可能性もあったが、四重奏団の誰かの演奏を聴いたことがあるのかもしれないとも思った。右田は〈顕気会〉以外では弾いていないと言っていた。となると、曳地か、由佳かということになる。

曳地の演奏を聴いて感銘を受けたのならば、そう言えばいい。だが梅木は、出処を曖昧にぼかしていた。そんなことをする理由があるのなら——。

「あなたは〈龍人祭〉のオーケストラに、出ていたんですね。そこで、由佳の演奏を聴いた」

由佳が〈顕気会〉以外で弾いていたのは、会員と結託してやっていた非公開のコンサートか、〈龍人祭〉の本番だけだ。梅木があの色物に乗っていたのだとしたら、出処をぼかしたくなる気持ちは判る。

「うーん、恥ずかしいな。あの団体、結構ギャラがいいんよ。何度か誘われて乗ったけど、ああいう集団に加担するのは、どうもよくないなって反省しててな。ここ一年くらいは全部断ってる」

「そのときに、黛由佳の演奏を聴いたんですね」

「せやで」

「彼女の演奏は、どうでしたか」

英紀は、拳を握った。探しても出てこない由佳の演奏を、この人は聴いている——。

「素晴らしかったよ」

その言葉は、雨のように英紀の心に染み込んだ。

「すごいテクニックと、綺麗な音が印象に残ってる。いい演奏だった」

「冷たい感じは、しませんでしたか。単にテクニックが先行しただけの、無機的な演奏に聴こえませんでしたか」

「何それ？　むしろ真逆やろ。真摯に音楽に取り組んでる感じやったよ。きっちりと解釈を固めているようでいて、それでいて自由な感じもして……あとは、何よりも、楽しそうやったね」

楽しい。

目の奥が熱くなるのを感じた。そうだ。〈モレンド〉でチェロを弾く由佳は、いつも、楽しそうだった。

ホールの職員がやってきて、楽屋の鍵を開けてくれた。本番もよろしくと言い、梅木は自分の楽屋に入っていく。

「ちょっと待ってください」

何？　というように、梅木は怪訝な表情になる。もうひとつ、絶対に聞いておかねばならないことがあった。

「いまから一曲、聴いてほしいんです。少しお時間いただけませんか」

「は？　聴くって、何を？」

「少し、私の楽屋にきていただけませんか。五分ほどですみます」

最後の空白が残っていた。それを埋めることができるのは、梅木だけだ。

「お願いします」

怪訝な表情を浮かべている梅木に向かって、英紀は頭を下げた。


十五時半になったところで、楽屋のモニターに変化があった。

モニターの中には、無人の舞台が映し出されている。カメラがリアルタイムの映像を送ってきているのだ。

舞台に、鵜崎顕が現れていた。

チェロを持っている。〈火神《アグニ》〉はフォースチェロの席に座ると、軽く音出しをはじめる。弾いているのは、音大生がやるようなエチュードだった。テクニックをもっとも重んじる彼は、五十代半ばのいまでも、ハードな基礎練習を日々行っているのだろう。

英紀は、チェロを持った。楽屋を出て、舞台へ向かう。

下手から、舞台に入った。英紀が現れても、鵜崎は何の反応も見せない。機械の調整をするように、徹底的にエチュードを弾き続けている。

「少し、いいでしょうか」

相良ホールの小ホールは、通称〈庭〉と言われるほど残響がデッドなことで有名だ。英紀の声は天井や壁のあちこちに吸収され、屋外で話しているように響かない。

鵜崎は、チェロを弾く手を止めた。

「何かね。ルーティーンを邪魔されるのは、好きではない」

「少しお話がしたいのです」

「何についてだ？」

「黛由佳についてです」

鵜崎は、止めていた弓を膝の上に置いた。話してみろというように、椅子の背にもたれかかる。

「鵜崎先生、どうされましたか」

曳地が、上手の入り口に現れていた。久しぶりに、英紀に対して敵意のこもった目を向けてくる。大切な人を守ろうとする目だった。

「なんでもない。少し席を外してくれ。右田にも、梅木氏にも、しばらくこなくていいと伝えてほしい」

「いいんですか。時間の余裕はあまりないですが」

「リハーサルの開始は十六時半からとする。定点カメラも、止めてくれ」

「判りました……」

不安と不満の混ざった声を隠さずに、曳地は上手の奥へと消えていく。これでいいか？　というように、鵜崎がこちらを見た。

英紀は、ファーストチェロの席に座った。四重奏の両端で、鵜崎と向かい合った。

長い話になる——覚悟しながら、英紀は口を開いた。

「まず、あの火事について話す必要があります」

由佳が死んだ、あの日のこと――。

「そもそも私がこのオーディションに参加したきっかけは、由佳の死に疑問を持ったからでした。最初に引っかかったのは、火事の夜、由佳が取った行動でした。由佳は火事が起きたときに、二階の寝室で眠っていました。その後家が燃えていることに気づき、彼女は一階へ下りた。ところが彼女は、ドライエリアのある地下室ではなく、燃え盛る玄関のドアのほうに向かっています」

「それは、前に聞いたよ」

「ひとつ、不可解なことがあります。由佳は逃げる際に、寝室の隣の部屋に入っていったのです。その姿が、野次馬のカメラに撮られています。その部屋には本や楽譜、服があるだけで、財布などの貴重品は一階のリビングに置かれていた。由佳は高所恐怖症で、二階の窓から飛び下りるという選択もなかった」

「それも前に聞いた。火事なのだ。冷静な判断ができるとは思えないがね」

「警察もたぶん、そう解釈をしたのでしょう。由佳の死は、事故として処理された。ただ私の解釈は違いました。由佳は鵜崎さんのもとに通い出してから、持ち前だった自由な音楽を失い、すべてを細かくコントロールする冷徹な芸風になっていました。鵜崎さんのもとに通うと、潰れるチェリストは多い――由佳もまた、心に軋みを抱えていたのではないか。日ごろから苦しんでいた由佳は突発的に、自殺した。私はそう、解釈をしました」

〈庭〉の音響が、英紀の声を吸い取っていく。鵜崎は反応を返さない。英紀は構わずに続ける。

「実際に由佳は、〈顕気会〉の会員と結託し、非公開のコンサートを開催していました。鵜崎さんの門下生は、自由にコンサートに出ることができない。出る場合は、曳地さんのように、どういうものをやるのかを細かく干渉される。鵜崎顕というブランドの価値を、下げないために」

「嫌味にしか聞こえないが、私のビジネスのやりかたをとやかく言われる筋合いはない」

「事実確認をしているだけです。由佳が非公開のコンサートを定期的に開催していると聞いたとき、やはり由佳は、あなたのもとで自由に音楽ができず、苦しんでいたと思いました」

「それが違うことは、君も判っていると思うが」

英紀は頷いた。

「由佳は〈龍人祭〉という、色物に出演していました。自分の音楽にこだわりがある人間が出るイベントではありません。そもそも由佳は、くだんの非公開コンサートを開催し続けていた。やりたい音楽があるのなら、そちらでやればいい。由佳の行動は矛盾しています」

「矛盾はしていない。黛由佳は金のために、一連のコンサートに出ていた。そう解釈すれば、整合性は取れる」

右田も同じ説を唱えていた。由佳は富豪の実家と疎遠になったがために、過剰に金を求めていたのではないかと。

だが、そうでなかったのだとしたら？

「……二年前、由佳が、私の師の小松研吾先生にメールをしているんです。小松先生のことは、ご存じですか」

「名前くらいはね。私の同世代のチェリストではなかったかな」

「鵜崎さんと同じ年のかたです。由佳は小松先生に〈学生のころ、日本提琴コンクールに出演されていましたか？〉と質問をしています。小松先生は意図が判らなかったようですが、いまの私には推測がつきます。あなたは大学四年生のときに〈日本提琴コンクール〉に出演している。由佳は、こう聞きたかったのではないでしょうか。〈小松先生も、そのときのコンクールに出ていたのか〉と」

鵜崎は初めて、わずかに眉をひそめた。英紀の意図が判らなかったのだろう。

英紀は、チェロを構えた。

弦に指が触れたところで、鈍い痛みを感じた。ここ数日の無茶な練習で、何かに触るだけで痛みが走る。とてもチェロなどを弾ける状態ではない。

——由佳。

君のことを、ずっと誤解していたのだと思う。

俺は都合のいい虚像を作り上げ、それを見ていた。俺はずっと、君を見ていなかった。ずっと間違えていた。

もう、間違えたくはない。

指先の痛みを振り切るように、英紀は曲を弾きはじめた。

平易で、耳馴染みのいい音楽が、ホールに響き渡った。

こうして弾くまで、聴いたことのない曲だった。シンプルで素朴だが、チェロをよく知っている人間が書いたことがよく判る。低音部ではチェロらしい力強いバスを鳴らす箇所があり、高音部ではヴィオラかヴァイオリンのような繊細な表現が求められる。何といっても、メロディが美しい。民謡のような耳馴染みのいい旋律が次々に現れ、チェロの筐体《きょうたい》が豊かに鳴る。

楽しい。

弾く喜びのある曲だった。多少詰め込み過ぎなところもあるが、そんなところも愛嬌として許容できる。作曲者が楽しみながら曲を書いていることが、伝わってくるからだ。

「やめろ」

鵜崎が言った。英紀は応えずに、曲を弾き続ける。

「やめろ！」

英紀は、弓を止めた。

顔面蒼白になった鵜崎が、そこにいた。常に余裕を漂わせている彼が、見たことがないほど狼狽《ろうばい》していた。

「この曲を作ったのは――あなたですね」

鵜崎は返事をしない。そのことが何よりも明白な回答だった。

「あなたは〈日本提琴コンクール〉のセミファイナルで、課題曲を弾くことを拒否し、誰も聴いたことがない曲を弾いている。それが、この曲です。あなたはかつて、作曲をしていたんですよね。が、師であった貞本ナオキに曲を盗作され、それを訴えても誰からも相手にされず、作曲をやめました。そしてコンクールの舞台で、あなたは因縁のあった貞本ナオキの曲を弾く必要に迫られた。自分の曲を盗作した、かつての師の曲を弾かなければならない――そんな場面で、あなたがほかの人の曲を弾くわけがない。あなたは、自分の曲をぶつけた。この曲を作ったのは、あなたです」

「どこで、その曲を知った……」

「小松先生の伝手《つて》で入手しました。〈日本提琴コンクール〉の映像は公開されていませんが、関係者のみに録画が配布されます。由佳が『ＢＵＮＲＡＫＵ』を演奏している動画を、私は出場していた知人に借りて見ました。由佳が小松先生に連絡を取ったのは、そのときの映像を探していたからなんです」

〈学生のころ、日本提琴コンクールに出演されていましたか？〉

小松によく判らない質問をしたのは、鵜崎の映像を見たかったからなのだ。もし〈出ていた〉と答えていたら、〈ビデオテープを貸してほしい〉と依頼があったはずだ。

「由佳が鵜崎さんの家の書斎に忍び込み、あなたに怒られたことがあったそうですね」

「なぜそんなことを知っている」

「曳地さんから聞いたんです。彼女を怒らないでください。彼女なりに、あなたのことを思って、そういう話が出てしまっただけなのです。由佳は一体何を探していたのか。もしかしたら、そのコンクールの映像を探していたのではないですか」

あの書斎には、大量のDVDやビデオテープがあった。由佳はその中に、〈日本提琴コンクール〉の録画を探していたのではないだろうか。

「由佳は映像を探しているところを、あなたに見咎められた。そして、あなたと口論になったのです。ただ、コンクールの録画を探していたくらいで、そんなに揉めることはない。ましてやあなたは〈絶対に許さん〉という言葉まで吐いている。なぜあなたは、そこまで激高したのか」

英紀は言った。

「彼女は――あなたの曲を弾きたいと、言ったのではないですか」

由佳は、常に新曲を探していた。

鵜崎がかつて作曲家をやっていたことを知り、興味を持ったのだろう。だが、どこを探しても鵜崎の曲は見つからなかった。鵜崎が譜面をすべて破棄してしまっていたからだ。そんな中、鵜崎が〈日本提琴コンクール〉で何かの曲を弾いたことを知った。経緯を調べてみたら、鵜崎本人が作曲したであろうことが判った。そこで、映像から楽譜を起こそうとしたのではないか。

だが鵜崎にとって、そんなものは認められるわけがなかった。鵜崎は作曲家としての過去を捨て去り、封印していたからだ。珍しく語気を荒らげ、由佳と口論になった。〈絶対に許さん〉――あまりにも強いその言葉は、処罰を意味するものではなかったのだ。曲を弾くことを許可しないという意味の、言葉だった。

「由佳はあなたに叱責された。でも、諦めなかったのでしょう。だから小松先生にビデオを借りられないかと問い合わせた。その後、由佳はどこからかビデオを入手し、自らの手で楽譜に起こしたのだと思います。ところが、曲を手に入れても、彼女にはやる場所がありませんでした。〈顕気会〉のコンサートでやるわけにはいきませんし、会員と開いていた非公開コンサートでやってしまうと、あなたに漏れてしまう恐れがある。非公開で行われ、持ち込んだ曲を弾くことができ、録音が一切残らない。そんなコンサートがあればいい」

そして由佳は、それを見つけたのだ。

「〈龍人祭〉です」

由佳の目的は、金ではなかった。

「あなたの曲を弾くために、由佳は、あのコンサートに出ていたんですよ」

鵜崎が、わずかに怯《ひる》むのが判った。

「〈龍人祭〉の冒頭には、鬼龍院玲司の自作曲の演奏があります。私が見たときにはクラリネットによる高度な現代音楽が行われていましたが、その後のオケの指揮を見る限り、彼にあんな曲を作れる素養があるようには思えなかった。鬼龍院はゴーストライターに曲を発注していたのでしょう。由佳はそこに、あなたの曲を持ち込んだんです。向こうからしたら、わざわざゴーストを使う手間も省けます」

「話が矛盾している。非公開で録音も残らないコンサートのことなど、なぜ君が知っている」

「梅木さんが、そのコンサートに出演していたのです。さっき楽屋で、聴いてもらいました。この曲を由佳が弾いていたと、認めてくれましたよ」

「私の曲が、演奏された……?」

鵜崎は、愕然としたように言った。

「私の曲が、人前で流れたのか……?」

見ていて胸が痛くなるほどに、鵜崎は動揺していた。それほどまでに、作曲家を目指していた過去は消し去りたいものなのだ。自らの墓を掘り起こされるに等しい、蛮行なのかもしれない。

「馬鹿な。あれほどやめろと言ったのに。黛由佳は何を考えていたのだ。私のことを、そこまで恨んでいたのか……?」

「違いますよ」

英紀は、言った。

「由佳はあなたを、慕っていたんですよ」

認めたくなかった。だが、認めないことは、由佳の意志を冒瀆《ぼうとく》することでもあった。

「由佳は作曲家の内面を知るために、曲を弾いていました。言葉が苦手な彼女にとって、音楽は言語だった。由佳は作曲家の魂とつながりたいと思っていました。あなたの魂に触れたくて、曲を弾いたんです」

「なぜ、私を慕う?」

「慕うでしょう。由佳は大学三年生のときに親が離婚し、チェロを続けられるかどうかの瀬戸際にあった。そんな中、鵜崎さんの四重奏団に拾ってもらって、仕事まで得た。あなたのメソッドに適応するために、苦しんだのも事実でしょう。自分の音楽をする場を必要としていたからこそ、あなたに内緒でコンサートにも出ていた。でも、それ以上に、チェロを続けることができる状況を与えてくれたあなたに、感謝していたんですよ」

「何の証拠もない話だ」

鵜崎の声は、もとの無表情に戻っていた。

「先ほどからそれらしいことを話しているが、何の証拠もない話だ。錯覚を撒き散らすのも、いい加減にしろ」

「状況を見たら判るはずです。まだそんなことを言うのですか」

「弾くのに適当な曲がなかったから、私の曲を持って行った。動機は金だ。そうとも考えられる」

英紀は肩を落としそうになった。

〈解釈〉を忌避し続けてきた成れの果てが、これなのだ。他者を知ろうとしない人間は、そこに愛情や好意があったとしても、気づくことすらできない。鵜崎のことを初めて、哀れだと思った。

「……最後に、由佳の火事の話に戻ります」

自分にできることは、話を前に進めるだけだった。

「由佳の部屋には、大量の楽譜がありました。由佳は楽譜を捨てることを、極度に恐れていた人でした。ここ何日かで、私は、そのすべてを音に出してみたんです」

指先が腫れたようにむくんでいる。無茶をやった代償だった。

「ないんです」

「何がだ?」

「〈龍人祭〉で弾かれた曲が、どこにもないのです。由佳は大量の楽譜を取っていて、私が学生のころに聴いた曲もすべてありました。ところが〈龍人祭〉で弾かれたあなたの曲だけが、あの部屋になかった」

「暗譜で演奏したのかもしれない」

「龍人教のサイトに、由佳の演奏姿が載っています。譜面台の上に、譜面が置かれていました。由佳が自ら、採譜したものでしょう」

「だからどうした。何が言いたい」

「あなたは、自分が作曲していた過去を呪っていました。楽譜は破棄され、ひとつも残っていない。由佳はそれを知りながら、譜面を起こした。それはたぶん、本棚のどこかに入っていたはずです」

あの日——。

「火事が発生しました。跳ね起きたタイミングで、由佳は火事がどの程度の規模なのか判らなかった。ただ由佳は、自分が死ぬことも覚悟したはずです。このまま自分が死んでしまったら、あなたの楽譜がこの世に残ってしまう。自作をすべて破棄した、あなたの楽譜が。由佳はパニックに陥る中、そのことに思い至ったのです」

鵜崎の目が、大きく見開かれた。

「由佳は自殺したんじゃない。楽譜を、燃やそうとしていたんです」


「由佳は楽譜を捨てることを嫌がる人でした。あなたの曲を捨てたほうがいいと思いつつも、捨てられなかった。毎日生活をする中で、楽譜の存在がどこか頭の中にあったのかもしれません。そんなときに、火事が起きました」

自分が死んでしまったら、楽譜がこの世に残ってしまう。それが鵜崎の意思に反することなのは明白だ。目覚めた由佳は隣の部屋に向かい、楽譜を回収した。そのときの姿が、野次馬のカメラで撮られた。

由佳は一階に下りた。そこで、玄関が燃えていることを知った。そのまま地下室に逃げていれば、何の問題もなかったのだろう。だが由佳はとっさに、楽譜を燃やしてしまえばいいと考えた。少しだけ近づき、炎に向かって、楽譜を投げ込めばいいだけだ。そこまで危険な行為ではない。

そこで、事故が起きたのだ。

「由佳は一酸化炭素中毒で死んでいます。楽譜を手に炎に近づいたところで、不幸にも、充満していた一酸化炭素を吸ってしまったのでしょう。一瞬で意識を失い、由佳は倒れた。そして——亡くなりました」

楽譜を捨てることを病的に恐れていた由佳の部屋に、鵜崎の譜面がなかったことの理由は、それしかない。あの日の炎の中で、燃えて灰になったのだ。

「若かったあなたが作曲者として味わった苦しみは、理解します。人間は何も理解できないと考えてしまっても、仕方がないとも思います。でも、あなたのそういう〈解釈〉がなければ、由佳は死んでいなかった。楽譜がこの世界に残っていてもいいのだと考えていれば、由佳は地下室に逃げて、生還できていた」

残酷なことを告げているのは、判っている。それでも言わなければいけない。

これは、自分の罪でもあるからだ。

「私も、由佳のことを誤って〈解釈〉していました。彼女の音楽はこうだと決めつけ、それ以外のことを由佳が言っても、わけが判らないとはねのけていた。言葉が不明瞭な彼女を、守らなければいけないとすら思っていました。もっと彼女の言葉に耳を傾け、由佳の音楽の本質がどこにあるのかを知れていたら、私たちはいまでも友人でいられたかもしれない。彼女の本当の親友になれていれば、もっと色々な相談に乗れたかもしれない。由佳を殺したのは、私です。私の、誤った〈解釈〉です」

でも。

「私たちは確かに、何も判らないのでしょう。ときにはひどい誤解をして、相手を傷つけてしまう。おかしな〈解釈〉を撒き散らし、決定的な断絶を招いてしまう。それでも――」

英紀は言った。

「〈解釈〉するしか、ないじゃないですか。間違っていようとなんだろうと、何度も、〈解釈〉を試みることしか――」

由佳が、そうしていたように――。

ホールに、沈黙が下りた。

音楽の存在しないホールは、静かだ。この空間に流れる時間すらも、沈黙しているようだ。

英紀の脳裏にあったのは〈モレンド〉で弾く、由佳の姿だった。

拍手が鳴る。由佳が観客席の隙間を縫い、ステージに上がる。お辞儀をして、座る。店内に沈黙が満ちる。今回の由佳は、どういう演奏をしてくれるのか。これからはじまるステージへの期待が、沈黙を染めていく。ホールの沈黙にも様々な種類があるが、あのときの〈モレンド〉の沈黙が、英紀は一番好きだった。

不意に――。

由佳の音が、ホールに響き渡った。

沈黙が破れ、音楽がはじまる。由佳がチェロを弾き出すと、そこに光が差したような感じがする。誘蛾灯《ゆうがとう》のような、強く夜を染める光ではない。明るさと優しさが矛盾なく同期した、白い曙光だ。

英紀は顔を上げた。

鵜崎が、チェロを弾いていた。

バッハの無伴奏チェロ組曲第一番より、「プレリュード」。〈庭〉である相良ホールで弾かれながらも、その音楽は力強く響き渡る。

由佳の愛した変則的なアルペジオが、完璧な音程で響き渡る。テンポは、一般的なものよりも少し速い。上品なユーモアと稚気が、譜面には書かれていない独特なアクセントを用いて表現されていく。そんな異物を交えつつも、バロック音楽としてのフォルムは崩れない。バッハの高貴な佇《たたず》まいが、音楽の中心に巨城のように存在している。

由佳の音だった。聴き間違えるはずもない。かつて愛した由佳の音が、鵜崎のチェロから響いている。

〈模倣〉だ。

鵜崎は由佳を、〈模倣〉していた。

——そうか。

これは、非公開のコンサートで由佳が弾いていたバッハなのだ。

恐らく鵜崎は、由佳が隠れて演奏活動をしているのを知り、何らかの形で音源を取り寄せたのではないか。由佳が何を演奏していたのかを、ブランドを守る立場として、知る必要があった。これは、そのときに聴いた音楽だ。もはやこの世界のどこにも存在しない由佳の音楽がいま、舞台上で奏でられている。

同じ音だが、学生時代の由佳の演奏とは一線を画していた。無我夢中で弾いていたであろうあのときに比べ、すべての音に決然とした意味と意思が込められていた。だが、『ＢＵＮＲＡＫＵ』を聴いたときのような冷たい印象はない。磨き上げられた演奏技巧と、由佳の持ち前の開放的な音色、そしてバッハの持つ様々な要素——童心、高潔、熱情、冷静、舞踏、そういったもののすべてを丁寧に拾い上げ、ひとつの芸術として昇華しているような演奏だった。

――由佳。

由佳はきっと、色々な作曲家に出会うことができたのだろう。

由佳は〈もっと上手くなりたい〉という望みを叶えた。

由佳は本当の意味で、音楽という言葉を手に入れた。

もはや学生時代のようなトリッキーな試みをする必要はない。由佳は確信を持って演奏し、多くの作曲家とつながることができた。なりたいものに、なることができた。

鵜崎の弾く由佳を聴いていると、そんな〈解釈〉がしたくなった。独りよがりなものなのかもしれない。錯覚をひとつ、新たに生み出しているだけなのかもしれない。

でも英紀は、そう〈解釈〉した。

鳥が、飛んでいる。

切々と歌い上げるようなアルペジオを聴きながら、英紀には、鳥が飛ぶ光景が見えた。

大きな鳥が羽ばたく。その姿は勇壮で美しく、重力など存在しないかのようだった。鳥は羽を振るい、気持ちよさそうに旋回を続ける。より自由さを得た優美な軌跡を、空中に描く。

英紀はそれを、どこでもない場所から見つめている。

突端に行きたいと、痛切に思った。

チェロを弾きたい。もう一度突端からの景色を見たい。強い衝動が、身体の中から突き上がっていた。

参考資料

『錯覚の科学』クリストファー・チャブリス、ダニエル・シモンズ著、木村博江訳（文春文庫）
『空耳の科学　だまされる耳、聞き分ける脳』柏野牧夫著（ヤマハミュージックエンタテインメントホールディングス）
「ゼロからわかる心理学　錯覚の心理編」Newton別冊（ニュートンプレス）
『人生は、運よりも実力よりも「勘違いさせる力」で決まっている』ふろむだ著（ダイヤモンド社）
『「音大卒」は武器になる』大内孝夫著、武蔵野音楽大学協力（ヤマハミュージックエンタテインメントホールディングス）
『魂の旋律——佐村河内 守』古賀淳也著（NHK出版）
『ストラディヴァリウスの真実と嘘』中澤宗幸著（世界文化社）
『修復家だけが知るストラディヴァリウスの真価』中澤宗幸著（毎日新聞出版）
『ストラディヴァリとグァルネリ　ヴァイオリン千年の夢』中野 雄著（文春新書）
『無伴奏　イザイ、バッハ、そしてフィドルの記憶へ』小沼純一著（アルテスパブリッシング）
『ヴァイオリニスト 20の哲学』千住真理子著（ヤマハミュージックエンタテインメントホールディングス）
『バイオリニストに花束を』鶴我裕子著（中公文庫）
『私のヴァイオリン　前橋汀子回想録』前橋汀子著（早川書房）

この作品は書下ろしです。